爆発物処理班の遭遇したスピン

排爆组
遭遇自旋

[日]佐藤究 著

佳辰 译

上海文化出版社

**图书在版编目(CIP)数据**

排爆组遭遇自旋 ／（日）佐藤究著 ； 佳辰译.
上海 ：上海文化出版社，2025．4. -- ISBN 978-7-5535-
3164-9

Ⅰ．I313.45
中国国家版本馆 CIP 数据核字第 20252M0G14 号

《BAKUHATSUBUTSU SYORIHAN NO SOUGUU SHITA SUPIN》
© Kiwamu Sato, 2022 All rights reserved. Original Japanese edition
published by KODANSHA LTD. Publication rights for Simplified
Chinese character edition arranged with KODANSHA LTD. through
KODANSHA BEIJING CULTURE CO., LTD. Beijing, China.

**图字：09‐2024‐0961 号**

出 版 人：姜逸青
责任编辑：王皎娇
封面设计：一亩幻想

书　　名：排爆组遭遇自旋
作　　者：［日］佐藤究
译　　者：佳辰
出　　版：上海世纪出版集团　　上海文化出版社
地　　址：上海市闵行区号景路 159 弄 A 座 3 楼　201101
发　　行：上海文艺出版社发行中心
　　　　　上海市闵行区号景路 159 弄 A 座 2 楼　201101　www.ewen.co
印　　刷：上海盛通时代印刷有限公司
开　　本：787×1092　1/32
印　　张：11.75
版　　次：2025 年 4 月第一版　2025 年 4 月第一次印刷
书　　号：ISBN 978‐7‐5535‐3164‐9/I.1217
定　　价：69.00 元
敬告读者：如发现本书有质量问题请与印刷厂质量科联系　021‐3791000

目　录

排爆组遭遇自旋　001

果冻行者　075

公民权　125

猿人玛古拉　171

微笑头颅　201

熟章鱼　237

九三式　277

钉子　335

排爆组遭遇自旋

1（ψ）

二〇一九年十一月十一日，早晨六时。

在鹿儿岛县始良市平松警察学校的礼堂内，县内的机动队齐聚于此。

"——距离二〇二〇年东京奥运会和残奥会开幕只剩九个月了，"背靠日之丸旗的警备部长对着麦克风训话道，"在参与比赛举办地首都东京以及关东地区的治安维持活动时，我县警察将与警视厅及全国警察厅各部队展开紧密协作。为了实现这一目标，将以机动队为中心，在本地展开多轮训练。今天，县警机动队也将与辖区机动队一起展开全队联合训练。为了能够快速应对意想不到的突发事件，请各自振奋精神，投入演练。此外，最近县内——"

二十七岁的宇原巡佐直挺挺地听着训示，面无表情，心里却暗自嘀咕道，根本不存在什么意想不到的突发事件。换作我的话，训示不会超过十秒——阻止恐怖袭击，别让那些家伙使用枪支、毒气、炸弹——只需如此即可。

\*

　　冗长的训示结束后，宇原走出礼堂，沿着走廊去往排爆组专用的更衣室。在衣柜前，他望见副组长相马警部补将手中的报纸递给了驹泽巡查。

　　宇原的后辈驹泽是精通电脑，性格开朗的男人，以全组头号赛马爱好者著称。经常受到组长和副组长的重点关照。

　　看着副组长递过来的报纸时，驹泽说道：

　　"今天早上的新闻我都记在脑子里了，我最爱看体育新闻。"

　　"瞎扯，你读的只是赛马的新闻吧。"

　　相马一边说着，一边用手轻轻敲了敲驹泽的头。

　　见到这一幕，宇原忍俊不禁，脑海中闪现了驹泽曾在酒席上说过的话。

　　——我们副组长的姓带一个"马"字，哪怕被他骂也是吉利的。

　　他本想当场告诉当事人，但此时的他必须赶紧穿上排爆服。

　　排爆服本体重二十二公斤。

　　覆盖身体正面的背心重十七公斤。

　　带通风系统的完全气密式头盔重四点五公斤。

总重四十三点五公斤，这将成为爆炸冲击波下保护宇原的性命的重量。普通人若穿上如此沉重的装备，就只能像在水底行走般缓慢行动。若没法正常走路，那就根本不能进行需要高度集中注意力的排爆工作。

宇原的排爆服是秋季刚刚交付的新款，加拿大产的CA9排爆服，颜色为灰绿。之前用的是美国产的MK5。与之相比，CA9可以更加精确地控制安装在头盔上的头灯和摄像头等附件。

CA9是单件售价超过六百万日元的高价装备，之所以一次性新购两套，主要出于警方对炸弹恐怖袭击的高度戒备。

## 2（ψ）

针对东京奥运会和残奥会的反恐联合训练，即便是在远离举办地的鹿儿岛，同样以置身战场般的紧迫感如火如荼地进行着。

上午八点的训练开始后，被用作演习场地的警察学校地界便悬浮着各部队操作的情报收集用无人机。无线电在空中纵横纷飞。

载有枪械对策部队的直升机——阿古斯塔·韦斯特兰公司生产的AW139逐渐逼近假想的恐怖分子劫持人质并盘踞

的北楼。武装队员通过悬垂下降在屋顶降落，向四方散开。与此同时，NBC（核、生物、化学）对策部队的运输车也开始行驶。运输车停在毗邻北楼的仓库前，身穿蓝色防护服的队员们陆续下车，他们的防护服相比排爆组要轻便得多。

NBC对策部队冲入仓库内，扮演恐怖分子的教官们释放了催泪瓦斯，往地上洒满了浓硫酸。在训练中使用真正的危险品，远比单纯面对烟雾和水更能提高队员们的紧张感。

部署在北楼的枪支对策部队携带的并不是聚氨酯制的训练用模拟枪（蓝枪），而是真正的9毫米口径手枪。他们扔出特殊闪光弹，冲入室内，向水平移动的自走式标靶开火。标靶是切割成人形的硬纸板，绑架犯的纸板上画有枪支的插图，而人质的纸板则是素色的。队员们必须瞬间区分出罪犯与人质，并进行精准射击。

这场贴近实战的反恐训练——9毫米子弹、催泪瓦斯、特殊闪光弹、浓硫酸，每一样都是实物，唯有排爆组用的是没有任何危害的模拟炸弹。即便是实施高水平训练的鹿儿岛县警，也没有足够的预算容许警察学校炸成碎片。

\*

"北楼一层发现炸弹"——这样的信息通过无线电波传播至各部队，枪械对策部队立即采取了撤离措施。

对此作出响应的枪支对策部队把比拟伤者的人体模型搬至屋顶，而在仓库内行动的 NBC 对策部队则一边喷洒中和剂，一边与北楼拉开距离。

载有枪支对策部队的直升机刚刚脱离现场，排爆组便在北楼一层展开了排爆工作。排爆组打头的是宇原和驹泽两人，两人都穿着最新型的 CA9 排爆服。然后是后方支援的组员，副组长相马在重型机械的操纵室内待命。这台经过改装的机械可以抓取并搬运爆炸物。但若要将重型机械开入发现模拟炸弹的室内，就必须拆开墙壁，扩大通道，这意味着需要时间。

如果重型机械无法进入，按照正常程序，便应投入远程控制型机器人。但排爆组所拥有的名为"朱庇特"的机器人因反复训练，机械臂发生了故障，正在返厂维修。这并非训练场景，而是现实中的故障。

机器人故障频发，绝非万能。由血肉之躯回收爆炸物的情况对排爆组而言并不罕见。

　　＊

宇原把手中的机械手伸展到四米，在通道中缓慢前进。在完全封闭的头盔内，他低吟着咒语般的言语。

——抓住蝴蝶吧。

这是组长教给他们的。

——炸弹即蝴蝶，你们要用网温柔而优雅地捕捉这世上独一无二的蝴蝶。

没人能在爆炸物面前镇定自若。在不知何时就会被炸飞的情况下，会产生心跳加速，肌肉紧绷的反应，要是在这种状况下操纵捕虫网，蝴蝶便会脱逃。

宇原将举着排爆盾的驹泽留在身后，继续向前迈进。他侧耳倾听着头盔内侧的呼吸声。继续靠近模拟炸弹，伸出机械手。宇原相信炸弹是真货，与毫无危险的对象交锋根本算不上训练。流逝的时间凝固了，周围的景观渐渐消失，只剩下自己和炸弹。

## 3（ψ）

爆炸恐袭在日本虽不多见，但宇原却亲眼见识过爆炸物那令人作呕的威力。他在自卫队驻地亲身体验了硝化甘油和四硝酸季戊四醇酯的爆炸冲击，也在视频资料中看到过诸多爆炸恐袭现场的惨状。瓦斯爆炸事故发生时，他还与消防队一起参与了现场勘察。

当天用于联合训练的模拟炸弹，设定为引爆时会产生强大的冲击波，威力达每平方厘米五十公斤以上。如此骇人的破坏力，遑论 CA9 和 MK5，哪怕穿上世上任何一家厂商的排爆服，都无法保全性命。

假使这个级别的对手在自己面前展露獠牙，排爆服只不过是台风中打伞，聊作安慰罢了。即便如此，要是没有排爆服，便意味着当场死亡。人类的身体就像豆腐或者卡芒贝尔奶酪一样脆弱，轻易便会被扯得粉碎。

——抓住蝴蝶吧——机械手逐渐靠近模拟炸弹。

很好。宇原没有眨眼，缓缓吐了一口气，通过头盔里的麦克风报告道：

"确认爆炸物，开始提起。"

双臂感知到了重量，通过引体向上和负重训练锻炼出来的背阔肌在排爆服内膨胀起来，包括容器在内，模拟炸弹重约七公斤。没有杠杆那样的支点，力量的作用点在四米之外，必须同时控制肌肉力量和敏感度，在深度专注中，组长的指示在头盔内回响着。

"排爆组训练中止，所有人立即返回。"

提着模拟炸弹的宇原静止不动，回想着自己的行动，理应没有任何失误。他感到无法释然，但仍回了一声"了解"，然后小心翼翼地将"蝴蝶"放回地面。

*

四十三点五公斤的加拿大产 CA9，以及较之更轻的日本产排爆服——穿着各自的装备，负责处理、搜索、指挥的组员们，纷纷走出正在进行直升机和无人机飞行训练的警察学校地界，回到了指挥所。

待所有人到齐后，组长大矢宣布了停止训练的理由。

"上午八点零七分，鹿儿岛教育委员会接到了爆炸恐吓电话，以下是到目前为止的经过——'鹿儿岛市内的某小学即将发生爆炸，炸弹放在花坛后面，铁丝网中的铜像跟前'，当教育委员会在上述时间接到报警后，立即通知了市内所有小学，要求各校调查校内是否有符合炸弹放置的地点，即'花坛后面，铁丝网内的铜像跟前'的位置。结果发现鹿儿岛市东郡元町的丸小川小学确实有符合描述的地点，同时发现了可疑物品。

"该小学前庭西侧设有花坛，其后立有首任校长的铜像。去年夏天，在铜像上接连发生涂鸦事件，校方曾考虑设置监控摄像头，但由于经费不足，未能购入专门监控铜像而非儿童的摄像头。遂采用了替代方案，在铜像周围设置了围栏，围栏用钢铁制成，高三米，顶部还缠着铁丝网。

"根据前往现场的辖区警察的报告，在围栏内侧发现的可疑物体是一个黑色长方体，能放入两双鞋大小的盒子。正如爆炸恐吓所言，这东西落在了铜像跟前。很显然，要是没人特意将其放入，这样的物品绝不可能落在如此位置。"

在警车的带领下，由五十铃货车改造而成的机动队大型运输车缓缓驶离警察学校。

运输车上载有十六名排爆组成员，在其后方，紧跟着一辆装载着抓斗式重型机械的卡车。位于东郡元町的丸小川小学大约在南方二十公里处。

宇原和驹泽仍穿着灰绿色的CA9，只脱下了头盔。由于身着重型装备，没法并肩而坐，因此只能隔着过道坐下，各自占据了两人份的座位。为了方便下车，两人被安排在二号座，一号座分别坐着组长和副组长。负责指挥的两人穿着以深蓝色为主调的轻便型排爆服，外表看上去和强制对策部队并无太大区别。

意外从联合训练中解放出来的宇原在摇摇晃晃的车里强忍着哈欠。比起艰苦的训练，正式上场反倒更觉轻松，这般感受在机动队员中并不罕见。

宇原因爆炸恐吓的出动次数已然超过了四十。爆炸预告远比公众想象的要多，其中学校是最容易被盯上的地方之一。匿名电话、社交平台、撕下的便签——这些都是愚蠢之人为引发社会骚动而留下痕迹的方式。

大多数预告都是假的，根本不存在什么炸弹。而犯人迟早会被绳之以法，因使用暴力妨碍他人业务而被关进拘留室。


## 4（ψ）

在警车的引导下闯过让普通车辆纷纷停下的红灯时，大矢回头看着宇原。

"要是你们训练成绩不错的话——"大矢说，"我本想带你们去鳗鱼店的。"

"鳗鱼吗?"宇原瞪大眼睛反问道。

"非常遗憾，由于训练中止，所以鳗鱼也没咯。"大矢应道。

"外卖也行，请让我吃一顿吧。要是训练继续进行，我们肯定能完美地完成任务。对吧，驹泽?"宇原将视线移向了坐在通道对面的驹泽。

"是啊，"驹泽一边说，一边用套着排爆服手套的手指灵巧地翻阅着报纸，"不过相比鳗鱼，我更喜欢银带鲱天妇罗。"

"你这家伙……"宇原不屑地说了一声，"不好意思，组长，我会不给驹泽吃午饭，让他去做俯卧撑的。"

"银带鲱啊，"大矢笑道，"明明年纪不大，却有着老年人的心态呢。"

　　*

　　组长和组员在运输车内谈笑风生的场景，在日本的机动部队中并不常见。成就了这般容许沟通的团队的，正是组长大矢本人。

　　大矢慎一郎警部，四十一岁，在县警署以"炸弹博士"的名号著称。他在大学时主修化学，由于对爆炸物产生了浓厚的兴趣，最终驱使他成了一名警察。

　　在调往福冈县警机动队期间，他曾前往德国柏林接受最先进的排爆训练，训练为期两个月，与当地警察特种部队共同进行，危险度极高，当时的教官格哈德·庞巴维克乃是当今排爆的权威，至今仍在指导后进。

　　大矢警部没处理过的炸弹只有核弹——这样的传闻在机动队中流传甚广，宇原也对此深信不疑。据宇原所知，到化学工业企业亲自参与 CL-20 结晶过程的警察除了他没有第二个。CL-20，化学名为六硝基六氮杂异伍兹烷，这个名字如同笑话般冗长的化合物是除核以外地球上威力最强的炸药。

　　*

　　"驹泽，你从刚才就一直在看报纸，"大矢问道，"该不会在预测赛马吧？"

"这又不是赛马报，"驹泽抬起头来回应道，"这是副组长给我的正经日报，我在学习前沿科技，这年头得随时做好换工作的准备。"

"算你厉害。"宇原吐槽道。

驹泽不仅具备系统工程师的能力，还有 IPA 应用信息技术者的资格证书。只要有心，便可利用县警机动队员的头衔，在任何地方找到新工作。

"今天的早报上有篇关于量子计算机的报道，"驹泽无视了宇原的讥嘲，继续对组长说道，"量子计算机的计算速度是传统计算机的一亿倍，据说即将达到两亿倍。"

"两亿倍？"大矢皱起了眉头，"这可不算平稳的进步啊。"

"你们在说啥？"宇原叹了口气，"我可一点都听不懂。"

"是这样，宇原，"大矢说，"假设这里有两枚一元硬币，总共有多少钱？"

"两元。"

"但它会变成四亿元。"

宇原一脸茫然。大矢和驹泽都属于"理科体育生"的类型，喜好探索事物的原理。这种人有时会说些瞧不上"单纯体育生"的话。当然了，被说的人确实有着思维单一的倾向。

宇原并不愿加入这般复杂的话题，打算到小学前先小憩片刻。大矢领队的排爆组在前往现场的运输车上是允许休息的。在当今，很多特种部队在抵达现场前都可以放松心情，紧张和兴奋得双眼圆睁已经是老黄历了。短时间的休憩有助于提高正式上场前的表现。能在生死攸关的路上睡去，也足以证明平时进行过严苛的训练。

宇原想闭上眼睛，却踌躇了片刻。回过头来，大矢的脸就在眼前，他没得选择，唯有加入这个复杂的话题。

"如果两元变成四亿元，那真是超级通货膨胀了吧。"

宇原略显无奈地说了一句。

"别担心，"大矢说，"只是计算速度的问题。"

"这我明白，"宇原感到被人小觑，遂加重了语气，"但无论怎么看，这都是胡乱提速吧？喂，驹泽，这都是啥莫名其妙的说法？"

"量子比特。"驹泽的目光又重新回到了报纸之上。


5 （ψ）

"啥叫量子比特？"

"可以是 0，也可以是 1。"

"什么鬼？"

"传统的计算是通过 0 和 1 的二进制来计算的，而使用同时既为 0 又为 1 的'量子叠加'，速度大为飙升，这个叠加便是量子比特。"

"怎么回事？"宇原歪过了头，"0 和 1 是两回事吧。如果数显手表上的 0 和 1 是一码事，不就搞不清几点几分了吗？"

"量子比特超越了传统计算机，可以同时处于 0 和 1 的叠加态，最终会收束到其中一个。这被称为波函数坍缩。该过程可以用来计算。"

"这样的话，到头来不还是 0 和 1 二选一吗？"

"看来前辈的头脑相当迟钝呢，是同时使用既是 0 又是 1 的状态进行计算。"

"你是故意把话讲得复杂点，好看我笑话是吧？"

"等等，宇原，"大矢插话道，"我以前在化学课上听过量子力学，确实是一门有趣的学问。驹泽，你试着给宇原解释一下。"

驹泽交替看了看大矢和宇原，然后露出宿醉般的表情，相比自己思考，向别人讲解似乎困难得多。他将目光重新投向了报纸，闭眼沉思了片刻。

"——假使宇原前辈在刑事科——"不多时，驹泽睁开了眼睛，"——你在某个町进行'走访'，高速公路将这个町分成东西两部分。"

"这个町被东西分割，是吧。"宇原说道。

"要是前辈想在全町各户人家打听消息，该怎么做呢？"

"要么先绕到东边，要么先搞定西边。中间有高速公路，交替进行是不行的。"

"对，还有呢？"

"拉你帮忙。我去东边，你去西边。"

"就是这样。但要是这么做的话，相比由前辈一人'走访'，人力成本会翻倍呢。"

"是指时间还是钱？"

"这就是问题所在，我希望你把这想象成传统意义上的计算机。对了，前辈知道'二重身'吗？"

"二重身，好像在什么恐怖电影里看到过——就是撞见另一个自己吧？"

"对。"

"那又怎么样？"

"量子比特就是二重身，假设前辈是量子比特，就能同时在町东和町西进行'走访'，没有主次，两边都是前辈的二重身，所以不需要付人工费，但速度是前辈的两倍。"

"当真?"

"是的。"

"也就是分身对吧？如果真是这样，那还真是吓人，"宇原说，"可是驹泽，就算是这样，一人变成两人，也只是比单枪匹马的时候快一倍而已。两亿倍实在有点……"

"这就是重点，东西町还有左右分开的巷子吧？如果沿着其中一边往下走，又会分岔成左右两条，要绕过所有房子，就只能走到底再折返，然后重新前进。重复这个过程会花费很多时间。"

"莫非——"宇原皱起了眉头，"在城镇的巷子里，二重身也能发挥作用?"

"打个通俗易懂的比方，可以这样理解，有的二重身走向町东，有的二重身走向町西，他们是重叠在一起的。而在各个巷子的岔路口分开的二重身也是重叠的。如此一来，就能以最快的速度获得所有住户的信息，然后从中寻找到最符合调查本部收到的目击情报——即无误差。当前辈抵达这个状态的时候，二重身就会消失，变回一个本体。这就是波函数坍缩。最后前辈回到调查本部作了报告，案子顺利解决。真不愧是前辈，恭喜恭喜。"

面对嗤笑的驹泽，宇原一脸苦涩。他听得似懂非懂，唯独可以肯定的是，头脑在短暂的车程中感到了深深的疲惫。就在这时，丸小川小学的校舍出现在了运输车的车窗之外。

6（ψ）

组长大矢和副组长相马两人率先下了运输车，确认目前的情况。全校五百六十九名学生已经全部放学，几位教师留在校内关注事态的发展。

一架新闻社的直升机在上空盘旋，大矢下令让直升机远离，然后走到可疑物所在的前庭西侧。

打头阵的组员和训练的时候一样，仍是宇原和驹泽。当两个头戴完全气密式头盔，身着灰绿色重型装备的人从运输车里现身时，教师们的视线齐刷刷地落在了他们身上。

\*

宇原提着铝合金制的行李箱，一眼看去像是塞满了预备交给犯人的赎金。但里边实际装着的并非现金，而是 X 光成像装置。

该设备可以像机场安检那样，透视可疑物体的内部，以检查是否存在爆炸物。虽说是便利的装置，但要是不放在检查对象附近就无以发挥作用。负责将其运送到那里的正是宇原。

他穿过花坛，向栅栏靠近，孩子们精心照料的报春花和三色堇被靴子无情地践踏着。三米高栅栏的对侧，矗立着首任校长的铜像。地面喷过了除草剂，早已没了一根杂草，只有碎石和土块。铜像底座的正面静静摆放着可疑物体，是黑色的长方体。可若想要进一步靠近，栅栏便挡住了去路。

\*

"宇原——"组长的声音在头盔内响起，"据说栅栏门的钥匙找不到了。从去年装好以后，就从未打开过。勤务员已经找了很久了——要用螺栓切割机把锁切开吗？"

"不，"宇原抬头望着栅栏回答道，"翻过去就行了。"

\*

宇原铆足气力攀上栅栏，虽说顶部装着有刺铁丝，但对于能抵挡近距离枪击的排爆服而言，这并构不成妨碍。

当他落到栅栏内侧时，伸手从同样爬上栅栏的驹泽手中接过装有 X 光成像装置的箱子。驹泽将装置交给对方后，又返回栅栏外侧，守望着前辈。

宇原像靠近猎物的猎人一样，轻轻踏着地面，站在了可疑物体跟前。走近一看，才分辨出是一个纸箱。

"这里是排爆组的宇原，现在开始进行 X 光拍摄。"

*

X光显示箱子内部只是一些普通的石头，没有引爆装置，也没有爆炸物。宇原所看到的图像数据被发送出去，出现在了指挥人员的显示器上。

"是否可以继续回收？"宇原用无线电询问道。

"栅栏内的电波反应如何？"大矢问。

宇原又看了一眼和X光成像装置一起带来的检波器。

"没有电波反应。"

"好，"大矢回应道，"可疑物品的回收就让驹泽上吧，训练的时候他都没有出场的机会。"

## 7（ψ）

驹泽换下宇原，爬进了栅栏内侧，伸出机械手抓住了黑色箱子。箱子离开地面，被笔直提升至一米高的空中。

十一月十一日，上午九点零三分。

这是晴朗的晚秋早晨。宇原在栅栏外等待着，仰头望着附近枯黄的樱花枝，心里暗自盘算着，在这种日子里，萨摩富士的景色应该不错吧。他喜欢拍山的照片，尤其喜爱有萨摩富士之名的开闻岳，乃至将其设为了手机的待机画面。

伴随着大型卡车正面碰撞般的轰鸣声，地面传来了震动，黑烟追逐着闪光，排爆服加上驹泽自身的体重，合计一百十二公斤的身体在空中飞舞，像极了被小孩扔在地上的人偶。下个瞬间，冲击波向宇原袭来。被扯碎的栅栏碎片撞击在排爆盾上，发出噼噼啪啪的声响，沙土自头顶倾泻而下。

耳鸣轰响，视野被黑烟笼罩，无线电波交错乱飞。

宇原匍匐向前，心中虽然明白自己要去何处，思绪却难以跟上，某样东西透过遍布泥土的头盔面罩映入眼帘，宇原朝它伸出了手——驹泽的脚落在了地上。究竟是右脚还是左脚呢？脑子拼命地思索着。脚踝几乎被撕断，从小腿至膝盖的肉体也被剜去，勉强残留下来的红黑色纤维无力地缠绕在骨头上。宇原又仔细看了看靴子，这才发觉是右脚。

组长的怒吼在耳畔响起——

"消防队员不要靠近，"指令通过无线电重复着，"这一带的安全无法保证，能靠近的只有排爆组的人！"

倘若没有完全气密式头盔，宇原的眼球和鼓膜恐怕早已被风压撕裂，浑身是血的驹泽被抬上了担架。队友们则等待着怀抱驹泽断脚的宇原蹒跚归来。

*

当救护车的门关闭时，大矢召集了排爆组。

驹泽被炸飞的时候，距离最近的目击者正是宇原。有关现场的情况，尽数记录在宇原头盔上的摄像机中。虽说镜头在爆炸中损毁，但在那之前的数据全都成功地传了回来。

——驹泽的身体在空中飞舞的瞬间。

影像虽然被黑烟遮蔽，但慢速回放仍清晰可见。驹泽用机械手抓住的黑箱子并没有爆炸，发出闪光的并非箱子，而是地面——确切地说，是在土地之下。

"从声音，烟雾的形状，还有风速来看——"大矢压低声音说道，"有可能是PMN2。"

宇原一脸茫然地站在原地，重复着组长的话。PMN2是埋设式反步兵地雷的简称。

"——是地雷吗？"宇原问道，"驹泽受伤是我最初检查时的失误。我无意辩解，只是——"

"先听我说，"大矢打断了宇原的话，"我明白你的意思。宇原，你在栅栏内来回走动，地雷并没有引爆。如果地雷用的是非压发式引信，就会出现这种情况。"

宇原凝视着驹泽的影像，影像一遍遍地倒带慢放，一遍遍被炸飞。

"那是不是存在其他的引爆信号？"

"应该是。"大矢目光严峻地点了点头。

"可是——"副组长相马继续追问，"当宇原检测电波反应的时候，什么都没有——"

大矢操作着笔记本电脑的触控板，在显示器上调出了表示实际尺寸的刻度。同样的功能也应用于内窥镜手术。

"看这里。"

——驹泽用机械手举起黑箱，箱子的上端刚好离地一米，0.02 秒后地雷爆炸——

"0.02 秒的时间延迟，要说偶然，未免太短了，"大矢说道，"我们应该认为，箱子被抬升至一米的高度和引爆是同时发生的。"

"组长——"相马用干涩的声音说道，"你的意思是，是箱子抬升一米就会引爆的陷阱？"

"从现场的情况来看，应该是这样的。"

任谁都不会想到日本国内的小学居然埋设着 PMN2 地雷，而且竟然有精心设计的陷阱。

围绕着显示器的排爆组笼罩在沉默的寂静中。

8 ($\psi$)

宇原在栅栏内看漏的发信装置，是在铜像的底座上发现的。

花岗岩的基座上一个精密的钻孔里隐藏着一台带有激光灯的摄像机。摄像机自动拍摄黑箱，当箱子离开地面的同时射出激光。正如大矢猜测的那样，当箱子边缘抵达一米的高度时，即刻向地雷发送引爆信号。

\*

当一个本身不发出信号的物体达到特定高度时，由完全不同的装置向炸弹发送信号。这在警察或军队着手处理可疑物时才会激活，因此能够避过事先进行的电波检测。这一系统被称为隐形导线炸弹（IWB），在二〇一六年比利时的炸弹恐袭中广为人知。

防止 IWB 的方法之一是用木板围住可疑物体进行回收，这样一来，摄像头和激光都无法识别对象，因此信号也就无法发送。

宇原闭上眼睛，陷入了深深的自责，他完全没有预料到这是如此准备周密而深思熟虑的犯罪。但要是考虑到所有的可能性，事先理应是能够发现的。

宇原在显示器前将脱下的头盔重新戴了回去，启动了通风装置。手臂上仍隐隐残留着拾起右脚时的触感。

\*

消息迅速传遍了全国。

——快讯：鹿儿岛市某小学发生可疑物品爆炸，爆炸导致一名机动队员重伤。警方已向半径十公里内居民发布避难通知，排爆组进入高度戒备状态，同时开展行动。附近居民如发现可疑物，请勿靠近，并立即报警——

*

疏散完没有排爆服的警察和消防队员后，手持地雷探测器在前庭和操场来回巡查，抓斗式重型机械也从卡车的载台上卸了下来，以应对可能发生的变故。

上午十点，地雷爆炸一小时后，县警的生活环境科收到了一封疑似犯罪声明的电子邮件——

小学

**PMN2** 我们的手笔

*热带之家*

收到这封简短的日文电子邮件时，"在小学发生爆炸的是地雷"的信息尚未公布。然而邮件却明确写明了地雷类型。这封电子邮件是从澳大利亚堪培拉发出的，在外务省的协助下，县警生活环境科委托当地警察进行调查，确定了特定坐标。结果在民宅中发现了一台被黑客入侵的电脑，所有者是一位九十二岁的老人。这位老人正在医院接受早期阿尔茨海默病的治疗，邮件客户端已经数年没有用过，线索就此断绝。

犯罪声明之谜并不仅仅有关"地雷",有必要思考一下邮件中的"我们",即"热带之家"的含义。

这是凶手在自报家门吗?抑或是恐怖组织的名称?可若是恐怖组织的名称,在县警的数据库中没有记录。警备部接到县警高层的指示,向公安调查厅进行了询问。

信息发出之后,不久就有了回复。

\*

【分类·调查中】

● The Tropics Liberation Organization

● 热带解放组织

简称:TTLO

别名:热带之家

● 环境恐怖分子

主要攻击目标为亚洲、非洲地区的度假村开发、森林采伐、海洋开发、原子能发电等相关企业。

·二〇一三年

以菲律宾国内为根据地开始活动。

·二〇一四年

在印度尼西亚雅加达参与了针对外国游客的炸弹袭击,

事件发生后，酒店被迫关闭。

·二〇一六年

在澳大利亚墨尔本参与了针对度假酒店游客的炸弹恐怖袭击，事件发生后，酒店被迫关闭。

·二〇一七年

应为组织领导人的加拿大国籍的里弗斯·布拉多克被捕后，组织的现状不明，正在调查。

\*

宇原转移到校舍内部，检查了二楼的教室。

屋顶、理科室、食堂、礼堂、地下室——当拆弹小组完成所有区域的安全检查时，十一月的太阳已经落山了。


9（$\psi$）

傍晚六点，鹿儿岛塞维尔酒店的服务台接到一通电话，一个沉稳的男声在电话里说：

"在一楼的休息室，有个客人进了靠墙的氧气舱，绝对不要打开舱盖，一旦开启，整个楼层都会被炸毁。引爆装置可以识别一点三个大气压。马上报警，只要告诉那边'小学地雷'，他们很快就会赶过来。"

警方接到了鹿儿岛塞维尔酒店的报警，问明地址后不由得打了个寒战。酒店所在的位置是天文馆。

这里是鹿儿岛最大的闹市区，聚集了诸多餐饮店和酒店，这里有全长两公里的知名拱廊，可抵御樱岛火山的喷发灰烬。

鹿儿岛当真成了恐怖分子的目标吗？县警高层为此大为苦恼。由于犯人并没有提要求，所以其目的也不得而知。

唯一可以肯定的是——

在天文馆发出的避难指示，其影响规模与小学临时停课不可同日而语。

*

前往天文馆电车街，千日町四号街区——

还没来得及休息便接到新的出动命令的排爆组，将小学移交给辖区警察和消防部门后，开始准备转移。

组员们不显疲惫，而是对恐怖分子的爆炸预告表露出毫不掩饰的愤怒，动作像白天一样迅捷。排爆组战斗的对象并非嫌疑人，而是炸弹。尽管如此，新的出动也只是为了报仇而已。遭受出血性休克之厄的驹泽至今仍生死不明。

热带之家——这个种族国籍不明，名字好似笑话的恐怖分子，显然是用小学的地雷做铺垫。之所以害了驹泽，就是为了让警察知道闹市区的爆炸预告绝非恶作剧。宇原握紧了拳头。对不起，驹泽，我一定会干掉你的仇敌，你一定要活下来。

大矢一边看着部下撤走器材，一边叫来宇原，简短地交代了几句。宇原独自走到操场的饮水处，抓住水管，打开水龙头，终于将留在排爆服上的驹泽的血洗涤干净。

*

天文馆一带下达了避难指示，平日的热闹无影无踪，道路禁止通行，作为街市象征的有轨电车也不见了踪影。餐厅和电影院全都停止营业。四处寂静无声，仿佛樱岛火山发生了大规模喷发一样。但此处并无落灰，唯有"鹿儿岛塞维尔酒店"的建筑沐浴在机动队的灯光下，在黑暗中熠熠生辉。

宇原带着装有 X 光成像装置的箱子，和携带金属探测器的相马，以及鹿儿岛机场派来支援的牧羊犬一起穿过入口处的警戒线，在搜查员和消防队员的注视下，两人一狗消失在了馆内。

相马牵着的牧羊犬是南九州仅此一条的火药探测犬，它能嗅出数十种不同的火药，在机场的行李检查中发挥着重要的作用。无人值守的大厅天花板灯火通明，在灯光的照射下，两人一狗向西走去，进入了休息室。

正如组长所言，彼处出现了怪异的一幕。

　　室内色调统一，是温暖的奶油色。七台氧气舱整整齐齐地排列着，大小相当于一个大型鱼缸，其中六台的舱盖被打了开来，唯有靠墙的一台紧紧关着，在那台氧气舱的两侧分别站着一名消防队员，像是在守护着什么。

　　"确认一楼西侧的氧气舱，"相马通过无线电报告道，"还确认了两名消防队员。"

　　宇原靠近氧气舱，透过透明的圆形窥窗，看清了舱内男人的脸。他正身穿白色浴袍沉沉睡去，似乎做梦都没想到自己身边居然被设置了爆炸物。

　　站在氧气舱左右的消防队员时刻盯梢，以防里面的男人醒来后打开舱盖。

　　那是因为恐怖分子留下了这样的话——绝对不要打开舱盖，引爆装置可以识别一点三个大气压。


10（$\psi$）

　　"——氧气舱是通过将高浓度的氧气输送到血液，以助人恢复疲劳的装置。然而，在日常生活中的标准气压，即一个大气压下，即便把高浓度的氧气吸入肺部，也难以留在体内。

　　"若要将高浓度氧气有效地吸收到血液中，据说'一点三个大气压'是必需的。这相当于全身承受着和潜入三米深的水时相同的压力。为了制造这样的环境，氧气舱被设计成密封的，压力从内部升高。

"就恐怖分子在电话中告知酒店前台的内容分析来看，他们首先将炸弹藏进了氧气舱里，当使用者进入装置关闭舱盖，内部气压达到一点三个大气压时，引爆装置便处于待机状态，在气压发生变化的瞬间启动，即打开舱门的那一刻——"

——宇原一边回想着组长在运输车做的说明，一边盯着氧气舱。恐怖分子为何要打电话告知这样的引爆装置，他百思不得其解。

然而，眼下的状况极度危险，这点是毫无疑问的。氧气舱的舱盖既可以从外部打开，也可以从内部打开，这是考虑到密封状态或气压上升有可能导致使用者身体不适。然而，舱盖并非像车门那样能够轻易打开，需要通过转动旋转式手柄缓慢打开。那是因为要是开得太快，急剧变化的气压可能会损坏鼓膜。

即便没法立即打开舱盖，可当一个毫不知情的男人从睡梦中醒来，觉察到状况有异而试图打开舱盖，那么一切就结束了。一点三个大气压的状态崩溃，氧气舱发生爆炸。

宇原和相马抵达后，待机的两名消防员终于得以从死亡的悬崖边解脱出来。然后宇原和相马按照组长的指示，使用强力胶带将氧气舱的舱盖牢牢绑住。不能因为考虑人道主义而踌躇不前。这样一来，即便男子睡醒，也没法凭借自身的力量逃到外边。

在宇原着手对氧气舱进行 X 光检查时，那只探测火药的牧羊犬在身边激烈地摇晃着尾巴，这个动作表明附近有炸药。

\*

若坂则友。唯一能够确认的，只有住宿者名单上登载的熟睡男子的姓名。鹿儿岛塞维尔酒店的住宿费是后付的，所以也没有使用信用卡的信息。

装有信用卡和身份证的钱包存放在休息室的储物柜里，储物柜没有实体钥匙，而是使用顾客自行录入的指纹识别信息上锁的类型。在没法使用指纹识别的情况下，必须按照规定的操作程序才能开门。相马通过无线电联系了酒店的工作人员，开始对储物柜进行解锁。一旦拿到钱包，便可查明若坂则友的身份。

\*

"该男子睡觉的床垫下方可以确认到炸药，"宇原用无线电告知，"下面铺了多个分装的小包裹，每个包裹上都连接着引爆的线头。"

"从包裹的形状来看像是 C4——"大矢一边查看着传送到显示器上的图像，一边说道，"让狗闻闻看。"

"了解。"宇原应道。

相马让牧羊犬嗅探氧气舱的底部，然后拉着牵引绳，将其牵到对面的墙边。待牧羊犬坐好后，他将一个火药样本举到狗鼻子前，观察它的反应。当轮到 C4——美军也在使用的高性能炸药时，狗并没有反应。

"C4 没有反应，"相马说道，"继续进行样本测试。"

令牧羊犬产生强烈反应的是 CL-20 样本，六硝基六氮杂异伍兹烷，它比 C4 要危险得多。在能够人工合成的化合物里是最强的炸药。宇原在头盔里深吸了一口气，倘若 X 光下看到的炸药真是 CL-20，那么其威力足以摧毁酒店一层楼。

"宇原——"大矢用渗透着紧张的声音说道，"从能看清引爆装置的角度重新拍摄图像。"

为了不碰到氧气舱，宇原缓缓躺在了地上，再度尝试 X 光拍摄。


11（ψ）

考虑到酒店内部可能发生爆炸，指挥所的帐篷被设置在运输车的后面。如果有能够阻挡爆炸的隔离墙，调查人员就不会受伤。

在这个帐篷里，负责指挥排爆组的大矢听取了调查人员有关若坂则友行动的调查信息。

\*

若坂则友在前一天，即十一月十日造访了"鹿儿岛塞维尔酒店"，预定入住两晚。今天上午九点，他预约了"傍晚六点到七点半，总计九十分钟"的氧气舱服务，随后离开酒店。回到酒店的若坂按照预约在下午六点进入氧气舱。根据休息室工作人员的证词，当换上浴袍的若坂进入氧气舱时，除去手表和手机，没有携带其他物品。确认随身物品，对于排除自杀式炸弹恐袭的可能性至关重要。

氧气舱的舱盖合上不久，前台便接到了疑似爆炸预告的来电。这个电话是谁打来的呢？若是若坂则友自导自演，那么他可以使用带入氧气舱的手机拨打这个电话。如果存在其他嫌疑人，那么这个人必然以某种手段监视了氧气舱舱盖关闭的瞬间。

究竟是自导自演还是外部犯案，判断的关键在于下午四点发生的事情。两个自称是氧气舱制造商的"定期检查员"出现在了酒店前台。他们检查了七个氧气舱，用酒精对透明面罩进行了消毒，然后放下名片和新产品的宣传册便离开了。

下午六时过后，接到爆炸预告通报而赶来的调查人员向前台服务员了解了情况，并联系了氧气舱的制造商，按制造商的反馈，他们并未派遣任何定期检查员，留下的两张名片实际是空调安装公司的，和氧气舱毫无关系。

在氧气舱里放置爆炸物的人，极有可能并不是若坂，而是那两个自称定期检查员的人。县警搜查本部拿到了酒店的监控录像，已对两人发布了紧急通缉。

　　＊

汇报完毕后，调查员离开了帐篷。大矢专注地盯着宇原传送来的疑似引爆装置的图像。

图像上并没有拍到什么，只映出了不透明的漆黑影子轮廓，X光被彻底屏蔽了。

那是直径二点六厘米的球形阴影，外边环绕着一个圆环，环同样只是阴影，宽一点一厘米。放大进一步观察，形状好似一条大蛇包裹着一个黑色的蛇卵，隐约透着一股凶煞之感。大矢盯着这幅景象，不知为何，已故父亲的面容浮现在了脑海里。

迄今为止，他见识过无数的引爆装置，但他仍无法判断这个装置的运作原理。

或许这并不是引爆装置，而是气压计的影子。然而，他已经找到了一个可能正在识别一点三个大气压的气压计，就在球形和圆环组成的阴影旁边，由另一根导线连接着。既然如此，这个影子就必然是引爆装置了。毕竟能够准备 CL-20 的对手不太可能无缘无故地设置两个并排的气压计。

尽管如此——大矢心想，为什么对方要特地告知打开舱盖就会引爆？为什么不用定时引爆？而且为何这个引爆装置能完全屏蔽 X 光？

*

打开储物柜后，相马带着牧羊犬出了酒店，现场只留下了宇原和睡在氧气舱里的男人。

竟然能想出这种恶魔般的手段，宇原心想。虽然目睹驹泽受害的怒火仍在心中熊熊燃烧，可他不得不承认对手算计高明的事实。即便如此，宇原仍无法理解那些人的真正意图。

比起轻松地杀人，这些恐怖分子宁愿折磨警方吗？他是在享受我们束手无策的样子吗？

排爆组的职责绝非碰运气剪断红线或蓝线，这些只是虚构的情节。与其冒着生命危险做这种赌博，还不如在安全的地方将回收的爆炸物引爆。如果无法安全地转移炸弹，那就用液氮将其冻结，以阻断其化学反应，然后进行转移。

然而现状并不允许这样做，那是因为 CL-20 在舱体内部。世上最强的炸药密密层层地铺在熟睡的男子的身子底下。假使强行冷冻，那就必须连同氧气舱一起冻住。这样一来，睡梦中的男人也会遭遇冻结之厄，他很快就会失温而死。

*

在指挥所的帐篷里，大矢一动不动地盯着显示器。

警察学校的同期生前浜三雄拿着两个装着热咖啡的纸杯走进帐篷，前浜隶属于刑事部第一机动搜查队。

前浜告知大矢，得益于相马从储物柜里取出的钱包，警方得以查明氧气舱里的若坂则友的身份。他将纸杯咖啡放在桌面上。大矢听完详情，只是简略地应了声"是吗"，并没有碰咖啡。

前浜一言不发地凝视着显示器。又过了片刻，他开始提出各种问题。与其说是提问，更像是提出打破现状的意见。每当前浜提出建议，大矢都似自言自语一样一一给出了否定——这不可能，没法打开舱盖。不能让若坂出来，没办法冻结炸药。

前浜叹了口气。

"真是麻烦，要是没法和犯人交涉，就是真真正正地陷入死局了。"

"不，"大矢盯着显示器说，"还不至于。"

## 12（ψ）

丝毫不曾觉察到自身所处的极限状况，睡在氧气舱内的男子的详细信息，在县警高层齐聚的会议室里被公布出来。

前来报告的刑警正是前浜，前浜淡淡地告知道：

"——若坂则友，四十八岁，鹿儿岛县出身，现居东京都世田谷区，家有妻女，工作单位是经济产业省外局资源能源厅，职位是国际科科长——"

难以形容的低语在会议室里弥漫开来。资源能源厅，霞关[1]。随着前浜带来的情报被进一步公布，现场的气氛变得愈加紧绷。

"——若坂前来鹿儿岛是为了参加亲属的葬礼，在今天中午举行的葬礼上，若坂的妻弟也在场，他名叫野牧铁二，在鹿儿岛县当选的参议员，核电站的推进派，就是在本县下川核电站重启项目中饱受反对派指责的人物——"

---

1  位于东京千代田区的南端，政府机关多集中于此。

非但是政府机关，甚至与永田町有所关联。若坂则友所处的状况，其本身对鹿儿岛县警方来说就如同爆炸物般危险。救援绝不容许失败，随着事件全貌的浮现，其规模已经超越了鹿儿岛县，牵扯进了日本政府。资源能源厅的科长被以环境恐怖主义为理念的恐怖组织"热带之家"盯上绝非偶然。

"可是——"本部长说，"嫌疑人怎么知道若坂会进入哪个氧气舱呢？他们在若坂回到酒店之前，就在靠墙的那台氧气舱里装了炸弹。可氧气舱里总共有七台，对吧？"

前浜停顿了片刻，随后应道：

"我们正在调查所有可能的情况，比如恐怖组织对预约信息实施黑客入侵，以及酒店员工中藏有内应，这里只能给出一个可能让您不甚满意的回答——"

"说说看。"

"只要在下午六点的时候，把除了靠墙以外的氧气舱全部占满，若坂能进入的地方就被限制住了。"

"原来如此，确实是开玩笑似的回答。照这样说，同时段的使用者就都成嫌疑人了？"

"是的。不幸的是，六台氧气舱并没有全部占满，而我们正在追踪所有使用过氧气舱的人。不过根据休息室的负责人说，具体使用哪台氧气舱是直到最后才定下来的，好像没有客人指定特定的氧气舱。"

"那么在对预约信息实施黑客入侵这条线上——"另一位高层问道，"关于恐怖分子有没有什么线索？"

"这个问题非常复杂。"

"怎么个复杂法？"

"这并不仅仅是普通的黑客入侵，更有可能是通过计算组合数来实施预测的。"

"什么叫计算组合数？"

"正如我之前所说，具体使用哪台氧气舱是直到最后一刻才决定的，炸弹是在下午四点由伪装成定期检查人员的两名嫌疑人安装的，要是酒店没有内应，那就意味着恐怖组织提前掌握了氧气舱的预定情况，通过组合数推算出若坂傍晚六点会进入哪个氧气舱，并作出了正确的预测。氧气舱共有七台，设定程序有六十分钟，九十分钟，一百二十分钟三种。组合绝不简单。"

"能通过某种方法计算出来吗？"

"没有，我们正在努力，但是还没成功。"

"那就别提这个了。"

"按生活环境科的说法，这需要量子计算机。"

"量子计算机?"

"是的,只要有了这个,就能实现快速计算了。"

"这事以后再说,还有其他报告吗?"

"报告到此为止,但我有个重要的请求,"前浜说,"若坂的氧气舱使用将于七点半结束,为了维持一点三个大气压,必须用排爆组贴的胶带封住舱盖,但要是本人设置了吸氧结束前手机闹铃,就有醒过来的可能。假如若坂在恐慌中试图强行打开舱盖,这将非常危险。因此有件事需要事先获得排爆组的许可——"

前浜看了眼自己的手表,此时是晚上七点零六分。

## 13（ψ）

组长真是想到了一个绝妙的主意——

宇原一边想着,一边看着氧气舱的底板,用扳手拆下固定机身和底座的螺栓。

\*

在不打开舱盖的情况下维持一点三个大气压,那就将氧气舱移动到一个整个房间都能维持一点三个大气压的空间。

\*

这便是大矢拟定的计划。

氧气舱通过外部电源调节气压，但即便拔掉插头，气压也不会瞬间下降，因此可以将其连接到其他电池上，在确保电源的基础上将舱体从底座上取下，即可将其运出酒店。

问题是氧气舱的去处。

医疗机构和工业产品制造商都有可以改变气压的房间，但并不是很大。大矢寻找的是可以同时放入氧气舱和重型机械的空间。

放入重型机械是为了打开氧气舱的舱盖，不能让排爆组的组员手动将其打开。

真能找到如此便利的地方吗？宇原暗自想着。可当他听到从未想过的移送地点时，他和其他组员们一样难掩惊诧。

"要去种子岛的宇宙中心，"大矢说，"在宇宙中心扩建的新设施里，有个大型气压调节实验室。我们在设定一点三个大气压的宽敞室内，使用重型机械的机械臂打开氧气舱的舱盖，打破密封的死局。"

*

CA9 排爆服虽然具备冷却机能，但宇原的体感温度还是像穿着桑拿服一样节节攀升。他大汗淋漓地将拆下的螺栓小心翼翼地递给同事。

宇原以外的组员们都穿着美制 MK5 排爆服。在宇原将氧气胶囊从底座上取下来的时候，他们将一个气瓶连接到了把高浓度氧气输送给使用者的管子上，容器里充满了手术用的麻醉气体。

让若坂则友在麻醉中安然入睡——搜查员代替大矢向县警高层汇报并获得了许可。

排爆组即将前往种子岛宇宙中心，虽然同样位于鹿儿岛县内，却在一个距离超过一百四十公里的南方离岛之上，要移送氧气舱就必须跨越大海。并且爆炸物不能用直升机空运，因为一旦发生爆炸就会引发坠机。

余下的移送手段唯有船运，但是乘船之旅比空中飞行要慢得多，让若坂则友在漫漫长夜保持沉睡，无论是确保他的情绪稳定，还是避免恐慌和挣扎，这都是非常重要的举措。

在警医的指示下，排爆组仔细地关注气压变化，注入了必要剂量的麻醉气体。调节器关闭的同时，氧气舱里警铃大作，那是一连串尖锐的电子音。

在这种状况下听到电子音，组员们纷纷僵立当场。每个人都停下了手中的工作，纷纷屏住呼吸，但响起的声音却是若坂则友的手机闹铃，闹钟设置在了晚上七点二十五分，也就是结束前的五分钟。

宇原长吁了一口气，解开了最后的螺栓。

\*

携带一只不曾被液氮冷冻，也没有解除引爆装置的蝴蝶横渡大海，这是排爆组史无前例的任务。

从酒店拆下的氧气舱被他们装载到拖车上，运入了港口。沿途进行了严格的交通管制。除去拖车以外，其他车辆一律不准行驶。

海上保安厅的巡视船早已在港口等候，但负责装载氧气舱的并非巡视船。这与直升机是一样的理由，要是在船上装载炸弹，万一有变，将引发巨大的惨剧。

巡视船通过钢缆和装有集装箱的趸船连在一起，氧气舱将被安置在集装箱中，然后通过拖曳的方式转移到种子岛。

\*

宇原登上了海上保安厅的巡逻船，在甲板上眺望着翻滚的黑色海浪。出港后不久，他攀上了通往操舵室的楼梯。

被钢缆牵引着前行的集装箱内的影像，通过摄像头传输到了操舵室内。

黑暗中被灯光照亮的圆形氧气舱。

双目紧闭的资源能源厅国际科科长的脸庞。

此情此景宛如在观看一场科幻电影。

宇原喝了几口水，吃了些包装好的鸡肉，又吞下几粒维生素片。他没有跟组长、副组长或其他任何一个人说话。用餐完毕后，他独自走下楼梯，在临时休息室小憩了片刻。

离开港口一个小时后，他在望不到头的现实噩梦中惊醒。

晚上九点三十九分，拖曳着集装箱前往种子岛的巡逻船接到了紧急联络。应答的海上保安官立即通知了大矢。

"本船接到了停船命令，即将在此停船。"

"停船？"大矢脸色骤变，"哪里下的命令？"

"请求是冲绳发出的。"

"冲绳？那边的海保吗？"

"不，是驻日美军的请求。"

"美军——让我们停在这片海域，是什么打算？"

"听说他们要过来。"

"过来？"大矢皱起了眉头，"到这艘巡逻船上？"

"四名美军士兵和一名 OGA 成员正乘坐 UH-60 赶来。"

OGA（Other Gov Agency）是执法机构的黑话，用来指代 CIA 探员。UH-60 则是陆军版的黑鹰直升机。

大矢的面色变得愈加严峻。

"他们是从冲绳本岛过来吗？"

"是的，应该是从那边出发。"

冲绳本岛距离巡逻船目前的位置少说也有六百公里，大矢摇了摇头。

"停船是不可能的，从冲绳坐直升机过来最快也要两个小时。不管那边想干什么，都是在浪费时间。有什么话可以到种子岛再谈。把无线电给我，我去和海保的负责人谈谈。"

就在这时，又有一则联络传来，对方是鹿儿岛县警的警备部部长。

"——大矢，听得到吗？赶快召集组员，务必都来听接下来交代给你们的事情。我们请来了国立大学的专家，让这位教授告诉你们。"

"国立大学教授？要说什么？"

"有关氧气舱的引爆装置。"

警备部长有气无力地回答道。

## 14（ψ）

发动机突然熄火，传到休息室的震动随即消失。接到命令的宇原立即起身前往操舵室，飞奔上了楼梯。难道集装箱里发生什么意外情况了吗？

操舵室里聚集着所有登船的组员。宇原看向了显示器，氧气舱并无异状。

大矢将脸凑近了通讯麦克风。

"我是大矢，队员们都到齐了。"

从扬声器那头传来了清嗓子的声音，紧接着，一个宇原从未听过的男声回荡在操舵室。

"嗯——我是——在国立某大学担任教授的某人。应警务厅的要求，大学名，还有姓名等，出于调查要求无法透露，还请见谅。我的专业是量子力学。"

量子？宇原只觉得这话有些耳熟。在今早的运输车里，读着报纸的驹泽提到的词不就是这个吗？

"——当然了，我只是局外的民众——"教授的语气听起来有些无奈，"我的任务是向船上正在收听无线电的排爆组的各位传达情况，接下来请听我解释。

"今天下午八点，冲绳县浦添市的美军海军陆战队驻地'考特尼营'收到了爆炸预告的邮件。

"内容是美军驻地的士官健身房内被设置了爆炸物，宪兵（MP）即刻展开调查，发现一个士官所在的氧气舱里确实装有炸弹。在'鹿儿岛塞维尔酒店'发生的事，同样也发生在了冲绳的'考特尼营'。被关在氧气舱里的士官姓名并未向日方透露。

"现在，你们可能会想，要是两者情况相同，鹿儿岛的氧气舱能否成功排爆必然是驻日美军最关心的事情，他们不可能要求你们停船，反倒应该催促你们尽快赶到种子岛宇宙中心，将氧气舱搬进大型气压调节实验室。"

听完教授的讲述，宇原这才发现巡逻船的引擎应驻日美军的要求而关闭了。

"各位的想法非常合理，"教授说道，"并没有错，在一点三个大气压的房间里打开氧气舱——大矢组长的提案很有说服力。他在身陷危机时还能提出这种想法，令人不禁肃然起敬。但不幸的是，情况发生了变化。'考特尼营'收到的爆炸预告的末尾也有'热带之家'的署名。如前所述，恐怖组织设计了利用氧气舱引爆的系统，这在鹿儿岛和冲绳都是一样的。

"但仍存在一个很大的不同，即爆炸预告的内容。我把美军收到的英文邮件翻译成日文读给各位听——"

\*

氧气舱 ×2

考特尼营　鹿儿岛塞维尔酒店

冲绳和鹿儿岛的引爆装置　　EPR 对

舱盖开启，或内部压力低于一点三个大气压

无论何种情况，观测费米子自旋

自旋向上 / 引爆

自旋向下 / 不引爆

你们这些龟缩在冲绳的美国人，把这些告诉日本警察

\*

扬声器里的教授的声音突然中断，操舵室鸦雀无声。和其他组员一样，宇原只觉得大惑不解，完全摸不着头脑，EPR 对？费米子？自旋？

"排爆组的各位，"教授的声音回来了，"请仔细听我说，这非常重要，接下来我想和各位分享一下恐怖分子爆炸预告中提到的 EPR 对。

"EPR，该名出自三位物理学家爱因斯坦、波多尔斯基和罗森，各位应该知道，爱因斯坦用相对论证明了'时间和空间是可变的'，根据观测者所在的坐标和重力的不同，时空会伸缩。

"虽说谈及爱因斯坦，就要标榜其在相对论上的成就，但爱因斯坦曾私下对朋友透露：'比起相对论，我在量子论上耗费的脑力更多。'

"量子论是试图描述超微观的物质世界，即比分子和原子还小的量子的理论。以丹麦科学家尼尔斯·玻尔为首的团队对量子力学的机制进行了研究，他们被称为哥本哈根学派。他们提出的概念之一是互补性。即在量子世界中，位置

和动量不能同时被观测，这让量子的本质坠入了迷雾，但玻尔认为，只要计算正确即可，他不想要进一步解释。

"爱因斯坦对此表示了强烈反对，倘若仅仅满足于数学描述，那物理学还有什么意义？无休无止地计算那些如雾如云，似影似幻般没有实体的东西，对爱因斯坦而言，这样的态度实在不能被称作物理学家。他的理念是'对任意实在的完全描述'。但请不要误解，爱因斯坦并不是否定量子力学，也不是无法理解，只是无法接受把互补性的概念认定为自然真理，并裹足不前的态度。

"问题在于互补性，这样说恐怕很难理解吧。

"我打算尽量说得简单些，'在量子世界中，位置和动量不能同时被观测'——这句话究竟是什么意思？

"量子是原子以下的世界，是物理量最小单位的总称。包含电子、光子、质子和中子等种类，所有的这些量子的位置和动量都无法同时掌握。

"打个比方，各位正乘坐直升机追逐开车逃亡的犯人。

"从空中追踪横跨车道，频频闯红灯的逃亡车辆，那么逃亡车的位置和动量都是可知的，因为它就在你眼睛下方的道路上。但严格来讲，动量是质量和速度的乘积，这里我们就说简单点，只谈论速度。

"那么，当你们在直升机上追踪时，应该会通过无线电向指挥中心报告——

"'发现嫌疑车辆，目前在国道 A 号线上以每小时两百公里的速度行驶'，这样一来，抓住犯人就只是时间问题。

"那么，让我们假设逃亡车辆的真实形态其实是量子，于是，超乎常理的事就发生了。

"当你们在'国道 A 号线'观测到逃亡的量子位置的瞬间，量子就在道路上静止，连刹车的痕迹都没留下，这样一来，就无法确定这辆车是否为逃亡车辆。

"接下来，假使我们事先知道量子的动量是'以时速二百公里的速度行驶'，就在这时，量子具体在哪条道路上行驶就变得未知，连位置信息也消失不见。我们只能知道它在某处行驶的概率。

"这样表达能听得懂吗？尽管我们尚未完全解开量子的这些性质究竟意味着什么，但有一点希望排爆组的各位能够理解，这就是之前提到的'在量子世界中，位置和动量不能被同时观测'，在观测到量子之前，一切只能用概率来表示，无法接受在此停止思考的爱因斯坦是怎么说的呢？各位可能在学生时代听说过——'上帝不掷骰子'。"

宇原也知道这句话。

然而，这话听起来却与迄今为止的印象大相径庭，那位照片上留着小胡子，吐着舌头的伟人所说的名言，此刻听来却像是信念被夺之人痛苦的呐喊。

那是对量子力学互补性的呐喊吗？

## 15（ψ）

"——爱因斯坦、波多尔斯基和罗森（EPR）在论文中呼吁的事情，与我们现在所面临的事也有很大的关系——"教授的声音继续从操舵室的扬声器里传来，"让我们把量子世界中的两种粒子比喻为'刀'和'叉'。假设你面前有两个盒子，一个里边装着'刀'，另一个里边装着'叉'，是一整套餐具。盒子是盖上的，从外边看不见里边装着什么。在量子世界里，在观测之前，一切都只是概率波，这两个盒子里的内容物则是'刀'与'叉'的叠加态。能明白吗？'刀'和'叉'如同幽灵一样同时存在。

"结果取决于观测的时刻，请想象一下，当你打开一个盒子，看到里边是'刀'时，也就是叠加态崩溃，坍缩的瞬间。这个时候，即便不开盖子，也能知道另一个盒子里的东西一定是'叉'。

"这真是一桩奇妙的事。原本每个盒子里的东西都是

'刀'和'叉'的叠加态，谜团在于，一个盒子里的'刀'是如何知道另一个盒子里的内容物被定为'叉'的。

"这种相互作用被称为量子纠缠，而这种纠缠的粒子被称为EPR对。纠缠就是缠结组合的状态。令人惊讶的是，这种作用无关空间距离，哪怕在星系和星系间也会发生。即便相隔数万光年，理论上也是瞬时发生的，这就相当于超越了光速。根据爱因斯坦相对论，应该不存在超越光速的东西。但量子的相互作用却违背了这个法则。基于这点，EPR主张'量子力学存在重大疏漏'，他们向当时量子力学研究领域的领袖尼尔斯·玻尔发出挑战，声称'这个理论并不完美'。

"EPR所指出的矛盾，玻尔完全无法反驳。在爱因斯坦和玻尔去世后，进行了针对'EPR对'的验证实验，结果令人震惊，量子纠缠确实在起作用。当然了，超越光速是不可能的，这是未知的谜题。但颇具讽刺意味的是，为了批判量子力学而提出的思想实验却反而证实了量子力学的近似正确性。"

16（$\psi$）

"让我们回到恐怖分子爆炸预告的话题上，"教授继续说道，"他们声称使用了'EPR 对'进行引爆。要是不了解量子力学，是不会用到这个词的。爆炸预告邮件上写的是'观测费米子的自旋'，这意味着他们在 EPR 对中使用了费米子。粒子大致分为两种，费米子和玻色子。费米子的种类包括电子、质子、中子、中微子等，仅凭恐怖分子的邮件难以确定他们使用的是何种粒子。据说他们还向驻日美军方面发送了详细的数学公式，但具体内容尚未传到日方手中。

"现在假定他们所说的费米子是电子，并依据这个进行解释。电子是带电粒子，但并非你们想象中的小球，它被称作电子云，只是作为一种在一定范围内的概率存在。电子在原子核周围有一种类似动量的东西，我们称之为自旋。严格来说，这并非旋转，不过方便起见，请想象为类似旋转的东西。

"电子自旋只有两种，正和负，正被称为'自旋向上'，负被称为'自旋向下'，由于叠加态的关系，电子同时具备这两种自旋。在我们实施观测之前，不可能知道方向究竟是哪边。"

操舵室再度陷入了沉默。

"——教授，可以提问吗——"率先打破沉默的是大矢，"我已经大致理解了教授所说的 EPR 对，也就是量子纠缠。

但这样的现象在技术上有可能应用于现实吗?"

"可以，包括我国在内，世界各国的研究机构都已在推进应用，最具代表性的就是量子传送。"

"量子传送?"大矢压低了声音，而宇原的耳朵里响起了驹泽被运输车晃动着的说话声。"——对了，前辈知道'二重身'吗?"

"虽说是念力移动，"教授继续说道，"并不是人类在空间中移动，而是利用量子纠缠能远距离瞬间影响彼此状态的性质，来进行机密信息的传递。这被认为是最强的加密法。"

"也就是说，量子纠缠是可以应用于现实的对吧?"

"是的，也存在人工制造 EPR 对粒子的技术，例如光子的参数转换之类。"

"这么说来，发给美军的爆炸预告内容并不是恐怖分子在胡编乱扯?"

"是的，从目前的调查资料来看，我是这么认为的。"

"美军方面也是这么认为的吗?"

"据说是的。"

"明白了，那我就直截了当地问吧，鹿儿岛和冲绳的氧气舱在什么条件下引爆?"

"只要仔细分析一下鹿儿岛酒店的爆炸预告电话就能看

出端倪。电话里是这样说的：‘绝对不要打开舱盖’，还有：‘引爆装置可以识别一点三个大气压’。也就是说，打开舱盖也会引爆，不足一点三个大气压也会引爆，准确地说，是引爆或不引爆。”

“引爆或不引爆？”

“请各位回想一下 X 光拍摄到的引爆装置的阴影。那些没能通过 X 光的物体中，直径二点六厘米的球体可能内置了量子计算机的芯片。类似的装置我也曾见过。在球体的周围环绕着一个厚度为一点一厘米的环。其中封闭着一个处于量子纠缠状态，即 EPR 对的粒子中的一个，这对粒子中的另一个则位于冲绳氧气舱的环中。”

宇原听着教授和组长的通话，一边思考着发送至“考特尼营”爆炸预告的内容，自旋向上引爆，自旋向下不引爆——这究竟是——

“也就是说……”大矢说道，“只要氧气舱的舱盖被打开，或者内部气压降低，出现这两种情况的任何一种，就会使量子计算机开始观测环内的自旋状态——是这样吗？”

“正如你所说的那样，观测会消除叠加态，自旋的方向得以确定。如果是‘自旋向上’则触发引爆，如果是‘自旋向下’则平安无事。鹿儿岛和冲绳，两边的氧气舱引爆与否，取决于观测的瞬间。"

在鹿儿岛或冲绳的其中一个氧气舱内，CL-20——六硝基六氮杂异伍兹烷将会发生化学反应。宇原想象着那样的惨祸。如果如此大剂量的炸药发生爆炸，人和氧气舱都会消失得无影无踪，仅余尘埃。

"因为量子级别的粒子会被电磁波弹飞，"教授又说，"为了让 X 光无法穿透环，恐怖分子理应用遮蔽材料覆盖了环。同样地，量子计算机芯片也受到了保护，打个比方，从氧气舱外部施加强大的电磁波来破坏引爆装置本身也是不可能的，所以只能看到阴影。真是精密的设计。"

"——大矢组长——"排爆组的搜索负责人山形巡查开了口。山形是驹泽的同期同学，"我也可以问一个问题吗？"

得到大矢的许可后，山形走近麦克风。

"我是排爆组的山形，教授——假如同时开启鹿儿岛和冲绳的氧气舱，会发生什么事呢？"

"你的意思是，如果同时打开两台氧气舱，就能维持自旋的叠加态，无论哪边的自旋方向都不会被确定，是吧？"

"对，就是这样。"

"山形先生，即便将两台氧气舱并排放在一起，同时打开舱盖，也只是在我们眼里同时进行而已，完美的同步事实上是不可能实现的。导出这个真理的也正是爱因斯坦。两点之间不可能同时完成一件事，坐标的差异会改变时间，因此必然会产生误差。"

"必然会产生误差，也就是说——"山形继续说道，"即便我们同时打开舱盖，也必然会有一方在先，一方在后，是吗？"

"在不存在绝对时间的情况下，很难定义何者为先，何者为后。所以一方被观测为'自旋向上'，另一方被观测为'自旋向下'，这样的结果是没法避免的。"

"教授——"大矢把脸凑近了麦克风，"我还是不太明白，为什么热带之家那伙人只把自旋和引爆相关的系统告知了驻日美军？我们一直以为氧气舱内的一点三个大气压是引爆的关键，所以才来到了这里。他们有必要误导鹿儿岛县警方吗？"

"这个嘛……"教授欲言又止，虽然看不见他的身影，但似乎在向身后的人物确认着什么，"——这并不是我个人的见解，而是驻日美军的意见，恐怖分子的目标并不是日本，而是美国，被困在鹿儿岛县氧气舱内的日本官员，只不过是为了让美国意识到事态严重性而配的'对'。"

"只是配对？"大矢的声音里带着怒意，"好吧，姑且按下不谈。那么，教授，切断两台氧气舱之间的量子纠缠，是无论如何都无法实现的吗？"

"无法实现。"

"连一丝可能性都没有？"

"如果让另一个粒子靠近鹿儿岛或冲绳的纠缠粒子，创建新的相互作用，或许可以进行某种操作。但要这样做的话，我们就必须首先打开氧气舱的舱盖，而在连舱盖都不能动的现状下——"

"没办法吗？"

"是的。"

"比方说——"大矢，"如果我们用阻挡高能辐射的铅墙将双方的氧气舱隔离起来——"

"大矢组长，我能理解您的心情，"教授的话声中带着悲戚，"但您应该知道这个问题没有意义。量子纠缠在星系间也能瞬时发生作用，更何况其作用原理并不是光和电磁波。所谓的屏蔽物，根本不存在于这个宇宙。"

关掉引擎的巡逻船在随波逐流，现在该怎么办——有人吐露了这样的话。

## 17（ψ）

晚上十一点四十九分，距离停船命令已经过去了大约两个小时，一架美国陆军的黑鹰直升机——UH-60出现在了巡逻船的上空。

黑鹰降低高度，垂下绳索，五名男子通过悬垂下降降落在了巡逻船的甲板上。落地后立刻挥动手臂，将防止摩擦热的左右手套同时甩在脚下。这样确保双手自由，能立即进入战斗状态的行动，与机动队枪械对策部队如出一辙。

最先降落的是四个穿着郊狼棕迷彩服的士兵，最后一人则穿着厚厚的皮夹克和长裤。

身穿皮夹克的男子从黑暗处走到圆形灯光中，是个黑人。男人靠近大矢，伸出手来，用日语说了句"我是克里弗德·坎贝拉"。

坎贝拉的手仍悬在半空，站在他对面的大矢就开了口：

"我是鹿儿岛县警警备部机动队，排爆组组长大矢。我们在海上等了很久，你是OGA，后面的几位——"

身材高大的坎贝拉漫不经心地伸长没握到的手，轻轻拍了拍大矢的胳膊肘。

"正如大矢先生说的那样，你可以把我当成CIA的雇员，其他四人恕我没法介绍。关于这点，日本政府和你上头的警察厅应该都能理解。"

CIA和驻日美军突然找上门来，试图通过海上保安厅掌握调查的主导权——宇原一边想着，一边瞪向了坎贝拉。

觉察到敌意的坎贝拉回瞪着宇原，像是在记住他的脸，随即移开了视线，微笑着说道：

"各位想必已经听过学者的见解了吧？我们这边的专家也是一样的想法。鹿儿岛官员所在的氧气舱和冲绳下士官所在的氧气舱都设置了纠缠电子对和炸药，一旦打开舱盖，其中一方就必然会引爆，另一方则不会。这是极其棘手的状况，当然了，重点是逮捕并排除恐怖分子，查明热带之屋的全貌，找到他们获取这种高水平的量子技术的渠道。必须彻底瓦解组织。"

坎贝拉环顾了一圈聚集在甲板上的排爆组成员，确认他们是否有异议。

"可这是后话。此刻我们必须关注两个引爆装置，美国和日本都不能单独处理事态。我们处于纠缠状态。任何一方试图打破这种状态，势必会导致一人死亡。量子纠缠是瞬时作用的。

"不过，请各位仔细想想，按这次的情况，牺牲者只有一个，相比飞机撞大楼的事态要好很多，为什么恐怖分子会选择这种方式呢？

"原因有二，其一是目前人类无法解除量子纠缠，其二是其中的一人必然会获救。

"请务必想象一下，除了氧气舱，要是这种爆炸装置被设置在各种日常场景，把两个国家牵扯进来，欧洲、亚洲、非洲和中东都行。

"对于量子纠缠而言，地球上的任何距离都不是问题，任何遮蔽物也完全没有效果。通过观测 EPR 对电子或光子来引爆炸弹，两国中必有一方的人获救。

"这才是最大的问题，要是两边的人都死了，公众的愤怒就会被引向恐怖分子。让我们考虑一下本次的案例。

"打个比方，假使美国单方面开启了舱盖，最终不幸引发了日本氧气舱的爆炸，士官幸存，官僚死去，结果就会引发日本国内强烈的反美情绪。力量关系比较清楚的美日还过得去，要是发生在原本政治关系就紧张的国家之间，会造成巨大的冲突。围绕着人质的生死，各种丑陋的博弈将会上演，国民的关注将会聚集于此。要是爆炸最终发生，出现牺牲者一方的国民将会满怀仇恨。各位能想象愤怒的民众会静下心来理解量子纠缠或者电子自旋吗？在这种情况下，唯一蔓延开来的就是'我方牺牲，而对方幸存'的仇恨，恐怖分子想展示给我们的，就是仅仅因为两个电子的自旋便可引发战争的事实。"

站在组员身前的大矢抬起头，看向了高大的坎贝拉的脸孔，目光中的锐气无半分衰减。他背负着所有人的疑惑，向坎贝拉发问：

"事态的严重性我已经了解了，美国方面究竟如何打算？"

"首先，我想问一声——"坎贝拉开口道，"排爆组的各位，你们有什么高见？除了打开其中一个氧气舱，把一方炸飞的俄罗斯轮盘赌之外，还有什么别的想法？"

甲板上暴露在夜风中的男人皆无言，在流动的云层间隙，月光一闪而过，照亮了黑暗，旋即消失不见。

"那就由我回答吧，"坎贝尔双手一摊，"两个氧气舱都不打开，不去观测自旋，这是目前情况下的最优解。我们要在不引爆的前提下争取时间，在噩梦覆盖世界之前找到解除令炸弹产生联动的量子纠缠的办法。虽然有些对不住各位，但还是希望你们能在维护世界安全的范畴内遵循我们的计划行事。这是双边政府作出的决定。"

一名海上保安官从操舵室走下来，高喊着大矢的名字。是日本政府发来的紧急联络。

    *

日期变更后的半夜一点，一群头戴面罩的士兵将海上保安厅巡逻船拖曳着的钢制集装箱连同趸船一起炸沉于海底。

不久，黑鹰直升机前来接应，接走了 CIA 的克里弗德·坎贝拉和身份不明的士兵，还有被转移到巡逻船上的氧气舱，以及其中沉睡的若坂则友。排爆组的众人站在甲板上，无可奈何地目送直升机往冲绳方向飞去。旋翼的低音逐渐远去，海风停歇，唯余黑暗。

＊

二〇一九年十二月十一日。

宇原穿着连帽外套，走在鹿儿岛最繁华的闹市区——天文馆的小巷里。

把下班的宇原叫出来的是大矢。

顺着通往地下酒吧的台阶往下走的过程中，宇原回想起巡逻船上的那个夜晚。

自那以后刚好过去了一个月，从那天晚上开始，一切都变了。

——鹿儿岛县警警备部机动部队排爆组试图在种子岛附近的海上解除氧气舱的引爆装置，但以失败告终。载有氧气舱的钢制集装箱受损严重，沉入海底。资源能源厅国际科科长若坂则友（四十八岁）在本次爆炸中丧生，其遗体估计很难回收——

媒体反复报道的内容大同小异，只报道了"鹿儿岛塞维尔酒店"的炸弹，冲绳的"考特尼营"则完全没有任何报道。

日本政府举行了新闻发布会，对遇难官员表示哀悼。

调查则陷入了僵局，在"鹿儿岛塞维尔酒店"放置炸弹的两人行踪不明，丸小川小学埋雷的经过也依旧不为人知。

县警方面，本部长，警备部长等数人辞职，现场指挥排爆组的大矢慎一郎警部也罕见地受到了惩戒处分。大矢提交了辞呈，但被挽留，在停职两个月后，被调动至九州辖区机动队第三大队。

鹿儿岛县警未能阻止恐怖分子，导致官员身亡，至今仍受到来自全国各地的强烈谴责。

　　　＊

地下酒吧的门上挂着"包场"的牌子，宇原静静地打开门，凝神环视着昏暗的店内，看到了一个头发剃得干干净净的男人的脸，虽然有些惊诧，但确实是组长的侧脸。宇原默默地行了个礼，拉开吧台的椅子坐了下来。大矢一脸憔悴之色。

巡逻船之夜已经过了一个月，在这期间，宇原思考了很多事情，一连度过数个不眠之夜。穿上排爆服出动的时候，也曾多次产生身处梦境的错觉。

"这样做真的好吗？"——见到组长，宇原首先想问这个问题。唯有我们承担了所有污名，这样真的好吗？

　　然而，当他面对大矢那剃光的头和消瘦的脸颊时，却怎么都说不出口。

　　"把你吓了一跳吧？"大矢说。

　　"看到你的头，谁都会吓一跳的。"

　　"连女儿都笑话我，说我像个老头子。"

　　"千万别出家哦，明年奥运会的安保工作非常需要组长这样的人。"

　　"冷静点吧——"大矢看了看空无一人的酒吧，"这是我朋友的店，真的包场了，所以连调酒师都没有。"

　　"连调酒师都没有吗？"

　　"想喝什么就喝吧，喝完用铅笔做个记号就行。"

　　宇原看了眼吧台上的账单。

　　"我跟组长一样就行。"

　　"我喝金宾，"大矢答道，"波本威士忌。"

　　宇原打开瓶盖，往玻璃杯里倒了三分之一，默默地品尝起来。两人并没有干杯。

　　"味道如何？"大矢问。

　　"我只喝烧酒——不过滋味还算不错。"

　　"我爸基本上只喝这个，忌日的时候我也会喝。"

"今天是你父亲的忌日吗？"

"不，"大矢摇了摇头，"驹泽怎么样？"

"姑且还行。"

"是吗——"

"还没完全习惯义肢。因为腿脚不便就做引体向上，上半身变得比我还壮实。康复期间他还在预测赛马，虽然住院的时候买不到马票，但要是不想这些，就无聊得不行。"

"也是呢。"

长久的沉默笼罩着两人，在没有调酒师的酒吧里，连背景音乐都听不到。宇原把冰桶里的冰块扔进杯子，冰块撞击杯底，传出了清脆的响声。

"我在警察部门能用的关系都用上了。"大矢终于开了口。

"关系？"宇原眉头一皱。

"首先是被困在氧气舱里的那个人的名字。"

"你查过了？"

"威尔伯·尤斯蒂斯，美国海军陆战队高级军士长，三十七岁。"

"威尔伯——"宇原喃喃地说出了意外得知的名字，他与这人素未谋面，可对方在氧气舱中沉睡的模样却清晰地映入眼中。

"正如 CIA 的坎贝拉所说——"大矢继续说道,"美军没打开任何一个氧气舱,他们正在研究解除量子纠缠引爆装置的办法,要是有了答案,就会用那两个氧气舱做测试。在此之前是不会引爆的。"

宇原仔细思索着大矢所说的意思,没打开的话——

"里边的两个人还活着?"

"他们的目的并不是救人。"

"那就是说——"

"嗯,"大矢点了点头,"大概就是注入毒气,把两人都安乐死了吧。"

宇原默默地喝了口威士忌。他也明白这是唯一的选择。氧气舱并不是人工冬眠装置,也不是生命维持装置。

大矢不让调酒师留在店里的理由,宇原是明白的。这些对话本不该存在。

"组长,你了解多少?"

"确切地点没问出来,"大矢回答,"不过若坂则友和威尔伯·尤斯蒂斯的氧气舱似乎被严密地保存在冲绳美军基地的某个地方。"

自巡逻船上空飞离的黑鹰直升机的影像再度浮现在宇原

的脑内。

"宇原，你应该还记得吧，"大矢继续说道，"打开舱盖就会引爆，气压低于一点三个大气压也会引爆，这是我们碰到的问题，美军也是同样。为了不引爆 CL-20 炸药，必须维持一点三个大气压，你觉得他们是怎么做到的呢？"

宇原思考了片刻，然后回答：

"——他们把氧气舱存放在大型气压调节实验室里，就是我们乘船去的地方吗？"

"游泳池，"大矢举起了酒杯，"据说是用铁链吊在水深三米的地方，这样就能始终保持一点三个大气压，也不用担心停电。从不同角度来看幸运的是，我们可以开启那个氧气舱。"

"找到解除引爆装置的办法了？"

"等电池耗尽，"大矢露出了苦笑，"引爆装置内置的电池虽然被屏蔽 X 射线的材料包裹，看不到结构。但从整体尺寸来看，应该只是普通的锂电池。但是引爆装置几乎不耗电，寿命堪比手表。"

"这么说来，锂电池的寿命最长也就三年——"说到这里，宇原的话声中断了。在接下来的三年里，威尔伯·尤斯蒂斯和若坂则友的尸身会躺在那口棺材里，悬在三米深的水中腐烂。既不被家人所知，也无供祭的花朵。

"当然了——"大矢说道，"要是在那之前能找到切断量子纠缠的办法，就能打开舱盖。假如能找到的话。"

"组长，我想问一件事——"宇原压低了声音，"——那天晚上，我们打开了集装箱里的氧气舱盖，量子计算机观测到粒子'自旋向上'，触发引爆。若坂则友连同集装箱一起沉入大海。而威尔伯·尤斯蒂斯得以生还，生活在某处——热带之家的那些家伙，真的会相信美国人写的这个剧本吗？"

"不晓得，"大矢摇了摇头，"我是觉得怎样都无所谓，现实也差不多，毕竟若坂还在水里。"

在无声的昏暗中，玻璃杯里的冰块渐渐融化。

宇原紧闭着嘴，无言以对，唯有目不转睛地盯着杯子，冰块在其中消融。

在构成冰的水分子里有原子，原子的本质则是更小的原子核和围绕它的电子云。宇原的耳畔传来了怪异的声音，像是微弱的地鸣。

宇原思绪蹁跹。两个沉入泳池的氧气舱，舱内两具腐烂的尸体，被罢免的组长，失去了一条腿的驹泽。

不知何时，驹泽的二重身出现于此，坐在了宇原的旁边。

——波函数。驹泽说道。在我们观测之前，只是概率波，被观测到的瞬间，波就会发生坍缩。代表波函数的符号"ψ"是希腊字母的第二十三个字母，读作普西。前辈，这个世界到底是什么呢？按照学者们的说法，经典力学只不过是量子力学的近似值。这样的话，真相是否就存在于量子世界？不可分割的二元论，二之对。要是我们的这种认知本身就源于量子呢？善与恶，生与死，昼与夜，甚至无名指上的结婚戒指，如果一切都源于 EPR 对的话，那我们所见的世界到底是——？

突然，宇原环顾四周，不知是宏观还是微观的迷雾扩散开来，两只蝴蝶在安静地飞舞。或许是喝了不习惯的威士忌萌生了醉意。氤氲的雾气中可以看见爱因斯坦吐着舌头的脸。


0（ψ）——序幕 / 尾声——

一九三五年，美国新泽西州普林斯顿。

太诡异了。阿尔伯特·爱因斯坦喃喃地说道。

他安静地沉思着，然后蓦然站起身来，在书房里来回踱步，毫不掩饰内心的焦躁。

爱因斯坦已从纳粹政权掌权前夕的德国逃离，流亡到了美国。彼时的他年逾五旬，已经拥有了物理学家所能获得的所有荣誉，但他内心并不平静。势力大肆扩张的阿道夫·希特勒固然是个问题，但仍有其他无法忽视的重要事情。

这不可能。爱因斯坦心想。无论如何都不能忽视量子力学提倡者们的想法，比自己小六岁的丹麦人尼尔斯·玻尔领衔的哥本哈根学派的观点——

要是承认互补性为真理，那么"宇宙的根本只能以概率的形态显现"，怎么会有如此荒谬的事？这是亵渎物理学的结论，对于这样悲惨的结论，玻尔竟然安之若素地接受下来，丝毫不感到屈辱，简直疯了。

爱因斯坦在覆盖了整面墙的书架前抽烟，一直吸到卷烟变短。陈列在书架上的科学书籍看起来与垃圾无异。假使量子力学是正确的，那么这种事就成真了。

是玻尔疯了，还是我疯了？

只能以概率呈现的宇宙，受观测行为影响的宇宙。每当这样的观点被人提出，爱因斯坦总是全身心地摇着头，不停地喊着"不"。

\*

量子力学的噩梦——

\*

爱因斯坦困倦的眼睛里闪过一道锐利的光，他是这样想的：那些人的实验本身就有缺陷，这是科学家常犯的错误。在有限的范围内成立的实验，却被当成真理大肆宣传。但这个实验所能企及的范围之外，一切都无法成立。结果是否定的，必须让那些人明白这点。科学家可能会嘲笑自己的行动是老国王上了年纪的丑态。但自己不能停止追寻真理的斗争。无须复杂的装置，只需纸和铅笔即可。若协助鲍里斯·波多尔斯基和纳森·罗森的思想实验，这项工作便能以合著论文的形式公之于众。

我想要的并非自己想要的答案，这样的想法着实出乎意料。我想要的只是关于这个世界真实存在的完整描述。我只想知道发生了什么。若能获取解答，即便答案超乎想象也无所谓。也许这个答案真会超出我的想象。

果冻行者

令皮特·斯坦尼克名利双收的，乃是他为电影《神经元领域》设计的架空怪物"布莱尔"的造型。

在故事的开篇，布莱尔原本只是一只节肢动物——蝎子，然而，当它遭到一种名为"数字飓风"的异常电磁波辐射时，当即发生了突变。在八个月大时就长到了两米长。后来，它开始具备了足以和人类交流的智慧，最终甚至能用双足站立行走。

尽管屏幕上已经出现过无数两足行走的怪物，有的对人友好，有的仇视人类，但《神经元领域》的布莱尔却有着独特的魅力。

从一颗蝎子卵的孵化开始，直到用两条腿站立行走，整个过程被表现得非常逼真，真实得如同纪录片，甚至让观众感受到了超越虚构的自然神秘。布莱尔并非以人类形态为基础的类人生物，而是独立进化的生命体，某些评论家称"如此具有说服力的怪物的诞生，必须追溯到 20 世纪'异形'被创造出来的瞬间"。

《神经元领域》剧场版和 VR 版都非常火爆，最终票房达到了十七亿美元，还赢得了二〇四六年的奥斯卡最佳视觉效果奖。皮特·斯坦尼克，这位成就了布莱尔造型的澳大利亚CG创作者当即在好莱坞名声大噪，他所在的悉尼视觉特效（VFX）公司剑棱齿象（Stegotetra）也因此扬名世界。

    \*

即便是在拿着奥斯卡小金人走过红地毯后，斯坦尼克的创意依旧没有衰减。电影《车灯》（2047）的九种怪物，《雅加达》（2048）中的"恶蜗牛"，网剧《重构》（目前已更新至第四季）中的"心灵鳄鱼"等，他创造了一个又一个恐怖又充满魅力的怪物，在他三十多岁那年获得了"生物界之王"的称号，再加上本人令人印象深刻的容貌，令其成为流行歌星般的存在。

他把头发染上了绿色和深橙色的迷彩图案，再编成玉米辫。身上穿着定制皮夹克，左右耳上戴着别出心裁的"肺"形耳环。相比那些穿着T恤和牛仔裤，在办公室里挠头转悠的创作者，斯坦尼克的形象与之差若天渊。

斯坦尼克塑造的怪物不仅受到了影迷的赞誉，也得到了生物学家和动物爱好者的认可。进化生物学家茱莉亚·卡萨布兰卡斯曾这样评价他的作品——

"大多数怪物都把重点放在吓唬观众，往往只是简单地将基础动物放大，一味着力于描绘其凶狠残暴。相比而言，皮特·斯坦尼克所创造的怪物蕴含着自然的无形之力。无论CG技术发达到何种程度，有些东西仍难以企及，并非表面的现实，而是更深层次的意蕴，唯有上帝才知道的比例。每当我萌生冲动，想要拿起相机，去森林和河流中寻找那些生物时，我都不得不提醒自己，'那只是想象中的生物'。"

    *

主办皮特·斯坦尼克讲座的悉尼数字专业学校，由于允许学生以外的公众参加，面对蜂拥而至的咨询，不得不连日应对。本次讲座最吸引眼球之处并非全息转播，而是活生生的斯坦尼克站在舞台上。在报名阶段，主办方发现可容纳二百名学生的教室无法容纳有意听讲的民众，遂将会场换到了市内更大的商用礼堂。

讲座当天，斯坦尼克正在休息室等待出场，忽然传来了敲门声。打开门后，他见到了意料之外的人，雷内·杰奎特。他是斯坦尼克爱用的 3DCG 软件"西格玛工坊（Σatelier）"的开发商——EX 使命的首席执行官（CEO）。

"你是专程从里昂赶来的吗？"斯坦尼克一脸惊讶，虽说这场讲座是受杰奎特——他也是数字专业学校的投资者之一——的请求勉为其难地应承下来，却没料到杰奎特本人会亲自到场。尽管他们之前只见过两面，但两人的关系已经非常亲密了。

"我是来看恩人的，"杰奎特握着斯坦尼克的手，笑着说道，"我乘私人飞机从法国穿越赤道，来到了澳大利亚。"

"谢谢，"斯坦尼克说道，"不过我记得你没有私人飞机，对吧？"

法国开发的西格玛工坊最初在美术界用户寥寥，在视觉特效的领域几乎默默无闻，但皮特·斯坦尼克在设计怪物时使用了这款软件，令其迅速走红。短短几年就一跃成为3DCG软件行业的权威产品。作为推广的功臣，斯坦尼克获得了终生免费使用最新版的"西格玛工坊"软件的权限。

"刚才我去观众席看了一眼，已经满座了，"杰奎特说道，"这次似乎创造了这间礼堂的历史最高入场人数纪录。"

"哦？"斯坦尼克兴致索然地耸了耸肩，"你到底在等谁？"

杰奎特露出了厚脸皮的笑容，拍了拍斯坦尼克的肩膀。

"听说你还有五分钟就要出场了。在这当口打搅你真是不好意思。"

等杰奎特离开，休息室的门关上后，室内只剩下斯坦尼克。他喝了口宝特瓶装的矿泉水，抬头望向天花板，然后转向了镜子。镜子里映照着他那染成绿色和深橙色的玉米辫发型，定制的皮夹克，肺形的耳环。他微笑凝视着自己的倒影，为了演绎一个才华横溢的创作者而露出了笑容。满溢自信，想法从不枯竭，一旦转向显示器就会像魔术师一样孕育新生物的男人——观众期待的就是这样的人物。

      \*

当头戴麦克风的斯坦尼克连同模仿人气角色布莱尔的两足行走机器人一起登上舞台时，观众席上爆发出一阵热烈的掌声。在起立欢呼的客人中，有不少人穿着印有斯坦尼克设计的"恶蜗牛"和"心灵鳄鱼"图案的 T 恤，当大屏幕上亮起西格玛工坊的 LOGO，接着闪过视觉特效公司剑棱齿象的 LOGO 时，掌声变得愈加激烈。

斯坦尼克向聚集于此的听众致谢，没有坐在为他准备好的椅子上，而是左右走动，讲述电影中登场的那些怪物的不为人知的秘史，他一刻不停地讲述着与导演的见面，与原画师长时间的会议，以及展示用的画意外被迪拜美术馆收藏的经过——诸如此类的幕后故事。

谈了一个小时后，斯坦尼克终于坐了下来，开始做起了演示，他用摆在舞台上的电脑现场绘制一个生物，该过程将被投影到他身后的大屏幕上。

关于观众想要绘制的生物，现场通过举手投票的方式点单，最后决定制作投票最多的心灵鳄鱼。

"心灵鳄鱼？"斯坦尼克叹了口气，面对现场轰响的掌声和笑声说道，"你们这是在故意为难我吗？"

心灵鳄鱼是网剧《重构》中寄生在主要角色"福斯福尔"手臂上的生物，平时只是文身的形态，一旦感知到宿主遭遇危机，就会从皮肤上飞出，猛烈地袭击敌人，由于它的形态就像鳄鱼和蜈蚣的结合体，因此绘制的时候需要画出数十条蜈蚣的腿。

斯坦尼克拿起触控笔，首先开始绘画背景。特地从此着手，有他自己的考量。作为一个曾长时间默默无闻从事背景绘画的工作人员，他想向在场的年轻创作者们传达一件事——虽然大家都想创作怪物，但在现实工作中，任何任务都要胜任。

他确定了消失点，画出透视线，开始描绘整个小镇。房屋、甜甜圈店的标志、酒吧招牌、道路、路人剪影。斯坦尼克在背景画上给造型基础建模，设定好喜欢的材质，开始着手雕琢。眼花缭乱的速度让场内的观众沸腾起来。但对于斯坦尼克而言，这样的工作他在西格玛工坊已经重复了数万次。听着欢呼声的斯坦尼克并不以为意，他觉得只要勤于练习就能掌握相应的技术。

原本的数字黏土块逐渐变成跃动在空中的心灵鳄鱼，在画完五条腿后，斯坦尼克说道："本想一条条仔细雕琢，不过今天还是饶了我吧。"

他保持了全身像的模样，选择了部分镜像阵列，将心灵鳄鱼的腿一下子增加了数倍。接下来，他选用了印象派笔刷（西格玛工坊的功能之一，可以生成十九世纪印象派的笔触）进行绘画，增加了粗糙部分的多边形，略微移动光源位置以增强对比度，随后放下了触控笔。在雷鸣般的掌声中，斯坦尼克扭头看向展示在屏幕上的画作，望向观众时的微笑已然不见了踪影。

演讲会的最后是问答环节。在回答完两位影迷的问题后，斯坦尼克又被问了以下问题——怎样才能创造出充满魅力的怪物？

这是以特殊造型为主题的活动中必然会出现的问题，如同作家们经常被问及的"如何获取故事灵感"一样。

举手并拿过话筒的是一位来自堪培拉的二十多岁女性。她自称是来自中国的留学生，希望有朝一日能在祖国成为一名 CG 创作者，从事电影工作。她的话声中带着渴望才华的年轻人特有的真挚，甚至让斯坦尼克感受到了一丝痛楚。即便是单纯到惹人发笑的问题，对本人而言也可能非常严肃。

要是有什么好办法，我也想知道——斯坦尼克本可撂下这话结束话题，但他还是尽力给了个周到的回答。即便没法告知事实，也可以传达一些有用的东西。

"基本上——"斯坦尼克答道，"怪物多是组合而成。采用了不同生物元素组合起来，所以实际上并没有什么新东西，只是在观众眼中呈现出新意罢了。而这里的'观众之眼'才是我们头疼的东西。电影产业中的怪物，也就是'不存在的生物'，若是仅仅采用奇怪的元素拼凑而成，便难以被大多观众接受。能明白吗？怪物的造型不同于现代艺术，世人只会被那种在'某处'见过的生物吸引，而那个'某处'就是自然界，所以我们必须观察自然界，观察从那里诞生的动物。宠物猫狗，家畜鸡也没关系。即使你觉得自己已经足够了解他们，也要仔细观察一遍。当然了，相应的解剖学知识，比如肌肉和骨骼结构什么的都是不可或缺的。我自己就养了一条澳大利亚牧羊犬，名叫'耶利哥'，两岁的公狗。有时我也会无意识地看着它。

"还有，你还记得几年前流行的名叫'繁殖指向'的软件吗？里面提供了各种动物的数据，用户可以利用它们进行异种交配，再由 AI 计算并绘制出结果。多亏了这个软件，诞生了许多数字层面的奇奇怪怪的动物，但没有一个怪物能在好莱坞的真人电影中带来冲击，倒是有几个被用在了视频和游戏里。身为创作者，我们必须牢记这点。AI 绘制的世界总是太过智能，理性而高效，但自然界并非如此，有时会产生一些让人摸不着头脑的元素。比方说，在一些已经灭绝的远古大象中，有一种叫恐象的生物，它们的牙并不是长在鼻子根部，而是下颚的前端，是朝正下方大幅弯曲的獠牙。这很让人费解，不仅不方便，而且也不能用于战斗。照 AI 的算法，显然很难得出这样的结果。自然界的魅力就在于此，如果能把注意力更多地投向这里，或许就能找到造型的灵感。你在堪培拉读书，对吧？我建议你每周都去'国家动物园及水族馆'。我像你这个年纪的时候，也常去那个地方。"

听完斯坦尼克意外长时间的回答，中国留学生哽咽着道了谢，话声因激动而微微颤抖。

在这之后，获得最后一个提问机会的是一位住在悉尼的男性原画师。

"很荣幸见到您，"那位原画师接过了活动工作人员递过来的一支手持麦克风，"我是斯坦尼克先生的超级粉丝，对您钦慕已久。我很高兴能和您这样的创作者同在悉尼工作。不过，斯坦尼克先生，您的公司剑棱齿象的总部不是在伦敦吗？那里器材很多，据说好莱坞的电影明星也会上门拜访。

您为什么不搬去伦敦的总部，而是留在悉尼继续工作呢？"

"在回答之前，我想先问一个问题，你该不会是剑棱齿象的人事吧？"斯坦尼克的话引发了听众的笑声，"正如你说的那样，经常有人喊我去伦敦，但我每次都拒绝了。至于留在这个国家的理由，还是这里的自然环境吧。澳大利亚的生物变化多端，有助于激发我的想象力。这里百分之九十的物种是独有品种，只能在这片土地上看到。比方说鸭嘴兽，这个奇异的家伙就是如此。虽说是哺乳动物，却有喙，有蹼，会产卵，而且爪子还有很强的毒性。说起毒性，悉尼蜘蛛也很有趣，那家伙的毒只对昆虫和灵长类有效，对猫狗却没什么影响，完全是个谜。这就是自然的神秘。这个国家有着无穷无尽的魅力，即便是周日的观鸟活动，英格兰和澳大利亚所包含的信息量还是很不一样的。若要再举出一个理由，就是地域广阔吧。我喜欢住在宽敞的地方。不好意思，我很少来悉尼的办公室，大多数时候都在家工作。我在猎人谷有一小块私有地，我在那里建了房子当工作室用。房屋的面积姑且不论，如果想在伦敦拥有从窗户望出去的大平原，那我就算成为皇室的一员，得到白金汉宫的地皮都不太够用——这样的回答够了吗？看起来时间差不多了，感谢各位，大厅里有 T 恤和手办在卖，请尽情选购。下次再见。"

\*

演讲结束，斯坦尼克走出大厅，参加了由 EX 使命公司的杰奎特主持的派对。在包场的俱乐部里云集了国内外的创作者，他们争相与斯坦尼克搭话，斯坦尼克只是随口敷衍几句。因为要开车，他拒绝了酒精。大约一小时后，斯坦尼克与喝得醉醺醺的杰奎特拥抱告别，然后迅速坐进了爱车。

斯坦尼克启动了电动兰博基尼的引擎，点亮车灯，飞快地滑上道路。他踩下油门，在薄暮中一路狂奔，驶向自己位于猎人谷的家——悉尼以北二百五十公里，占地四公顷的广阔土地。

斯坦尼克一面看着车灯照耀下的高速公路，一面单手撕开包装袋，将巧克力扔进嘴里提神。兰博基尼的副驾座位上，随意堆放着前来聆听演讲的粉丝们的赠礼，巧克力也是其中之一。

可可的香气在口腔中弥散开来，斯坦尼克想起了自己在舞台上说过的话，不禁哑然失笑。留在这片土地上的理由果然很自然——澳大利亚的生物种类繁多，能够激发想象力。

想象力，这才是问题所在。斯坦尼克觉得或许当时该这么说：人类的想象力是有界限的，除了天纵之才，每个人的所想都大同小异。但即便是像他这样的平庸之人，只要有合适的契机，也有可能展翅高飞——

　　*

　　大学中途退学后，斯坦尼克加入了视觉特效公司剑棱齿象，一直从事 CG 背景的绘制。他一直怀揣着梦想，有朝一日要打造出极具独创性的怪物。而在二十七岁那年，他发现自己并无创作者的才能。

　　优秀的怪物有时会超越演员和电影，在世人的记忆中长久留存，为创作者带来声誉。如果是搞背景绘画，只会让自己的名字出现在填满银幕的冗长片尾字幕的一隅。有名字都算好的，很多时候甚至连留名都不可能。

　　斯坦尼克为了自身的梦想而努力着，可他创作的怪物总是缺乏震撼力，即使是完成度较高的设计，也往往能窥见他人作品的影子。

　　即便如此，他依旧不肯死心。在背景绘画的工作之余，深夜时分仍留在工作室里设计怪物形象，画了各种诡异的触手、指爪、牙齿，用尽一切所能想到的点子。

　　某天夜里，背景画团队的上司端着一杯咖啡，走到斯坦尼克的桌边。上司把热气腾腾的纸杯放在桌面上，沉默了片刻，然后开口说道：

　　"皮特，我能理解你想让自己笔下的怪物为世人所知的想法。但造型能力是上帝的恩赐，并不是画得好坏的问题。我在这行干了二十多年，有才华的创作者一定会在二十出头的时候就崭露头角，即刻受到关注，然后被调去总部工作，或者被大型工作室挖走。可你现在都什么岁数了，快三十了吧？皮特，追求命里没有的东西只会让自己徒增痛苦。不要勉强自己。人生很长，做点力所能及的事吧。"

虽然斯坦尼克没有回答，但他的想法其实和上司并无差别。正因为热爱怪物，才令他更加清晰地意识到自己缺乏天赋。

那年的夏天——南半球的澳大利亚的夏天是十二月到二月——斯坦尼克休了一个漫长的暑假。他离开悉尼的公寓，前往海边，乘坐渡轮前往塔斯马尼亚岛。

他戴着牛仔帽，在塔斯马尼亚岛上四处游荡，那里曾是塔斯马尼亚恶魔——袋獾生存的土地，这种动物在 21 世纪 30 年代灭绝，严密的保护也无济于事。斯坦尼克行走在草原上，时刻警惕着毒蛇，不知不觉眼中噙满了泪水。他想，袋獾和创作者是一回事，适者生存，如果能力不足以适应环境，就难逃淘汰和灭绝的命运。

斯坦尼克在塔斯马尼亚岛待了一周时间，回到澳洲大陆后，他前去拜访了一位大学时期的友人，现住悉尼南部博伊德敦，名叫哈德森·加德纳。

加德纳虽非学者，却是个热衷于珍稀动物的标本和化石的收藏家。曾因兴趣购买濒危动物雪豹的标本而遭当局逮捕。

多年未见的加德纳如今在其父经营的物流公司担任销售部长。虽然单身，却一个人住在独栋的房子里，沉浸在自己的爱好中聊以度日，斯坦尼克被带到了客厅里，这里到处都是动物笼子和鱼缸，像极了一间宠物店。

"别画 CG 了，"望着斯坦尼克萎靡的面孔，加德纳说道，"不如和我一起去当国家公园的护林员如何？"

两人坐在沙发上，一边喝着啤酒，一边谈论塔斯马尼亚岛的生态系统。说着说着，加德纳突然闭上了嘴，露出了一个意味深长的微笑。斯坦尼克对这个表情再熟悉不过了，每当加德纳有话想说的时候，就总会露出这样的笑容。果然不出所料，加德纳表示"有件东西想给你看看"，随后站起了身。

斯坦尼克被带到浴室旁的房间里，那边有个大型笼子，里面关着一只动作敏捷的动物。起初斯坦尼克只当是一只小狗，可它的腿明显要长出不少，笨拙的身形也绝不像猫。斯坦尼克俯身在笼子前观察了一阵，随即倒吸了一口凉气。

黑色的皮毛，横贯胸口的白色斑纹，张开的嘴里露出锋利的牙齿。这分明是一只已经灭绝的袋獾。

斯坦尼克呆然地扭过头，望向了友人得意的笑脸。倘若瞒着政府饲养非法捕猎的个体，那可是重罪。

"严格来讲，这并不是纯种的袋獾，"加德纳说道，"它的体型小了不少，对吧？这是在其近亲袋鼬的基础上混合了袋獾的胚胎干细胞。它的基因主要来源于袋鼬，但在外观上更接近袋獾。就像用现有的车型改造成古董车，虽不是原版，但观赏度很高。"

"也就是嵌合体吗？"

斯坦尼克皱起了眉头。

听到他的问题，加德纳只是默默地耸了耸肩。

"我知道你是个为了兴趣什么都敢做的家伙，却没料到你会走到这步，"斯坦尼克叹了口气，"这东西到底是从哪个研究所搞来的？"

"不是买的，是我做的。"

"做的？得到许可证了吗？"

"哪怕是名牌大学和企业，提交完材料少说也得等一年，怎么可能拿到。"

斯坦尼克的醉意急遽褪去，怕隔墙有耳似的压低了声音。

"你知道自己在做什么吗？"

*

嵌合体——由复数个体合而为一的生物——作为 CG 创作者的斯坦尼克自然具备相应的知识。

通常被视作危险的嵌合体是"人类、动物"的组合。将人类的神经细胞移植到动物体内的研究在世界各国都受到了严格限制。尤其是在动物体内培养人类胎儿的实验，更是受到了彻底禁止。"人类、动物"的嵌合体涉及后人类主义的伦理问题。

而另一边，"动物、动物"的嵌合体长期以来并未受到规制，例如"家畜"就是经过多次品种改良而成的嵌合体，如果对动物实验进行过于详细的规制，应用于农业等产业的尖端研究就无从进行。在这样的背景下，动物实验多由研究人员自行判定。除去动物保护的观点外，在世界范围内并没有明确的规则，全世界皆如此。

然而，到了二〇三三年九月，这股风潮发生了巨大转变。那是因为荷兰最大的国际机场——年客流量达到五千万人次的阿姆斯特丹史基浦机场发生了一场"昆虫恐怖袭击"，约四万五千只昆虫被投放在候机大厅，袭击了机场的乘客和工作人员。

这些昆虫并非自然界存在的物种，它们是两种昆虫——由于极具攻击性而有着杀人蜂之称的非洲蜂，以及在中东和非洲的干旱地区成群啃食农作物，得名"恶魔"的沙漠蝗虫——两者杂交而成的嵌合体。

死亡三十八人，伤者两千四百十一人。荷兰当局将该起使用故意强化凶暴性的昆虫嵌合体进行无差别攻击的事件认定为恐怖行为，并逮捕包括主谋在内的七名嫌疑人。其中一人是嵌合体的始作俑者，来自澳大利亚阿德莱德的留学生辛西娅·科斯塔。辛西娅是生物学专业的大学生，她对自己受嫌疑人所托，在大学实验室独自制作这些嵌合体的事供认不讳。不过她声称自己并不知道对方是恐怖分子。辛西娅的申诉被法庭驳回，最终在荷兰被判处五年监禁。据媒体报道，当她刑满释放返回澳大利亚后，仍受到当局的监视。

以阿姆斯特丹史基浦机场发生昆虫恐袭事件为契机，全球范围内出现了对包括昆虫在内的所有动物嵌合体实验进行国家级监管的动向。

继欧盟、美国、中国、英国之后，澳大利亚也通过了新法案，南美各国紧随其后。中东和非洲各国虽然略晚几年，但也制定了相应的公共监管条例。

澳大利亚的《嵌合体监管法》主要内容如下——无论是

否使用人类胚胎干细胞或诱导性多能干细胞，在制造任何嵌合体时，当事人都需向国家专门机构申请许可，未经许可的嵌合体制作者将面临十年监禁。

尽管已实施将近二十年，每年仍有数人因违反该法被捕。该法关注的并非"人类、动物"的嵌合体所导致的后人道主义问题，而是从防范恐怖主义的角度制定的。因此，对于未经许可制作动物嵌合体的行为的处罚极为严厉。

"我就当什么都没看到，"斯坦尼克从笼子前退了下来，瞪着加德纳说，"要是被当成恐怖分子的同伙，那就完了。"

"皮特，我哪里像恐怖分子？"加德纳说，"冷静点，你还记得我之前在网上买了雪豹标本被抓的事吧？我买货的事被警察发现了。"

"怎么可能忘，"斯坦尼克说，"你出狱的时候还是我去接你的。"

"那次搞砸了，所以我现在都在暗网上购物，不会留下任何痕迹，真的不会被发现。"

虽然被越界的友人吓得不轻，但斯坦尼克同时也发觉对方的话勾起了自己的兴趣，那种感觉就像是十四岁时第一次从学长那里购买违禁药物的好奇感。眼前这个东西并非特效，而是无限接近本已灭绝的生物的姿态，他一心想要了解其运行机制。

关于大约四十年前出现的暗网，斯坦尼克早有耳闻。在这个充斥着毒品、枪支、假证，甚至买凶杀人都被视为商品的数字地下空间。无论警方如何打击，其势力都猖獗如故。

斯坦尼克小心翼翼地看着加德纳的笔记本电脑，在暗网页面上，各种生物的 DNA 和胚胎干细胞正摆出合法的架势，堂而皇之在此售卖。帝王蝎、虎蛇、腔棘鱼、鸵鸟、芋螺、鳄龟，还有袋獾。品类极其繁多，售价从数千美元到数万美元不等。

"像我这样的爱好者会买，"加德纳笑道，"应该是某些学生或教授为了赚钱，将这些东西悄悄流入地下，然后把它卖了，或者是专门搜集这种东西的人。不过就算有人买了，打开盖子也不会有活物跳出来。要是不具备生物学知识，这些就不过是容器而已。你也买个当作纪念如何？不过我得提前告诉你，像大象这样巨大生物的 DNA 和细胞是没得卖的，当然也没有恐龙。有时会有猛犸象的 DNA，但从价格上看，应该不保真。"

除去斯坦尼克之外，加德纳没法和其他人谈论这个话题。因此他兴致勃勃地继续说道：

"若想个人制作嵌合体，前期的投入相当昂贵。显微镜自不必说，还得购买名叫显微操作器的小型装置。如果在暗网下单，他们会把零部件装在微波炉内发货。此外还需准备各种移液管。一旦生物和工具齐备，就只剩埋头实验了。通过'注射嵌合体'的方法，通过装在显微操作器上的移液管，将袋獾的胚胎干细胞注射到雌性袋鼬的囊胚中。"

斯坦尼克一边听着，一边惊讶地发觉对方竟是如此信任自己。只要被告发，加德纳就将面临十年的牢狱之灾，他却丝毫不以为意。在剑棱齿象的办公室里，还有比他更信赖自己的人吗？斯坦尼克不禁想到了这个。

斯坦尼克目不转睛地盯着暗网的商品列表，然后转向笼子。那只部分化为袋獾的袋鼬正露着獠牙，不停地发出威胁。看着这个动物，斯坦尼克内心深处的某物忽然爆裂开来。嵌合体——自己从未想过这个。未经许可制作嵌合体是犯罪行为，DNA 和细胞似乎不应该如此畅销。

可是——

加德纳讲述时的兴奋，逐渐感染到了迷失生活目标的斯坦尼克身上。当他离开加德纳位于博伊德敦的家时，手里握着对方赠送给他的容器，里边装着袋獾的胚胎干细胞。

回到悉尼的公寓后，他终于把心一横，花了两百万澳元，从暗网上购入了一台电动显微操作器。附近的宠物店并没有袋鼬卖，于是他打电话找加德纳商量，买了一只负鼠。

暑假期间，斯坦尼克没有过圣诞节，而是整天把自己关在公寓，不停地做着实验。无论是戴着口罩查看显微镜，还是使用显微操作器，全都是完全未知的体验。形似研究者的生活令他颇感愉悦。虽然时时怀揣着被警察发现和逮捕的不安，但这种情绪反倒成了排遣孤独的刺激。然而显微操作器极其难用，倘若不是从事 CG 创作这般扎实且需要毅力的工作，他可能早就放弃了。

实验一再失败。当房间里的负鼠多到再也没法饲养的时候，盯显微镜盯到满眼充血的斯坦尼克已经别无选择，唯有寻求帮助。

他打电话给加德纳，邀请他去了悉尼的公寓。

在友人的协助下，细胞级的操作变得更加精确，最终，负鼠和袋獾的嵌合体终于大功告成，斯坦尼克激动得浑身颤抖。他拍了照片，画了素描，持续观察着嵌合体的生长过程。随着个体的成长，嵌合体的凶暴性也与日俱增，把笼子里的同伴悉数吃光后，在某天猝然毙命。

长假结束后，斯坦尼克并未停下探索的脚步。在办公室里，他一如既往地绘制着背景。周末则把加德纳邀进家里，两人一起埋头制作各种嵌合体。兔子和蝙蝠，青蛙和蛇，蜥蝎和鸡。斯坦尼克将大部分工资都花在了购买基础生物活体和暗网贩卖的胚胎干细胞上。他积累了相应的经验和知识，深陷其中不能自拔。杀掉嵌合失败的正常个体也不再有负罪感。

五年的时光过去，仍是 CG 创作者的斯坦尼依旧默默无闻，公寓里的器材却越积越多。而加德纳不仅能处理胚胎干细胞，还能处理 DNA 溶液。

就在此时，暗网上出现了一种名为"肯尼特斯"的除草剂。该种除草剂毒性极强，严禁国际交易。传闻其危险性足以媲美越战中美军所用的枯叶剂。暗网上的价格是一百五十毫升两千澳元，几乎是合法市场价的十倍。

加德纳经过了一番调查，发现"肯尼特斯"在一些研究者中被视为"特殊药品"，其特殊性在于"将无脊椎动物的身体特征融合到脊椎动物中"。举个例子，有报告称一条蛇在吞食了捕获的蜈蚣后，吸入了喷洒的"肯尼特斯"，数日后死去。据说其身体呈现出蜈蚣一样的红黑色光泽，腹部还长出了刺状的足。

爬行动物和节肢动物融合在了一起。见此情景，斯坦尼克兴奋异常，好似天光降注，直抵脑髓。加德纳也是同样。假使这并非虚假，那么原本仅能在脊椎动物间进行的实验就进入了一个全新的阶段。只需在脊椎动物身上使用肯尼特斯，再注入无脊椎动物的 DNA 溶液，就能见证奇迹。

两人毫不犹豫地购入并使用了肯尼特斯，在其剧毒之下，数十只老鼠、负鼠、蜥蜴和鸡尽皆丧命。斯坦尼克将这些尸体冷冻起来，用锤子砸为粉末，再装袋丢弃。

在如此反复的过程中，两人将帝王蝎的 DNA 溶液注入鸵鸟受精卵的原核，同时将其暴露在肯尼特斯的毒液中，嵌合体最终诞生。当斯坦尼克和加德纳在破壳而出的雏鸟头上发现了蝎子一样的外壳时，他们紧紧相拥，欢呼雀跃。

"千万别死啊，"加德纳冲着雏鸟喊道，"你将改写地球的生物史。"

这只雏鸟没有眼睛，也没有嘴喙。羽毛呈红黑色，爪子异常锋利。

他们疯狂地拍摄照片，绘制素描，以身体不适为借口请假在家，照看这个嵌合体。嵌合体神秘的外形惹得两人兴奋不已，夜不能寐。

在喂养富含维生素的饲料的过程中，仅仅过去一周，嵌合体的身长就长到了七十厘米，逐渐变得凶暴，斯坦尼克开始焦虑，毕竟这里只是一间普通公寓，要是这东西长到成年鸵鸟大小，那就再也止不住了。尽管和加德纳反复商讨，还是没别的选项。于是斯坦尼克在饲料中掺入安眠药，趁嵌合体动弹不得时用猎刀将其刺死。

以鸵鸟和帝王蝎的嵌合体为灵感，斯坦尼克创造了"布莱尔"的形象。

在记录那只嵌合体短暂的一生中，斯坦尼克觉醒了自己的天赋。这般前所未见的生物形态成了想象力的飞行跑道。斯坦尼克在此加速，离地，一飞冲天。他有生以来第一次画出了前所未见的造型。斯坦尼克是那种需要现实模特才能发挥创造力的作者。

布莱尔登场的《神经元领域》电影票房大获成功，使得斯坦尼克在剑棱齿象内部获得了破格待遇，并赚取了丰厚的报酬。他并没有如周围人预料的那样自立门户，那是因为他不愿把时间浪费在怪物造型以外的管理事务上。

与天真地欢呼成功的友人不同，斯坦尼克很清楚自身处境的危险。虽说不入虎穴焉得虎子，但最好还是选择安全路径。斯坦尼克和加德纳商量，决定不再直接访问暗网，而是找寻一条不留痕迹的方式。

他们以假名雇佣了只要给钱什么都肯干的律师，让他调查是否有研究机构能作为他们购买 DNA 或细胞的掩护。要是可以通过大学获取想要的东西，风险也会大大降低。但前提是要能收买到肯合作的生物学家。

调查结束后，律师给出了与调查费不成比例的简略报告——现今的生物学家全都在联邦和州政府严密的监控之下，而且时常受动物保护团体和伦理委员会的重点关照，想找到合适的合伙人，在澳大利亚国内几乎是不可能的。

果然是这样。斯坦尼克心想。这是显而易见的道理，在投用肯尼特斯时，他们就已经踏上了足以摧毁动物保护和伦理观的雷区。不存在所谓的安全路径。

斯坦尼克放弃了收买学者的念想，做出了把一切献给怪物造型的重大决定。他在猎人谷购买了自住的房子和四公顷土地，并以私人名义雇佣了哈德森·加德纳。

坐拥广阔私有地的宅邸非常适合保密。然而，在政府对未经许可的嵌合体密切关注的现状下，在自家的地下室秘密建造实验室，仍无法彻底规避风险。如果今后还要继续制造嵌合体，就必须具备堪比恐怖分子的隐蔽手段。

斯坦尼克想到的办法是在离家一百一十米的地方建一个高尔夫练习场，并将实验室建在地下。谁也想不到嵌合体会诞生在散落着高尔夫球的球场地下吧。

受雇的加德纳辞去了物流公司销售部长的职务，搬出了博伊德敦的房子，住进了面朝高尔夫练习场的别墅。在样板房似的小屋里，有一个通往地下室的密道入口，之后令斯坦尼克名声大噪的作品，都基于在这间地下室里进行的实验。有着电锯般独特吻部的锯鳐和带有毒刺的芋螺，此二者结合而成的嵌合体乃"恶蜗牛"造型的基础。而北美最大的肉食爬行动物短吻鳄和世界上最大的蜈蚣——秘鲁巨型蜈蚣，此二者结合而成的嵌合体"心灵鳄鱼"为观众带来了骇人的凶猛和灵动的真实感。

加德纳极少离开私有地，作为契约上的"管家"，他代替忙碌的斯坦尼克独自负责嵌合体的制作，有时则前往高尔夫球场，随心所欲地打上几杆。

*

从悉尼的讲座现场出发，斯坦尼克开着他的兰博基尼马不停蹄地跑了两个半小时。零点七公顷的高尔夫球练习场的地下饲养了二十只嵌合体，其中的一只嵌合体在这半年来受到了特别费神的照顾和观察。

与普通的嵌合体相比，使用肯尼特斯的嵌合体即便侥幸存活，暴毙的概率也很高，根本容不得疏忽。要是可以的话，他本想拒绝这次离家半天以上的讲座。

经过"私人领地禁止入内"的标志，沿着满是沙土的缓坡驾车下行，斯坦尼克将兰博基尼停在了高尔夫球练习场的别墅跟前，当他打开漆成白色的别墅门口时，迎面吹来了一阵风。他突然有种不祥的预感，这并非空调的风，其中夹杂着和室外的空气同样的热度。

原因立刻就辨明了，问题出在那面为了俯瞰球场而设计的窗户。那扇窗的玻璃上爬满了裂缝，中间破了个大洞。

斯坦尼克冲向窗户。玻璃碎片散落在别墅外边，显然不是从外部，而是从内部打破的。他当即知晓了离开期间究竟发生了什么，唯有一只嵌合体能够打破如此厚度的玻璃。

斯坦尼克呼叫着加德纳，但并没有得到回应，他检查了一下屋内，发现通往地下室的秘密入口是敞开的。

墙上的门是双层的，这种设计偶见于二战时期的欧洲。镜子后边有一个暗柜。找到机关得以成功开门的人会找到应急用的钱币、罐头和威士忌。要是不解其中机关，往往会因为发现暗柜而止步于此。事实上，架子后边还有另一扇门，通往地下室的通道就是从那里延伸出来的。

斯坦尼克对离家开讲座的事后悔不迭，他一脚踢翻了屋内的高尔夫球杆，发泄着心中的愤恨。在这之后，他一边警惕着四周，一边走进地下室。

此处设置的鱼缸和笼子数量之多，远非加德纳在博伊德敦的家可比。地下室里散落着各式各样的实验器具，鱼缸里饲养的嵌合体鱼被吃掉了，就连毫发无损的鱼也变成尸体。鱼缸里的水已经干涸，这些无伤的鱼应该是因为无法呼吸活活憋死的。

其他嵌合体也惨遭屠戮，就连制作嵌合体的基础动物——老鼠和蝙蝠的饲养笼也被破坏殆尽，惨不忍睹的尸体躺了一地。侥幸逃脱的一只蝙蝠此时正倒悬在天花板的排水管上呼呼大睡。

倒在蝙蝠正下方的人正是加德纳。斯坦尼克检查了加德纳双目圆睁的尸体。他的衣服上没有血迹，也不见明显的外伤。难不成是急病死的？斯坦尼克心想。加德纳心脏衰竭和嵌合体的脱逃只是巧合吗？他伸手摸了摸加德纳的脖子，立即抽回了手。加德纳的脖子周围肿胀成诡异的颜色，上边缠绕着透明的胶状触手。

斯坦尼克凝视着加德纳痛苦而扭曲的脸，陷入了沉思。

答案只有一个，他是被毒死的。

斯坦尼克检查了逃脱的嵌合体所在的笼子。虽然用铁丝网加固，但仍被强大的力量一次又一次地踢击，固定锁的部分连根断裂。加德纳应该是听到异响，发觉情况有变，在靠近地下室的笼子时惨遭杀害。

但这事并不能责怪加德纳。饲养的嵌合体原本应该是没毒的，但谁也无法预料异种嵌合体会发生什么事情。在加德纳和斯坦尼克都没注意到的情况下，它产生了毒性。

尽管加德纳已经身亡，斯坦尼克却惊讶地发现自己仍保持着冷静，甚至还有种松了口气的感觉。一直以来，虽说加德纳只满足于制作嵌合体和饲养奇异动物，但对于他是否会背叛自己，斯坦尼克始终抱有疑虑，如果秘密被出卖，自己也将身败名裂。而今加德纳已经交出了性命。

剩下的问题就是逃跑的嵌合体的去向。斯坦尼克走出地下室，边上楼梯边在脑中思考，要是嵌合体仍在四公顷的私有地内，一切都还好说，一旦它跑到了外边被人发现，自己将有可能失去所有。

当他封闭完秘密入口时，斯坦尼克告诫自己：冷静点，我已经有过处理嵌合体逃脱的经验了。

——在他搬到猎人谷的那会儿，一只拥有惊人的敏捷性，结合了狼獾和蝎子鱼 DNA 的嵌合体逃到了室外。委托看守的加德纳并不在家，此时他正住在堪培拉的宾馆里，连日盘桓于"国家动物园和水族馆"，站在以朝游客吐口水闻名的红毛猩猩笼前，目的是采集衣服上的口水。要是顺利的话，应该就能搞到在暗网上几乎买不到的大型类人猿 DNA。

嵌合体逃跑之后，斯坦尼克陷入了恐慌，但他还是戴上了足以抵御强力咬合的手套，立即飞奔出去。他本打算使用诱饵将其活捉，却被对方反咬了一口，左手的拇指和食指在巨大的冲击之下筋骨碎裂。假使没有戴钢丝手套，手腕恐怕早已齐根撕断。经过此事，斯坦尼克得到的教训是"如果攻击性很强的嵌合体逃跑，就不应考虑活捉"。如果因不忍取其性命而任其逃到私人领地之外，一切努力都将付诸东流，还是杀掉最为妥当。只为怪物造型而诞生的生命，必须令其消失得毫无痕迹，决不能借助他人之手。斯坦尼克忍受着骨折的剧痛，驾驶着沙滩吉普，在广阔的领地上追逐着狼獾和蝎子鱼结合而成的嵌合体，直到天将破晓才成功碾死了它。他当场在尸骸上浇上汽油，放火将其从地面抹消，然后单手驾车前往了医院——

这次也只能做同样的事了。斯坦尼克从破裂的窗玻璃望着球场，苦恼地思索着。然而今天的事和上次并不完全一样。这次的对手体型更大，动作更快。要是用沙滩吉普与之接触，连自己也有卷入事故的风险。剧毒的触手也令轻率接近变得极不明智。

从高尔夫练习场返回宅邸的途中，斯坦尼克发觉窗户外面倒着某样东西，大约在西边五十米处。他先用电筒检查周围是否安全，然后缓缓地穿过黑暗，俯视着澳大利亚牧羊犬耶利哥的尸体。

斯坦尼克仔细检查了耶利哥的尸体，尸体表面满是苍蝇，颈腹撕裂，肋骨尽断。斯坦尼克的脑中浮现出嵌合体踢飞耶利哥的场面。尽管耶利哥英勇迎战，却仍在剧毒的袭击下动弹不得，然后遭到堪比恐龙的恐怖利爪般致命的一击。澳大利亚牧羊犬那巨大的身躯在空中翻滚，最终重重地摔在地上。

这具尸体不能埋葬，只能焚烧。斯坦尼克是这么想的。但首先要解决的是那只逃脱的嵌合体。他无法呼救，只能独自面对。斯坦尼克必须单枪匹马亲手解决这只"奇罗内萨瓦利"。

——奇罗内萨瓦利。

这是斯坦尼克和加德纳迄今为止所创造的最伟大的嵌合体。

长久以来，彼得·斯坦尼克一直在思考如何超越那个双足蝎子生物——让自己的名字轰动好莱坞的"布莱尔"。恶蜗牛和心灵鳄鱼等其他生物虽然也很火爆，但在人气上仍不及布莱尔。

布莱尔的灵感源于鸵鸟和帝王蝎在"肯尼特斯"的催化下融合而成的嵌合体的生长过程。然而该嵌合体和布莱尔并不完全相同。布莱尔的身上还掺入了斯坦尼克的想象力。比方说，真正的帝王蝎尾针的毒性很弱，但《神经元领域》中的布莱尔尾针的毒性被设定得很强，那是因为电影的观众不会认可一个毒性很弱的蝎子。

在构思新怪物的时候，斯坦尼克回忆起自己在敲定布莱尔的设定时，曾研究过自然界蝎子的毒性，该毒液是针对攻击者注入的，只要不靠近本体就相对安全，在近距离攻击方面，它与蜜蜂和蜘蛛并无差别。

可是——斯坦尼克想，如果这种毒液能像机器一样自动运行，还能从目力难及之处袭来，人类将会产生怎样的恐惧呢？想必会非常震撼吧，地球上是否存在具备如此能力的生物呢？

答案是肯定的。

水母——漂浮在南部海域的毒水母的恐怖早已刻入了澳洲人的意识，虽然在海水浴客云集的海滩上准备了抗毒血清，但仍时不时出现死亡案例。

其中最恐怖的莫过于澳洲箱形水母。澳洲箱形水母是所有水母中毒性最强的，拥有"海黄蜂"的诨名。而其体型远非蜂类可比。它是立方水母目中最大的品种，伞体直径超过三十厘米，触手长约五米，重达两千克，游泳速度可达每小时七点五公里。由于呈半透明，且触手极长，水下的潜水员和游客都难以觉察其踪迹。它的触手上有多达五千个毒针，被注入毒液的小鱼和甲壳类动物会立即丧命，成为澳洲箱形水母的猎物。人类被其刺伤时，心脏、神经和细胞将会严重受损，同时伴随着剧痛、呼吸困难和抽搐，严重者可导致死亡。一九五五年曾有过这样的惨剧——一名儿童在触碰到澳洲箱形水母的触手之后，仅仅五分钟便命丧当场。

水母——仅次于鲨鱼的海洋噩梦，如果进军陆地将会如何呢？斯坦尼克的想象力开始膨胀，鲨鱼走路只是个笑话，但如果是水母呢？

斯坦尼克想象着透明的大型水母垂着触手飘在空中的样子，不由得摇了摇头。这简直像极了古早的火星人形象，而且飘浮移动的原因也无法解释。自己创造的怪物之所以广受认可，说到底是让人感受到了自然的神秘，必须要用更现实的设定。

比方说，如果一只水母会双足行走，那又如何呢？

在陆地上行走的水母，恐怕没人见过吧。如果是澳洲箱形水母，肯定会让人不寒而栗。半径五米是死亡领域。

尽管感觉只需开动想象力就能画出如此迷人的生物，但斯坦尼克仍打消了这个念头。自己欠缺造型能力，如果想创造怪物，就必须亲眼见到能让想象力发生巨大飞跃的实物。

斯坦尼克向加德纳提出了新的请求——将澳洲箱形水母和有"世界头号危险的鸟类"之称的生物融合。

双垂鹤鸵，在视觉特效的行业里，它被视为恐龙——蜥臀目兽脚亚目的双嵴龙和恐爪龙——的参考资料。在日本等地，由于其奇特的外形，又被称为"食火鸟"。其全长最大一百九十厘米，体重可达八十五公斤，栖息在印度尼西亚、新几内亚和澳大利亚东北部的热带雨林中，目前濒临灭绝。它的脖子和腿极长，翅膀退化，无法飞行，这点与鸵鸟相似。但两者最大的不同在于其华丽的外表——美丽的蓝色羽毛从头覆盖到脖子，脖子根部垂着鲜红的肉须。身体尽是黑色的羽毛，蓝、红、黑三色形成强烈的对比。无论雌雄，其头顶上都有一个冲浪板尾鳍模样的棕褐色坚硬头冠。双垂鹤鸵之所以被称为"世界头号危险的鸟类"，乃是因为其巨大的体格，火爆的脾气，坚硬的喙，最有代表性的是左右脚爪，长在三根脚趾上的利爪最长可达十二厘米。愤怒状态的双垂鹤鸵能以每小时五十公里的速度奔跑，用堪比猎刀的爪子发动攻击。被攻击的一方完全无法抵御。如此武器简直堪比恐龙。

为了制作嵌合体，加德纳首先购入了大量鸵鸟蛋，双垂鹤鸵的蛋极难得到，即便有幸入手，也可能被肯尼特斯的毒性杀死。从暗网购入澳洲箱形水母和双垂鹤鸵的 DNA 溶液，再使用肯尼特斯融合的计划才是最现实的。

决定方案后，两人都忐忑不已。这样的实验曾在昆虫、节肢动物和软体动物中的贝类身上尝试过，但在脊椎动物中掺入水母实属首次。

问题在于其形态和毒性是否能维持下去。斯坦尼克和加德纳就此交换了意见。有毒生物通常有着震撼的形态，假使可能的话，最好能让这种形态维持下去。但若要饲育，则没有毒性更为便利。自然界的双垂鹤鸵具备消化其他动物无法食用的有毒果实的能力，而这种特殊的能力，或许有助于维持与自身融合的澳洲箱形水母的毒性。

加德纳着手制作三周以后，以鸵鸟为基础，融合了世界最强的毒水母和世界头号危险的鸟类——澳洲箱形水母和双垂鹤鸵两者特征的惊悚嵌合体终于宣告诞生。

加德纳以鱼类、老鼠为实验对象，研究了嵌合体的毒性，最终得出了无毒的结论。这并没有错，当时水母的触须确实是无毒的。

*

群星在猎人谷的夜空中闪烁着，斯坦尼克怀抱着装有摄像头的无人机走出家门。他将无人机抛向空中，对着带显示器的控制器喊话，开始了语音控制。

必须找到奇罗内萨瓦利的确切位置，虽说可以开着沙滩吉普寻找，但对方也能以时速五十公里的速度快速移动，要是遭到突袭，怕是连逃跑亦不可能。

语音控制的无人机沿着四公顷的广阔土地径直飞向了某个地方，双垂鹤鸵是双足的陆栖动物，但其身上的水母部分呈果冻状，需要大量水分来防止缺水。每天除去五公斤的固定饲料外，野生的双垂鹤鸵还需二十升水，地下室的鱼缸干涸见底，显然是奇罗内萨瓦利干的好事。

在夜幕中穿行的无人机抵达了高尔夫练习场的对侧，距离自宅东北约一百八十米的池塘上空。斯坦尼克认为奇罗内萨瓦利一定在池塘周边，它会本能地寻找水源。

假使水分不足导致水母部分坏死，又会发生什么呢？这个想法突然出现在了斯坦尼克的脑海里。虽说无法确定，但即便坏死，触手理应也保持着毒性，危险依旧存在。

池塘周围的景象映在了显示器上，其中并无类似的身影。斯坦尼克通过语音指令让无人机降低高度，打开探照灯，然后靠近了池塘边的一座木制仓库。在户外悠闲度日的时候，斯坦尼克也会使用这个仓库。里边存放着露营装备、钓鱼工具、罐头食品等。只需空着手乘坐沙滩吉普出门，即可享受一个宁静的假日。

无人机缓缓飞入仓库内部，在光线中，映出了某物抬头的影子。下一刻，它用两条腿站了起来，挥舞着长长的触手展开威吓。只需和靠墙的钓竿互相对比，体型便一目了然。

短短半年的工夫，奇罗内萨瓦利的体长就达到了二点一米，体重超过十公斤，原本需要三年以上才能长出尾鳍状的坚硬头冠如今已发育得很好，爪子的长度也超过了野生的十二厘米，达到了十八厘米。这些或许受到了鸵鸟体型的影响，但投用了肯尼特斯的个体往往会急遽变大，代价是寿命缩减。斯坦尼克认为奇罗内萨瓦利也是如此。

半透明的青色伞状物罩住了它的头部，仿佛要将垂直的冠包裹起来。它没有眼睛，没有鼻子，不会鸣叫，唯有尖锐的喙不断往下淌着唾液。当它兴奋地摇晃脑袋时，生长在头部周边的果冻状触手便在空中舞动不休，异常骇人。

通过摄像头，斯坦尼克望见嵌合体朝自己撞了过来，便急忙令无人机后退，撤到仓库外的高空之上。身长超过两米的嵌合体在周边徘徊了片刻，意识到敌人消失后，便靠近了池塘，弯曲着长长的脖颈喝起了水，随后安静地返回仓库。回到屋顶之下应该是它在笼中长大养成的习性。

待月亮探出头后，斯坦尼克开启了无人机的摄像功能，命令其降落在仓库正面，如此一来，就能监视奇罗内萨瓦利的动向了。它继承了双垂鹤鸵夜伏昼出的基因，因此很可能要等到早上才会离开仓库。确认了其下落后，只需考虑如何取其性命即可。原本要是有一把猎枪，就无须为此忧心。但自从二〇一四年悉尼某咖啡馆遭到未注册的枪支袭击之后，澳大利亚的枪支管制便越来越严，如今持枪已经极端困难。斯坦尼克也不能例外。

斯坦尼克仰望着夜空。少安毋躁，他这般告诫着自己。在无法求助，必须独自面对之际，急躁才是大敌。这会扰乱自身的判断力。

\*

倘若说杀之毫不足惜，那肯定是谎言。但经过半年的相处，这个嵌合体的造型已然深深地刻在了他的脑海里。是时候处理掉了。突然，斯坦尼克想起了他在演讲中遇到的那些人。要是没被邀请到悉尼，恐怕连他自己也要命丧奇罗内萨瓦利的剧毒之下。斯坦尼克苦笑了一下，谢谢，多亏了你们这些粉丝，或许能帮自己创造出此世最伟大的怪物。

\*

斯坦尼克回到家里，匆匆赶往二楼的工作室，面对显示器坐下，启动了西格玛工坊，开始着手绘图，这并非生物，而是十字弓的图。在默默无闻地当背景画师的时候，他绘制过很多武器，设计十字弓自然得心应手。画完本体和箭矢后，开始用3D打印机输出，由于急于完工，因此没有指定颜色。

在立体工件完工之前，斯坦尼克在车库的工具箱里翻找了一遍，找到了可用来制作十字弓的弹性钢片和钢丝，还找到了用来强化箭头的钉子。

斯坦尼克手持完工的十字弓，瞄准了放在庭院里的西番莲罐头。伴随着尖锐的金属声，钉子做的箭头贯穿了容器，威力毋庸置疑。但这也是容许接近的极限。即便不必站在面前，奇罗内萨瓦利头顶垂下的剧毒触手也足以延伸到五米左右。

斯坦尼克在十米外再度射击罐头，这次虽然也传出了响声，却未能穿透。他嗅着西番莲的香气，拔出了插在罐头上的箭矢。

　　*

天将破晓之时，斯坦尼克开始准备狩猎。他久违地穿上了厚重的潜水衣，虽然有些紧绷，但好歹仍将其套在了身上。这应该能够阻挡杀人水母的触手。他还戴上了摩托车的全脸头盔，并仔细检查了脖子部分是否留有缝隙。

出门之际，他望见镜子里倒映出自己的身影。在漆黑的猎人谷平原上，身穿潜水服，手持十字弓的模样，看起来就像一个丧失心智的疯子。

除去十字弓外，他还准备了园艺用的自动喷雾器，六支用钉子强化后包裹布料的箭矢，外加急救用品。他还带了市面上贩售的澳洲箱形水母的抗毒血清，但无法保证嵌合体的毒素和自然界的个体完全相同。

斯坦尼克跨上沙滩吉普，发动引擎，向东北约一百八十米处的池塘畔仓库飞驰而去。

*

他在距离仓库约二十米处停下车，确认完风向，然后小心翼翼地绕到上风处，启动了园艺用的自动喷雾器，伴随着微弱的电机声，水箱中的汽油被喷了出来，随着风飘向了仓库。虽说可以直接点燃仓库，但奇罗内萨瓦利若是受惊脱逃，只会让仓库白白烧毁。

斯坦尼克蹑手蹑脚地向着沙滩吉普的方向后退。他必须时刻关注风向，要是汽油沾到自己身上，就有可能像 B 级片里演的那样和怪物一同葬身火海。

斯坦尼克平安地返回到了沙滩吉普上，将沙滩吉普推到了仓库正前方。然后，他对着手中的控制器喊话，令落地的无人机机翼重新旋转。由于摄像头一直是开启状态，无人机的电量耗去不少，但如果是充作诱饵的话，飞行时间仍绰绰有余。

语音控制的无人机伴随着低沉的嗡嗡声闯入仓库。通过控制器的屏幕，斯坦尼克望见奇罗内萨瓦利那被半透明胶状物包裹着的头部扬了起来，十八厘米长的利爪冲着屏幕径直袭来。当来不及逃跑的无人机被击飞出仓库的同时，斯坦尼克用打火机点燃了箭头上包裹的布料，将十字弓的肩托抵在肩上，随后扣动扳机。箭矢扎入了正摇头晃脑从仓库里飞奔出来的奇罗内萨瓦利，包裹箭矢的布料浸满了汽油，登时腾起了熊熊烈火，瞬间烧焦了躯干的黑色羽毛。斯坦尼克射出下一支箭，这一次，箭矢扎入了脖子根部垂下的鲜红肉须。在这般突袭之下，即便是凶狠无比的嵌合体也本能地退回了仓库。

斯坦尼克的计划成功了。奇罗内萨瓦利挣扎着往后退，火焰蔓延到吸饱了汽油的墙壁上，瞬间腾起了烈焰。

当火焰蔓延到仓库的天花板时，斯坦尼克怀疑起自己的耳朵。奇罗内萨瓦利自诞生以来从未鸣响的叫声自火焰中传来，咻嗷嗷嗷嗷嗷——声音听起来像极了地狱深处的风暴。

垂死挣扎之际，奇罗内萨瓦利踢碎了仓库的墙壁，但为时已晚，它的全身早已被烈焰吞噬。

斯坦尼克并未射出最后一支箭，他坐在沙滩吉普上，眺望着在破晓前的星空下燃烧嘶叫的奇罗内萨瓦利。它脖子上的蓝色羽毛在烈焰中熠熠生辉，头顶的果冻状伞状物则发出耀眼的粉红光芒，仿佛在警告着什么。何等绚丽的身姿啊，斯坦尼克倒吸了一口气。无论这个世界属于上帝还是恶魔，如此奇迹般的造物能存在于此，都称得上是莫大的奇迹。

奇罗内萨瓦利突然冲了过来。斯坦尼克稳坐在沙滩吉普上，随时准备撤离。正当他打算转动油门时，手突然停了下来。奇罗内萨瓦利并非冲着斯坦尼克而来，它径直跃入了池塘。

伴随着巨大的水声，飞沫四散，斯坦尼克不由得愣在了原地。

池塘？

如果进入水中，陆栖化的水母部分是否能适应淡水，独自生存下来呢？当这种怀疑掠过心头之际，斯坦尼克突然感到右腿传来一阵灼热。奇罗内萨瓦利从头部伸出的触手带着未尽的余焰缠绕在了他的右腿上，虽说水母触手上的有刺细胞若没有受到刺激，就不会发射注毒的刺丝，但火焰的高温足以给出足够的刺激。猎物的有刺细胞释放了剩下的所有刺丝，毒素迅速注入。刺丝有着惊人的穿透力，潜水服根本难以抵御。斯坦尼克剧痛难忍，大叫着从沙滩吉普上跌落下来，毒素很快就从腿部爬升及腰，下半身登时失去力量，再也无法站立。

在几欲令人晕厥的剧痛和窒息中，斯坦尼克浑身颤抖。他用尽上半身的力量拼命爬行，伸手去拿背包里的抗毒血清。缠绕在腿上的触手仍未熄灭，但解毒比处理烧伤更为紧急。

就在他奋力爬行之际，斯坦尼克的鼻子嗅到了一股浓烈的臭气。

放在仓库上风处的自动喷雾装置仍在喷洒着汽油雾。由于奇罗内萨瓦利毁掉了仓库，雾气随风飘散，蔓延到了更远的地方。

觉察到状况有变的斯坦尼克噤声不语，苦笑着摇了摇头，当汽油的雾气洒遍全身之际，缠绕在他脚上的触手上未熄的火焰瞬间膨胀起来，爬满着全身，一口将他吞没。奇罗内萨瓦利所遭受的苦痛和恐惧，终于轮到斯坦尼克亲自品尝了。

在斯坦尼克化为炭灰之前，眼中最后浮现的是他和深爱的父亲共同观影的回忆片段。母亲与父亲离婚后，他和父亲一个月只能见一次面。每次相见，两人都会出门一同观看有怪物出场的电影。

"记好了，皮特，"父亲坐在电影院的座位上对他说，"当你约别人出去的时候，可别总选和爸爸一起看的傻电影。"

　　　　*

在皮特·斯坦尼克失联的一周后，剑棱齿象澳洲分公司的经理离开了悉尼的办公室，亲自前往猎人谷查看情况。斯坦尼克以乖僻出名，音讯全无是常有的事，可经理的心中总有种莫名的忐忑。万一斯坦尼克真有不测，那就糟了。现如今，不仅仅在分公司，他的才能已是整个企业的心脏。

在自动驾驶的吉普中颠簸了一路，经理第一次来到了斯坦尼克位于猎人谷的宅邸。他徒劳地敲了敲门，然后绕着房子走了一圈，发现了一具被烈日晒得干瘪的狗尸，然后他走向高尔夫练习场，看到了窗户破碎的别墅。

虽说本该报警，但毕竟还没找到斯坦尼克的身影，经理还是打消了这个念头。斯坦尼克如今已是视觉特效业界的明星，几乎等同于名流，做出在宽大的宅邸里沉溺毒品的荒唐举动本就不足为奇。倘若事实果真如此，贸然惊动警察可能会让公司蒙受巨大损失。

经理驾驶着吉普在广阔的私人领地上四处奔走，搜寻着斯坦尼克的身影。不久，他在远处发现了倒塌的建筑物的，于是他满怀忐忑继续前行。当他抵达目的地时，映入眼帘的是烧毁的仓库残骸、沙滩吉普，以及一具焦黑的人类尸体。尸体的年龄和性别都无法辨认，更不用说确认是不是斯坦尼克了。

经理松开领带，吸了口气，就在这时，他瞥见像是头部的一团漆黑的炭灰中闪着一丝微光，看起来是一小块金属。经理把解开的领带缠在手指上，别过脸去，小心翼翼地拾起金属。当他拂去炭灰，一个熟悉的形状显现出来——那是一对肺形的耳环。

既然人已经死了，就没法不报警。经理打完电话，抬头仰望蓝天。在等待警察到来的时候，他发现了躺在池塘边的无人机，以及被抛在一旁的控制器。经理喊了一声，控制器的睡眠状态就解除了，屏幕亮了起来。经理继续发送指令，播放录制好的视频。

出现在屏幕上的是仿佛来自但丁《神曲》世界的未知生物。经理简直不敢相信自己的眼睛，这是 CG 动画吗？不，肯定不是。

正因为长久混迹于视觉特效行业，他才清楚地知道，画面中的所有要素都能证明这不是 CG，经理环顾着空无一人的平原，轻轻地从无人机中拔出了储存卡。

    \*

被誉为天才怪物设计师的皮特·斯坦尼克神秘烧死事件的一年后，好莱坞电影《达希德》风靡全球，尤其是电影中登场的怪物引发了热议。"这是斯坦尼克最后的杰作。"剑棱齿象澳大利亚分公司的经理向媒体这般说道。导演和创意总监则称呼这种生物为"肉食恐龙般双足行走的水母"，即"果冻行者（Jelly walker）"。

    \*

斯坦尼克曾居住的猎人谷私有土地被挂牌出售，但足足四公顷的土地根本无人过问。于是房地产公司将土地分割成了两公顷，仍寻不到买主，最后只得将房屋及周边土地单独划出，登上了出售广告。

搬入此地的新住客是凯文·约翰逊和他的家人。约翰逊是如今为数不多的几位特技演员，此前曾出演过两部电影。然而在处处以 CG 为先的业界，他已然是化石般的存在，几乎接不到工作邀约，只能通过经营越野摩托车销售公司来维持生计。

\*

某天，在新居的客厅里，约翰逊正单手握着啤酒瓶打盹。他九岁的女儿正好结束了探险，踩着自行车回来了。

"爸爸，"女儿说道，"今天我发现了一个池塘，突然看到一条鱼张嘴浮了上来，然后又沉下去了。好奇怪啊，池塘里是不是有什么东西？"

约翰逊揉着惺忪的睡眼，从沙发上坐起身来。他本想训斥女儿不要单独靠近池塘免得溺水，但因为喝多了啤酒，话都说不利索。于是他叹了口气，凝视着女儿的脸，这般说道：

"鱼也是有寿命的。"

公民权

无声的细雨如幽灵般飘落。

然而，一行人在一连数小时的游荡后，不知不觉被打湿了全身。他们并未打伞，只是将粘附在前额的头发抹开，像残兵败将一样在新宿一带四处搜索。

他们寻找的是一辆失窃的摩托车。但那只不过是一辆排气量不足五十CC，随时面临报废的轻便摩托。舍不得这种东西不啻一个恶劣的玩笑，尽管被雨水和凄惨所裹挟，可他们仍旧拼命寻觅着目标——那辆从座椅的裂缝中露出海绵，其貌不扬的铃木轻骑。

如果是辆杜卡迪就好了，那个排气量超大，排气管银光闪闪的战斗机——今井一边品味着空虚，一边这样想着。只是为一辆破旧的轻骑就脸色大变，简直像极了乡下的小混混……

三人分别朝不同的方向散去，然后在新宿黄金街的小巷里再度碰面。其他组员应该已经放弃了搜索，早就打道回府了吧。

今井默默地望着面色惨白的菊野，无声而微温的雨水濡湿了菊野的头发，从额头到脸颊，从留有旧疤的下巴到脖颈，画出了好几条水痕。菊野从紫色开领衬衫的口袋里掏出一支七星牌香烟，但湿透的烟已然无法点燃。

站在菊野身后的白泷此时正单手扶着酒吧的木门，脱下皮鞋，倒出里边的积水。

是时候了。今井吐了口唾沫。他不知道那辆摩托究竟在什么地方，也不知道该对菊野说什么话。

"既然这样——"菊野首先开口道，"要回去吗？让你们帮忙，真是不好意思。"

"……这种……"今井终于吐出了沙哑的声音，"……这种无聊的事情……"

他无力地摇了摇头。菊野用左手鼓励似的拍了拍他的胳膊，雨水流过戴着戒指的小指指甲，凄冷地滴落在霓虹灯映照下的潮湿路面。

今井迈开了脚步，然后回头看了眼倚在酒吧门上的白泷。

白泷摆了个扔垃圾的姿势，把双手提着的皮鞋猛力抛向空中，路面上水花四溅。接着他用手肘抵着后跟的内衬，勉强把湿漉漉的皮鞋套了回去。

他脸颊消瘦，一副瘾君子的面相，和十九岁初进组那会儿几乎没什么两样。正因如此，白泷有时会被组员帮忙挽起衬衫的袖子，还总是被警察翻查口袋。

白泷的眼神总是冷冰冰的，就像睁着眼睛的死人一样，总觉得有种漠然可怕的气氛。

……深更半夜在女人的房间醒来的时候，今井曾心血来潮地站在穿衣镜前，想模仿白泷的眼神。他深信白泷的眼神是在演戏。说到底，这只不过是塑造恐怖的角色罢了。

黑道都是在无意识中扮演黑道的演员，这是今井的一贯主张。那些在街头掌握恐惧心理学的人，那些为了讨生活而不惜做恐怖表演的人，自己也是他们中的一员。当自身为世人所鄙夷，如虫蚁般被他们唯恐避之不及时，只有恐惧才能成为谈判的窗口。恐惧有其步骤，有其方法，有其根源，也有其机关。

然而，无论今井怎么调整脸孔，改变影子的角度，靠近抑或远离镜子，可镜子里始终不曾映出白泷的眼睛，甚至连模仿的程度都算不上。弄到最后，睡着的女人醒了过来，大声嘲笑着对着镜子一丝不挂挤眉弄眼的今井。

或许这正是白泷的本性——在女人的笑声中，今井头一遭有了这样的意识。白泷这个被干部们称作"寿喜烧"，总被当成蠢货的乡巴佬，或许真是疯了吧。不，如果露出那种眼神的家伙才算是真的黑道，那"真"又是什么呢？长了一双杀人犯一样的眼睛就是真的杀人犯了吗？如今这个世道，谁都有可能杀人，文身也不再稀罕。对黑道而言，所谓的真究竟为何……

今井的耳边传来了气鼓鼓跟在身后的白泷踩踏水洼的声音，三人若即若离，穿过错综复杂的小巷，朝着位于歌舞町一丁目的事务所走去。

在商住大楼的入口处，菊野停下了脚步。他用左手小指戳了戳躲在垃圾桶后边那只见惯的野猫，咧开嘴露出牙齿，尽力笑了笑。

*

仅仅因为一辆轻便摩托被偷，何至于要切手指头呢？

这个问题在今井的脑海中嗡嗡作响，似苍蝇般盘旋不休。

他知晓答案，正因为如此，才感到难以承受。看到菊野强颜欢笑的模样，他情不自禁地心生同情。

问题的答案——

那是因为轻便摩托是全组重要的交通工具，是成员们四处收取组织利益的宝贵代步。为何组里的交通工具不是奔驰S级，而是区区一辆轻便摩托呢？原因自然是钱，藏在事务所神龛下的防火保险柜，现如今只不过是防止里边的空气免遭意外火厄而已。

没钱。

这是对过去一年发生的一切闹剧的答案，也是菊野弄丢了组里宝贵的财产——即便只是区区一辆轻便摩托——也要被迫切指谢罪的缘由。

……本组在歌舞伎町二丁目开设了一家夜总会，等到周末，店长仍没过来上交收入，于是菊野便前去催讨。虽然从事务所步行过去也没几步路，但菊野还是特地骑上了摩托。如果不经常使用，引擎就容易打不着火。

当他象征性地戴着头盔，在夜总会大楼前停车的时候，在一楼的信箱处发现了窥探的店长。菊野急忙下了摩托，一把揪住了店长，拖着对方爬上楼梯，将其扔进了尚未开始营业的夜总会。

——给罗马尼亚的舞女发完工资后，就什么都不剩了。

面对店长的辩解，菊野暗自想着，这家伙也是这样。觉得黑道没落就胆敢小觑我们，又来了个这样的家伙。他一巴掌拍在店长脸上，然后绕到对方身后，抓住了店长的皮带，将其拽倒在地。很久以前，他在刑警那边也尝过同样的手段。要是被人从身后抓住皮带，人们会惊讶地发现自己几乎没法抵抗。

刚往肚子上端了几脚，店长便哭了起来。菊野只留下了买酒钱，一边将钞票塞进口袋，一边离开大楼。这时他发现轻便摩托不见了踪影，他忘了拔钥匙。

那样的破烂，肯定是被哪个牛郎或者小混混顺手骑去玩了吧。菊野心想。然而要是没戴头盔，理应骑不了多远，应该就丢在附近，随便转一圈就能找到。

想到这里，菊野开始冷静地回忆自己的头盔究竟去了哪里，他抬头望向了阴郁的天空——见鬼，连头盔也被偷了……

大楼的电梯地板被三人衣服上滴落下来的雨水染得黢黑。

"要是贴上徽章就好了，"菊野苦笑道，"不行，太傻了吧，贴着徽章的轻便摩托。"

今井和白泷都没有笑。

见白泷一直沉默不语，菊野拍了拍他的肩膀。

"别阴沉着脸了，也不一定要切手指呢。"

听到这里，今井闭上了眼。他知道菊野在两个选项中已然做好了决定，剩下的就只有听天由命了。

通往事务所的走廊上，荧光灯闪烁不定。三人并肩往前走着，菊野按下了事务所门边的电铃。

\*

事务所和往常一样昏暗。

本组是关东鬼魂会系的五次团体[1]，成员九名。在黑道的世界里，组员们位于所谓的末节——也就是底层的位置。

在这间约十叠的单间里，天花板上只亮着一盏灯。这并非为了阻止外组闯入或规避警察的强制搜查而有意营造的黑暗。

在光线难以企及的昏暗角落，有的人仅凭手机屏幕的微光擦鞋，有的人正用毛笔写着暑中问候的信。

若头[2]舟伏对厉行节俭异常执着。不仅对水电费锱铢必较，就连卫生纸和铅笔都一样吝啬。这不是钱不钱，而是用不用心——舟伏动不动就说这种话，更别提练习手枪射击了。

——你们知道子弹要多少钱吗？

由于经费上的原因，舟伏极力避免射击训练，这与日本的普通警察如出一辙。

---

1 日本黑帮等级之一，本家的组员若被允许在不脱离该组的情况下自立门户，所建的组织即为二次团体，二次团体的组员亦可建三次团体，以此类推，最低为五次团体。

2 日本黑帮职务之一。在组织中地位仅次于组长，拥有特别的权限，常视为组长的接班人。一般都有几个助手，称为若头补佐。

话虽如此，要凑齐每月六十五万日元以互助费为名义上缴的资金，依然要吃不少苦头。自从他们赖以维持生计的观叶植物——大麻——的销售渠道被警方彻底控制后，勉强支撑组织运转的，就只剩建在情趣酒店楼顶的简陋温水泳池，以及以"允许文身入场"为卖点的招揽同行的娱乐设施。除此之外，组里还跟刺青师合作，开设了面向海外游客的"日式刺青"生意，但都算不上什么大产业。

……二〇一三年的冬天，为了整顿已经濒临干涸的组内财政，组长开始到外地出差，至于具体去了哪个市，并非干部的今井并不知晓。只听说他依靠学生时代认识的不良伙伴和故交兄弟，一心一意地开拓财路。在频频出差的过程中，组长不知不觉就不再露脸，那是二〇二五年夏天的事。他连扫墓和新年参拜都没回来，那之后过去了整整一年。

——老大被人沉到河里去了。

对于这样的传闻，今井也曾差点信以为真。但仔细一想，这种说法着实经不起推敲。

——如果老大死了，舟伏理应继任组长，今井是这么认为的。既然那家伙还是若头，老大就应该还活着，也没有引退，那就是生病了吗？可自己从来没听说过老大身体有恙，那他究竟在做什么呢？

无论老大身在何处，只要他不在事务所，若头舟伏作为负责人统领大局也就成了理所应当的事。

舟伏作为掌舵全组的人，总是滔滔不绝地说道——

任侠面临前所未有的阻碍。

由于社交平台的普及，导致全国一亿人皆化身警察。

别说购买奔驰，连车检费都凑不齐的财政赤字。

你们要凭借什么渡过这片时代的汹涌大海？

于是乎，过度的物品管理和经费削减便正式宣告开始，倘若有人提出异议，就必须找到新的财路。但赚钱的路子并不好找。

三人从近乎漆黑的玄关口往里走，视野逐渐明亮起来，越是靠近坐在钟爱的沙发上悠然放松的舟伏，光线的浓度就越高。但即便如此，亮度也仅仅相当于路灯底下。

舟伏神经质地晃动着交叉的双脚，LED灯照耀下的灰色皮鞋在正下方的矮桌上投下阴影。

"干得不错啊，菊野，"舟伏盯着晃动的脚尖说，"明天要不要骑自行车呢？"

菊野噤声不语，只是低下了头。

舟伏把跷着的腿换了个方向。

"你该不会觉得那辆破摩托车无所谓吧？没觉得对吧？

那就给我小心开，直到引擎报废为止。那是我们大家的财产。在第三世界，那东西可是很珍贵的。你知道我在说什么吧？你懂的，对吧？"

菊野默默地盯着地板。

舟伏把双手放在脑后，伸了个懒腰。

"老实说，菊野，我觉得你也挺可怜的。平时干得还算不错，本以为这种蠢事只有那个'寿喜烧'才干得出来……真没办法。"

舟伏摸着自己的大背头，站在他旁边的是挽着粗壮的胳膊，嘴唇因烧伤而变形的蓧木。蓧木的头衔是若头补佐，二十多岁的时候曾是东京消防厅的救援队员，但由于嗜赌而遭解雇，妻子也因此提出了离婚。从那时起，他就脱离了正经的营生。

当蓧木开始在矮桌上铺报纸的时候，今井再也按捺不住，终于走上前来。

"……请等一等。"

"等什么？"听到蓧木的恐吓，今井吓得缩了缩身子，幸亏舟伏马上开口询问，才没有挨打。

"怎么了今井？"舟伏问了一声，"你说说看。"

今井把背弯得比直角还尖，勉力恳求道：

"……我会自掏腰包买一辆轻便摩托……所以恳请您……"

今井还没说完，舟伏就打断了他的话。

"你听好了，这不是自掏腰包的问题。我说的是生与死，不是钱能够解决的。"

今井依旧低着头，熊熊燃烧的怒火让他紧握拳头，咬牙切齿。对，这话没错。确实不是钱的问题。问题在于你，舟伏。

"我们正身处一个极寒的时代，"舟伏的语气格外平静，"在这个歌舞伎町，我们全组都在遭遇灾害。在这种状况下，如果丢掉一根火柴会如何呢？你明白吧，我们必须确保生存，弄丢火柴的家伙是不懂其中的残酷的。胡乱花钱的人，毁坏财产的人，你也见过是吧。菊野并不是头一个承担责任的人吧？每个人都必须一视同仁，包括我自己，你说是吧？"

"回答呢！"

蓧木大声吼道，菊野和今井起身应了声"是"。默不作声的白泷被蓧木揪住胸口，可他仍旧什么都没说。蓧木咂了咂嘴，推开了白泷。为了泄愤，他大喊了一声"你们也说啊！"，强迫其他组员也作出回应。

"刚才我也说过了，"舟伏靠近铺着报纸的矮桌，"我也不想这样，所以才提供了两个选项。菊野，快点决定吧，是'工具'还是'霍塞'？"

并非靠掷骰子，而是自行选择。如果选"工具"，那就按老规矩，由某人拿来凿子或短刀，用之实施切断。手指必然会被切断，没有例外。那是因为直到手指落地为止，这个过程都不会结束。

而另一种选择则是非传统的"霍塞"，从若头舟伏掌舵后开始实施，是将蛮不讲理的行为合理化的选项，亦是异常的补救方案。要是选了这个，手指或许不会被切断，但出现这种情况的概率极低。

切割率百分之百的"工具"。

有可能保住手指的"霍塞"。

作为黑道中人，要是因为追究失败的责任而被要求"交出手指"，往往会毫不犹疑挥下刀子。这是世代传承的"美学"。而把希望寄托在"有可能保住手指"的可能性上，甘做任侠的害群之马，只可谓是耻辱。然而，组员们仍纷纷选择了"霍塞"，是因为被迫承担了种种责任——

……因为被夜总会的舞女以"想买表演用内衣"为由要走了钱，然后对方卷款而逃。

……去依附本组的小吃店，喝了一瓶卖给客人的威士忌，却没有付钱。

……擅自留在事务所一个人看电视，用的是组里的电费。

还有——

……导致本组所有的一辆即将报废的轻便摩托失窃。

每一桩都是几万几千日元的小事，和高中生的生活指导差不多水平。在组长不在的这一年，有三个人都被舟伏叫去二选一，没有一个人选择"工具"，可这并不代表所有人的手指都保住了。

"请用'霍塞'。"

听到菊野决心已定的回答，舟伏点了点头，要求蓧木做好准备。他面无表情，但不知不觉间，笑容就爬上了脸颊。不仅是在心里怒骂的今井。菊野、白泷，乃至全组的人都见过那张脸。

　　*

菊野取下了小指上的戒指，在手指根部紧紧绑上毛巾，试图预先止住血液的流动。蓧木戴上厚厚的钢丝手套，小心翼翼地将手伸进水池。水池占据了事务所的一角，看起来像是养活鱼的鱼塘。

随着一声呻吟般的吆呼，蓧木举起了那个生物。生物并不是鱼，展现在众人眼前的东西形似一块滴水的岩石，但这块岩石正猛烈地摆动四肢，展现其绝非岩石的事实。

块块隆起的甲壳令人联想到铠甲，脖子周围的皮肤被天然的刺保护着，像极了猛犬比特犬的带刺项圈，前端突出的头部张开裂口般的大嘴，威吓着组员们。

虽说不会鸣叫，但在今井眼里，这东西怎么看都是恐龙。若非来自远古的幸存者，就是好莱坞视觉特效艺术家制造的噩梦怪物。然而，这个生物却从未经过任何人工改造。

外壳长七十多厘米，重量超过五十公斤，难怪蓧木从水池里抱起它时会发出呻吟。

这种在美国被称为"短吻鳄咬龟（Alligator snapping turtle turtle）"的鳄龟，原产于密西西比河，被人当作宠物带进日本，不久就被遗弃在各地的池塘和河流中，每次捕获都能登上新闻。由于其巨大的体格，骇人的力量，暴君般的凶猛性格，总是让人感到无法驾驭，弃养的饲主络绎不绝。

今井也曾在新闻中看到过国内捕获鳄龟的新闻，按播报员的说法，在密西西比河流域，哪怕是本家短吻鳄，也就是鳄鱼，都不敢袭击成年鳄龟。它没有天敌，君临于生态系统中食物链的顶端。

既然如此，一个经济拮据的黑道组织为何要饲养这种极端危险的爬行动物呢?

一年前,由于某个契机,鳄龟被带进了事务所,当时舟伏提出"我要饲养这个家伙"时,包括今井在内的所有组员都颇感意外。

之后今井才知道,舟伏原本就喜欢爬行动物——他在家中饲养过某种昂贵而稀有的绿色蜥蜴,却因疏于喂食而饿死。还有饲养上的原因,毕竟养鳄龟比养看门的比特犬要省钱得多。然而,鳄龟被养在事务所的真正理由,在第一个牺牲者出现之前没人想象得到。

令舟伏着迷的,乃是其颚部蕴藏的力量。

比猛禽的喙厚了数倍,内置了柴刀模样的刃口。

根据舟伏调查得来的信息,这种鳄龟的咬合力可达三百至四百公斤,绝非犬和狼可比,足以与狮子并驾齐驱。而且它并非用獠牙刺伤猎物,而是用颚部切断。

切断——

这个词与生物恐怖的模样结合在一起,给舟伏的脑海中带来了"恐怖仪式"——这个统御财政日益困难的组织的灵感。只因琐碎小事便要被迫断指的恐惧,总有一天会点燃组员的不满。因此,作为泄压措施,必须给与其他的机会。但与此同时,这个"机会"所包含的异样仪式却给人带来了新的恐惧，从而进一步压迫精神。黑道的本质就是恐怖表演。于是舟伏将原主人的名字原封不动地安在了鳄龟身上——

当霍塞被放在铺了报纸的矮桌上时，桌面因为外壳和肌肉的重量而嘎吱作响。

水池里的怪物被打搅了安眠，显得非常烦躁。它的颚关节以几欲脱臼的角度大大张开，忽而向左，忽而向右。当它把如同烧伤般混杂了棕黑褐三色的脑袋转向前方时，一双鲨鱼般的黑色细眼与今井的目光撞在了一起。

何其丑陋的家伙……要是地狱有看门犬，其长相想必和这家伙一样吧……今井强忍着翻涌的吐意。那些置身于俯瞰歌舞伎町的大楼，欣赏着其中的世界头号怪兽雕塑的外国游客们，真想让他们过来瞧瞧这个。可当那些家伙看到东京的黑道把小指伸进这东西的嘴里，然后一切听凭天意的模样，还能保持冷静吗？

此时此刻，今井恨不得赶紧离开这里。要是没法离开，那就把眼睛和耳朵都紧紧捂住。与用工具断指相比，这个仪式他完全无法忍受。这一年来，唯一交了好运没被霍塞咬断手指的，就只有若头辅佐葆木。

跪在地上的菊野深吸了一口气，卷起紫色衬衫的袖子，像测血压的病人一样把左臂放在了矮桌上。他将绑住根部的小指伸直，一点一点，小心翼翼地靠近了地狱般的颚部，为了威吓而大张的嘴。不多时，菊野的手指就完全没入了那个黑暗的洞里。

十秒。在此期间，倘若霍塞没闭上嘴，菊野就算赢了。

"寿喜烧，去按住他的胳膊。"舟伏下令道。

即便是多出零点几秒的时间，对菊野都是不利的。受命的白泷此时显得十分机敏，他迅速抓住菊野的前臂，将其按在了矮桌上，与此同时，舟伏按下了秒表的按钮。

事务所的空气紧绷到了极点。

呆着别动，你这怪龟。今井在心中呐喊。

一秒，两秒。

霍塞并没有动。

三秒。

四，五，六，七，八。

只剩两秒的时候，菊野的惨叫声响了起来。霍塞猛烈地甩动脖子，以巨大的力量拖着猎物往后退去。霍塞从矮桌上掉了下来，似乎是被落地的冲击吓了一跳，霍塞短暂地张开了嘴，随后又猛力咬了回去。

血溢出了报纸，洒到了地板上。舟伏的不准弄脏事务所的怒吼和菊野的惨叫混杂在一起。菊野大叫着踢向了霍塞，当他站起来时，别说小指，就连无名指和中指也不见了踪影。而一旁白泷身上的西装已然像刷过油漆般变了颜色。

　　*

　　翌日清晨，今井再度挪动小桌，用海绵仔细地擦拭着地面。昨晚已经清洗过身上的血迹了，可当他拉开百叶，打开窗户时，阳光隐约映照出了褐色的污渍。

　　与菊野最亲近的今井被指示处理血迹，而关系良好的白泷则被命令陪他去医院。这也是舟伏的惩罚手段之一。

　　今井坐在下级组员的办公桌上，吃着冷掉的便利店便当充当早餐。事务所寂静无声，电话铃也没响起。他望着窗外晴朗的天空，一道飞机云笔直地向前延伸，不知不觉地消散殆尽。

　　耳畔传来了水花鸣动的声音。今井停下筷子，望向水池。霍塞睡醒了，此刻正把半个头探出水面——你这家伙，吞进肚里的菊野的手指已经消化完了吗？就似听到了今井的心声一般，霍塞缓缓沉入了水底，再也不动了。

　　今井盖上吃剩的炸鸡便当，喝了口瓶装茶。快要干不下去了，金钱脸面两头不沾，被蛮不讲理的做法压得喘不过气。之所以会遭遇这种事，全都因为暴排条例。

　　该法案于二〇一一年生效，震惊了整个业界。其威力远非卡车撞击事务所可比。那就是《暴力团体排除条例》。

不允许涉黑组织开设银行账户，个人同然。

不允许购买人寿和财产保险。

不允许使用信用卡。

不允许使用快递服务。

不允许和房地产及汽车销售商发生交易。

这是极其严苛的条例。有关组员的孩子被学校拒收的事，今井也时有耳闻。这就等同于接到了这样的最后通牒——你们不是人类，今井是这样认为的。排除一词就说明了一切。

午餐的外卖无法送达，中华盖饭也好，炒饭也好，拉面也好，全都吃不上了。明明歌舞伎町送不到外卖是台风天的夜里才会有的事。

无奈之下，今井只能自行去便利店购买便当和杯面。而这家店也是附近派出所的警察经常光顾的地方。一旦到了深夜，在孟加拉国国籍店员面前的收银台边，就只有警察和黑道在排队。

……到了最后，得到好处的只有便利店啊……

事务所的电话铃响了起来，今井回过神来。透过监视器，他看到了提着便利店袋子的白泷。

*

　　白泷换掉了昨晚沾满血迹的衣服，他发丝凌乱，胡子拉碴，连每天必戴的领带也没系上。

　　"你跑哪去了？"今井问道。

　　"医院——"白泷喃喃地应了一句，将便利店的袋子随手放在桌子上。

　　"医院？"今井皱起眉头，"你看病去了？"

　　"没有，"白泷说，"不是我。"

　　"菊野吗？"今井的脸色一变，"他不是回家了吗？怎么还在医院？"

　　白泷把手肘撑在办公桌上，拨起了凌乱的头发。

　　"早上我接到一个女人的电话。"

　　"女人？谁的女人？"

　　"菊野的女人，"白泷回答道，"他死了，菊野那家伙。"

　　白泷摸了摸胡茬，左右扭了扭脖子。他从便利店袋子里拿出一包七星牌香烟，一瓶七百毫升的詹姆森威士忌，并排摆在办公桌上。

　　这是菊野常吸的烟，还有他最喜欢的爱尔兰威士忌。

　　在这之后，今井得知了菊野荒诞的临终，那是白泷从哭泣不止的女人嘴里好不容易问出来的。

——昨晚，菊野请医生缝合了被咬断的手指的撕裂伤，左手缠着绷带回到了家，在公寓六楼的阳台上拿着一瓶詹姆森威士忌，一口接一口地喝着闷酒。

凌晨四点左右，天空开始泛白，女人因为担心而来到阳台，菊野搂过她的肩膀，想把一直拿在右手的酒瓶换到左手。兴许是酒精和止痛药的作用，他忘了自己缺了几根手指的事，失手的酒瓶掉到了阳台外边，菊野追着酒瓶，跟着一起掉了下去。他被紧急送去了昨晚刚去过的医院，但已经救不活了。颅骨碎裂，颈椎骨折，内脏破裂。

今井一句话都说不出来，他既想大笑，又想哭泣。更重要的是，他完全无法相信这一切。今井呆呆地望着空中……菊野，你到底是干什么呢……

白泷吸了口七星牌香烟，把嘴凑在瓶子上，抬起百叶窗望着窗外。

光线被云层遮蔽，外界骤然变暗，随即又重新转亮。

"你认为这一切的根源是什么？"白泷问道。

"只能是'手指'了吧，"今井瞪着白泷，"要是像平常一样五根都在，酒瓶也就不会掉了。"

"你能这么断言吗？"白泷倾斜着酒瓶，"即便是职业棒球选手也会打出腾空界外球。"

"喂！"今井从白泷手中夺过威士忌瓶，抓起放在办公桌上的盖子，用力拧了回去，"你这是拿菊野当下酒菜吗？"

话音刚落，今井就被白泷的凶相吓得往后缩了缩。为了掩饰自己的恐惧，他移开视线，重新打开拧紧的瓶盖，喝了口詹姆森威士忌，脸上露出一抹苦涩的表情。他平常只喝罐装啤酒，好久没碰威士忌了。

"医院——给舟伏打了电话——"白泷把烟头掐灭，"告诉他菊野的手指被咬断后，缝合好伤口让他回了家——然后从阳台上掉了下来——又被送进同一家医院——今天早上死了。"

"然后呢？"今井问了一声，手持镰刀的死神形象掠过了他的脑海。

"昨晚是我陪他去医院的，"白泷平静地开始了讲述，"医生给他缝合创口的时候，我叫来了菊野的女人，等菊野从处理室出来后，我送他俩回了公寓，出租车的钱是我给的。"

"然后呢……"

"舟伏说，这都是我的责任。"

"你？"

"要是昨晚我陪着菊野回公寓，跟他一起喝到天亮，他就不会从六楼掉下来。这就是舟伏得出的结论。"

"喂喂……"今井的声音突然变得微弱起来，"舟伏真是这么说的吗？……不可能吧……"

白泷把打火机叠在了七星牌香烟的烟盒上。

"因为菊野掉了下来，我也得切手指，真是连玩笑都算不上。"

今井一声不吭地眨了眨眼。他的思绪已然停滞，脑海中反复盘桓着同一个念头——黑道已经完了，黑道已经完了，黑道已经完了。

"今晚十点，他让我来这里。"白泷低声说道。

今井闷了一口詹姆森威士忌，手握瓶子仰望着天花板。窗外，直升机的引擎声越来越近，又逐渐远去。

"……我说，白泷……"今井仰望着天花板，"我们是不是已经完了？"

"什么意思？"

"也就是说，黑道以后只会越坠越低，永无出头之日。暴排实施的那一刻起，这个行当就完了。大家都心知肚明吧。"

"你不想干黑帮了？"白泷说，"要去便利店打工吗？"

"便利店……"今井露出了苦笑，"老实说，我们确实是被社会排斥的人，是法外之徒。但就算是这样的人，要是没有公民权，就无法在这个可恶的社会生存下去。我们又不是在深山老林里乱窜的野狗。"

"公民权？"

"我们没有银行账户，没有信用卡，车也不卖给我们，连外卖都不给送。像这样的世界，有谁愿意进来？我们之所以是最底层的喽啰，是因为没有新人加入，这种事再正常不过了。做小混混都比这强，至少人家在世上还能被当个人看，而我们呢，连人都不算。"

白泷沉默不语。

今井又喝了口詹姆森威士忌，任由话语从口中流出——

"像这样与整个世界为敌，一味地遭到打压，自然就会出现舟伏这样的人。看看历史吧，因为没钱可以挥霍，所以暴力便会转向内部。那样一来，仁义就成了狗屁。违背教义就会遭到惩罚，甚至会被处决。真搞不懂这到底是黑道还是邪教。我的话有错吗？你觉得呢？"

对面迟迟没有回应。又过了一会儿，填满今井视野的天花板飘来了七星牌香烟的烟雾。

"还记得吗？"白泷说，"这家伙是怎么来到我们这的？"

今井的视线重新回到白泷身上，白泷正盯着墙角的水池。水面微微晃动，水底的鳄龟安静地沉睡着。

\*

那是一年前的夏天，今井至今仍清楚地记得。因为他就在现场，所以不可能忘记。

组里付给霍塞一把手枪的钱，但霍塞并没有备好货。他还声称正和上家交涉，拒绝退钱。霍塞是委内瑞拉血统的墨西哥人，跟日本人结了婚，但几乎不会说日语，只能说西班牙语和一点蹩脚的英语。

今井和白泷闯进了霍塞在大久保的公寓，霍塞挥刀相向。见此情形，白泷怒不可遏，用指虎猛揍霍塞，然后用皮鞋把他踢倒在地，一脚踏在了他的脸上。要不是今井上前阻拦，白泷很可能会要了他的命。霍塞的态度的确该死，但也没到非杀不可的地步。

当时，霍塞朝今井求救，用蹩脚的英语拼命喊着——

"饶了我吧，我有人权，公民权（Please, I am a human rights, civil rights）。"

他们抢走了霍塞的腕表、项链和信用卡，把房间里所有的值钱物品搜刮得干干净净。他之所以没有动与霍塞同居的日本妻子，是因为那个女人饮酒过度，手抖得连杯子里的水都倒不出来。她面色通红，兴高采烈地看着丈夫被殴打，就像在看一场烟花表演。

白泷在所有的房间都看了一圈，发现了一个像寿司店鱼缸一样的水池。里边装着的，就是这只体重将近七十公斤的怪物。

这能卖钱吗？白泷指着水池问霍塞，随后又用英语补充了一句"钱（Money）"。

霍塞·路易斯·瓦伦苏埃拉的左眼高高肿了起来，引以为傲的胡须上沾满了鼻血，嘴里喘着粗气，不住地点头说：

"钱，是的，鳄龟，宠物店，钱（Money, Yes, Alligator snapping, pet shop, money）。"

白泷用手机拍照，通过邮件发给了舟伏，电话很快就响了起来。

——把整个水池都搬过来。

他们让霍塞戴上墨镜遮住伤口，去租了辆轻型卡车，将抽完水的水池连同鳄龟一起装进了货斗。

　　*

这一切的根源是什么？

今井终于搞懂了之前白泷询问自己的真意。这家伙指的是那个——鳄龟霍塞。倘若追根溯源，它正是被白泷带进这个组里的。原因是他给舟伏发送的邮件。那封邮件为舟伏疯狂的头脑注入了异常的想法。

白泷把手伸进便利店的袋子，传来了一阵沙沙声。在这之后，他像刑警展示扣押物品一样，把除去七星牌香烟和詹姆森威士忌以外的物品依次摆放在办公桌上——

手电筒。

鱼肉香肠。

一根牙线。

盒装避孕套。

房间用的除臭剂。

带电池的手电筒总共买了七支，显然是把便利店的存货都买了过来。

白泷依次打开手电，像孩童玩耍一般用光照亮自己的手。全部试过一遍后，他又打开了除臭器塑料盒，将内容物和容器分开，之后又把这些东西全部塞回了袋子。

"十点啊……"白泷喃喃说，"以防万一，请你转告舟伏，寿喜烧那家伙哭着说十一点前一定会回来的。"

今井看向从便利店袋子里拿出来的东西。手电筒是用来照亮夜路的，鱼肉香肠是用来填饱肚子的，牙线可以在没水的情况下清洁牙齿，除臭剂可以掩盖体味，到了女人家还能用避孕套打一炮。

"……你是打算逃跑吗？"

"你没喝醉吧？都说了十一点我会回来。"

白泷从椅子上站起身来，缓缓向今井伸出右手。

"这算啥？"今井说，"握手告别？"

"烟给你，把那个还给我。"

今井望向了手里的詹姆森酒瓶。深绿色的玻璃瓶里还剩下大半瓶酒。

\*

蓧木拽起今井，再度实施了殴打。扭曲的胃发出了无声的惨叫。今井蜷缩着身子，在地板上痛苦地打着滚，喘不上气的嘴像婴儿一样淌着口水。被召集至事务所的其他组员，每个人都默不作声地看着今井被打倒的样子。

——要是寿喜烧不回来，你就去代替他。

舟伏是这样宣告的，任由违背命令打算晚到一小时的家伙离开，真是愚不可及。

到了十一点，白泷依旧没有回来，事务所的空调已经关闭，唯有风扇在转动。

蓧木用毛巾抹了抹因烧伤而变形的嘴唇，拭去了汗水，然后再度转向今井实施殴打。对今井而言堪比永恒的一刻钟就这样过去了。

白泷回来的时候是十一点十五分。蓧木总算停止了暴行。

……出现在眼前的白泷，脸色比找不到轻便摩托的菊野还要苍白，凹陷的面颊显得更加憔悴。他不知道去了什么地方。衬衫上沾满了树叶和折断的小树枝，连皮鞋也沾满了泥渍。无精打采曲着身子的模样显示出他内心无法抑制的恐惧。

今井勉强靠在墙上站起身来，凝视着白泷，他看起来就像被抓进来的十五岁小混混一样胆怯。因为这个男人挨打的愤怒迅速转变成失望和怜悯。

今井确信了。他的眼神，以及饱含怒意的样子，这一切都是演戏。此时此刻才是他真实的模样。可怜呐，区区一根手指就能让他血气尽丧，连逃跑的胆量都没有。不过要是他当真逃走，那自己就完了。

在孤零零的顶灯的正下方，舟伏坐在沙发上，白泷则隔着矮桌站在他的对面。只见他摇摇晃晃地低下脑袋，模样极度悲惨。

"若头，对不起，我迟到了，"白泷屈起膝盖，把头蹭在了地板上，"我终于下定决心了，我选霍塞，请动手吧。"

舟伏的怒吼回荡在房间里，组员们个个目光冰冷，俯视着伏地下跪的白泷。

　　*

　　水池里的霍塞被拿了出来，它比昨晚更加愤怒，四肢剧烈地挣扎着，连从两边端着甲壳的蓧木都跟跄不已。它把咬合力四百公斤的颚部张得老大，向在场的组员们无声地咆哮着。

　　白泷原本就迟到了一个小时，再加上多出来的一刻钟，就连捆扎小指的权利都被剥夺了。他用白皙的手指捏出了拉钩立誓的姿势，颤抖着靠近霍塞的下巴，却始终不敢将手指放进那张嘴里。

　　"快点，你这混蛋！"舟伏怒吼道，"秒表是不会停的！"

　　这话可不是假的。今井暗自思忖。他一边倚靠在墙上擦拭鼻血，一边侧目望着被吓得魂不附体的白泷。蓧木的殴打所带来的痛楚和对未来的悲观一齐涌上心头，反倒带来一丝莫名的快慰。

　　"对不起，真的对不起——"白泷不停地重复着，可他的手指依旧在黑洞般的嘴前徘徊。

　　等得不耐烦的舟伏向蓧木递了个眼色。这位挑战过霍塞，在四人中唯一经过十秒没有被咬全身而退的生还者，伸出粗壮的手，攥住了白泷的手腕。

　　白泷的脸骤然狰狞起来，"呕"地闷哼了一声。他先用空着的右手挠着胸口，接着将手指猛地插入自己嘴里。尽管遭到了舟伏和莜木的叱骂，可他仍不肯把手取出来。直到被莜木狠狠地踹了一脚，这才从嘴里拔出了沾满唾液的手指。

　　今井有种不好的预感，情不自禁地歪过了脸。难不成他是要把咬断的指头吐出来吗？因为不堪鳄龟的威慑，于是自行把手指给……

　　然而，白泷的右手并没有伤痕，代替被撕裂的手指，今井看到的是另一个噩梦。

　　蛾——

　　飞蛾从痛苦地弯下身子的白泷嘴里飞了出来，一只、两只……

　　从白泷口中飞出的蛾朝着事务所唯一的照明飞扑过去，三只，四只。飞蛾撞上了灯光，被热量反弹开来，画出一道又一道的弧线，随后又转向光源。七只、八只，从活人口中飞出的蛾子，散发着令人作呕的鳞粉。

　　组员们陷入了一片混乱，好似在洞窟遭到吸血蝙蝠的攻击一般。有人撞到了墙上，有人绊倒在纸箱上，有人撞上了办公桌。最惊恐的莫过于舟伏。他身处灯光之下，飞蛾不停地掠过他的鼻尖，每次都想让他尖叫着逃跑。莜木早已放开了白泷，扭曲着脸站在一旁。

舟伏像个孩子似的把双脚从地板抬到了沙发上，刚站起身，就被靠垫绊了一跤，整个人滑了下去。白泷没有错过这个机会，他爬到矮桌下边，伸出手臂抓住了舟伏的腿。一根诡异的白线和一只死蛾从白泷的嘴里垂落下来。

今井完全无法理解眼前发生的一切，感受到的唯有看见了不该看见之物的寒意。

"别过来！"倒在地上的舟伏大声喊道，"别靠近我！"

白泷并没有放舟伏逃走，他从矮桌下爬出，将对方拽倒在地板上，接着转身面向矮桌上的霍塞。为防咬伤，他从左右两侧捧起了甲壳，然后半摔半扔地将它转移到了地上。

受到如此粗暴的对待，霍塞的愤怒抵达了顶点，而他的面前就是仰面倒地喘息不止的舟伏的咽喉。

映入今井眼中的景象，就似电视上播出夜间火山喷发一般。喷薄而出的血量远非断指可比。霍塞的颚部不仅咬碎了舟伏的颈动脉，还将他的颈骨剪成了两段。

＊

今井一边躲着飞蛾，一边看着连续两晚都溅了一身血的白泷走到了蓧木跟前。

"把枪借我，若头。"

蓧木直视着白泷的眼睛，随后将目光移向双目圆睁抽搐不止的舟伏身上。他一边凝视着舟伏，一边把手探进西装，默默拿出了 9 毫米的 S&W 手枪。那是蓧木不惜取消了生病母亲的人寿保险换来的防身手枪。

白泷轻轻拉开了手枪的滑套，确认上膛后，用纸巾擦掉了枪上的指纹。然后，他将手枪浸入地板上的血洼染成红色，塞进了正失血而死的舟伏手中。接下来是熟悉的步骤，他将舟伏的食指搭在扳机上，把口径九毫米的枪管水平抵在正忙着撕咬咽喉的霍塞头上，随即击发了子弹。

　　*

手枪被扣押，现场勘查仍在继续。蓧木以下的组员都被带到了警署。

组里的人都被录了相同的口供。

——笠村组若头舟伏顺也在逗弄自养的鳄龟时，遭遇意外事故身亡——

一群飞蛾从打开的窗户飞了进来。对，刑警先生，是飞蛾。若头被吓了一跳，仰面倒在地上。抱在怀里的鳄龟受到了这个动作的刺激，一口咬住了他的脖子。对，就是"嘎"或"噗"的一声。鳄龟一旦咬住就不会松口，若头也知道这个，所以立即摸出手枪，毫不犹豫地对着那东西的脑袋来了一枪，可是，那时候若头已经……毕竟咬的是脖子……嗯？手枪吗？那当然是若头的私人物品，应该一直存放在事务所里吧？我也不太清楚。查枪是你们的工作，对吧？我可没这么多钱。我们吃够了暴排法案的苦头，连车检费都拿不出来。饶了我吧，别提手枪什么的了。

包括蓧木在内，所有人都在审讯室里说了这样的话。刑警们觉得他们串了供，但遗憾的是找不出任何破绽。这样的说辞大概不是真的，刑警想。但万一他们所言非虚……鳄龟和飞蛾，逗弄异样的动物。组里的若头死在了新宿歌舞伎町，黑道也该完蛋了。哪怕放着不管，他们也会自行灭绝。

刑警点起了一支烟。好吧，我们也有脸面，那就把今井留下，让其他人都回去吧。

\*

今井从未想过，像自己这样不是干部的组员也会被拘留如此之久。

他很快意识到刑警们试图将他和舟伏、菊野之死联系起来，这是最合理的调查方向。因为自己比任何人都亲近菊野。

该如何洗脱自身的嫌疑呢？

对今井而言，这本该是唯一重要的事。

可在浑然不觉之际，他的思绪已然被吸引到别的问题上了。真是像极了飞蛾啊，今井思索着。无法辨别前后，一味地被光线吸引……

蛾，为什么白泷的嘴里会飞出如此多的蛾？

是幼虫期便将其养在胃里了吗？

是某种魔法？

抑或是幻觉？

在枪声引发了邻居报警之后，蓧木急忙协调众人统一了口径，但众人没时间去理解现实中究竟发生了什么。

盯着电脑做笔录的刑警炫耀似的吹来了香烟烟气，今井一边呼吸着朦胧的烟气，一边继续思索。忽然，他的脑海中浮现出了白泷从便利店塑料袋中取出来一字排开的那些物品，随后某个词闪现在了脑海之中——

走私。

以这个词为信号，无声的雷鸣照亮思绪的阴影，一切倏然化为图形，浮现在脑海之中。

白泷一口气喝干了詹姆森威士忌，然后呕吐，吐出所有，将胃彻底清空。

待到日落之后，白泷去了一个人迹罕至，树木茂盛的地方。如果在事务所附近，户山公园理应是不错的选择。在那里，他避人耳目钻进树林，同时打开七支手电，把飞蛾吸引过来。

白泷一只接着一只捕捉飞蛾，就这样坚持着。擦过树叶树枝，脚底踏着泥泞。

扔掉内容物的除臭器盒则成了临时的虫笼。

他之所以违抗舟伏"十点到这里来"的命令，是因为他无法预测日落后能抓到多少飞蛾。他想要更多的时间，而且迟到还能扰乱舟伏的心神，令其疏忽大意。

顺利捕捉到蛾子后，白泷将压缩在小包里的新避孕套套上了鱼肉香肠，目的是将其撑大。虽然直接套上自己的男根也行，但由于要把套子吞到自己腹中，所以男人们大都不喜欢这个办法。在这种情况下，鱼肉香肠便成了恰到好处的替代品。

将避孕套伸展后填充内容物，这种方法通常用于运送海洛因和冰毒，是走私的惯用手段之一。细而长的橡胶物品很适合吞入体内。

但白泷并未填充海洛因，取而代之的是活体飞蛾。他将飞蛾一只一只地塞进避孕套里，同时确保不压破其柔弱的腹部，不伤其翅膀，尽量在橡胶套内留下足够多的氧气。

最后，他用牙线将避孕套的开口绑紧，在牙线的另一头绑一个圈，挂在牙齿上。如此一来，只要拉动牙线，就能将避孕套从胃里拽出，之后只需撕开橡胶即可。按曾经尝试过这种方法的组员的说法，牙线会一直在喉咙深处摩擦，能恶心一整天——

这也解释了白泷为何面色苍白，一副马上要呕吐的模样。那是因为他的胃里挂着好几只用牙线绑在牙齿上的避孕套。死蛾从他嘴里掉出来也就有了解释，那是一只被困在橡胶套里，在压力下憋死的倒霉蛋。

即便如此，谜团依旧存在。为什么是飞蛾？为什么要费尽心思吞下装满飞蛾的避孕套？

　　＊

由于舟伏开枪和死亡，管理公司接受了警方的指导，整个组被迫搬离了歌舞伎一町目的商住两用楼。丧失据点的组员们四处离散，今井没见过组里的任何一个人。他怀疑刑警在跟踪自己，因此至今没有主动联系。

无所事事的两周过后，蓧木打来了电话。

——千叶市习志野市。以影像公司的名义租了一间公寓，作为临时事务所。明天过来报到。

今井拿着地图，在陌生的城市寻找公寓时，白泷出现在了小巷的尽头。

今井追上了白泷，确认"蛾子魔术"的步骤确实如他所想的一样，随后又问了这样的问题——

"确实把人吓到腿都软了，但为什么是飞蛾？"

白泷把双手插进口袋，目光转向斜上方，搜寻着临时事务所所在的公寓，嘴里简短地应了声"蜥蜴"。

今井皱着眉头看向白泷……蜥蜴？

"你是说舟伏曾经在家养过一只绿色蜥蜴的事？据说是很贵的蜥蜴，却因为疏于喂食被饿死了……"

"你不觉得那件事很奇怪？"

"奇怪？"

"像他这么吝啬的家伙，难道会眼睁睁地看着如此昂贵的蜥蜴饿死？"

"听你这么一说好像也是……"今井点了点头，"但那又怎样？"

"蜥蜴是不吃点心的，"白泷说道，"简单来说，它们对人工饲料不屑一顾，只吃昆虫，最喜欢蟋蟀之类。不过它们只吃会动的活虫。"

"会动的活虫……"

"就是这样，"白泷接着说，"他并不是疏于喂食把蜥蜴饿死的。蜥蜴确实珍贵，但更重要的是，那家伙极度讨厌虫子，既不能看，也不能摸。那干脆别养蜥蜴就好，这正是他愚蠢的地方。而鳄龟养在事务所里，蓧木大哥会照料它。而且它的食物并不是昆虫，而是从餐馆拿来的即将变质的鸡肉。"

那家伙讨厌虫子。

今井的脑海中盘桓着这句话，随后浮现出舟伏满是恐惧的脸。要是厌恶的虫子在绝不可能的情况下出现，那么舟伏确实会如白泷计划的那样，为了逃跑而陷入疯狂，事务所一片混乱。在即将被霍塞咬掉手指的绝境中，白泷抓住了伪装成意外杀死舟伏的机会。

"可是……"今井歪过了头，"光凭这个猜测就试图唬住舟伏，真是太危险了。万一他应付不来的并不是飞蛾，而是蟋蟀呢？"

"每次半夜出门的时候——"白泷一边说着，一边确认着路边的公寓名字，"那家伙在霓虹灯下不是甩头就是后仰，难不成他是在模仿拳击手的防守动作吗？当然不是，霓虹灯会吸引飞蛾，他是夸张地躲避着朝自己撞来的飞蛾。你应该也看到过很多次了。"

之后，白泷又淡然地做了一些解释。

——飞蛾不同于蟋蟀，要是把它们放到外边，就会四处乱飞。何况蟋蟀还可能会用下巴或腿撕开避孕套，然后活生生地在胃里乱窜——

今井把刚刚翻转过来的地图又翻了回去，情不自禁地笑出声来。

"真是亏你想得出来，可你又凭什么认定藤木大哥会配合你，把口径统一成'舟伏是被鳄龟意外咬死的'呢？这赌得未免太大了吧。"

"没必要赌。"

"你说什么？"今井从地图上抬起头来。

"这不明摆着吗？"白泷指着找到的公寓，"就算放着不管，那位大哥也会搞掉舟伏的，我还替他省了工夫。话虽如此，还是有些对不住霍塞。得在菊野的墓旁给它立个碑，烧香祭拜一下。"

　　　　　*

全体组员并排一齐鞠躬，即便是没几个人的弱组，也是一年多来的头一遭。在临时事务所迎接众人的笠村依旧是个大块头，而且并非横向的胖，而是纵向的高。

他身高两米七，大学时曾被征召为日本国家排球队强化选手。但某次因为膝盖受伤而自行寻找止痛药，结果对大麻产生了兴趣。后因卷入居酒屋斗殴事件被捕，涉毒问题遂遭曝光。被排球界永久驱逐后，他走上了黑道之路。

笠村组长没有文身，这在组长级别的黑道成员中是极其罕见的。当今井通过菊野得知个中缘由时，那种又吃惊又好笑的感觉至今仍记忆犹新——由于笠村的块头实在太大，文身师的工作室没有可供他躺下的空间。

临时事务所里既没有饭桌也没有办公桌，唯有一些勉强搜罗来的二手靠背折叠椅。蓧木看着笠村庞大的身躯缓缓沉入椅子，说了声"辛苦您了"。之后，所有人深深鞠了一躬，然后轻轻地坐在摆在笠村面前的两排椅子上。蓧木为叼着香烟的笠村点燃了火。

对于今井而言，这是令人怀念，如梦如幻的奇妙光景。

"你们这帮人，一个个都苦着一张脸，"笠村用低沉粗重的声音说出了这句话，"难不成被丧门神捅屁股了？算了，话说回来，俄罗斯那边可是真的冷……"

俄罗斯……？

今井目瞪口呆地想着。是谁说他去外地出差了？难怪一直没回来。

"从今往后，我们要跟俄罗斯的兄弟合作，重振组织。买回车子，买回吃饭的家伙，当然还有事务所。小憩结束了。"

笠村吐着烟说道，坐在椅子上的人全都抬头仰望着他。

笠村正式宣布蓧木接任若头，然后宣布了吊唁因意外事故而去世的舟伏的安排，全体人员表情肃穆，静静地聆听着。

"好了，"安排完葬礼的事后，笠村探出巨大的身子，把脸凑近了蓧木，"虽说是意外，但毕竟若头死了，还动了枪。被人从熟悉的地方赶了出去。你们该不会真打算用一句'意外'简简单单地搪塞过去吧？"

空调传来了低沉的嗡嗡声，虽说事务所已经许久没有冷气了，但今井的额头上却流下了一道汗水，心脏如同警钟敲响般怦怦乱跳。沉重的空气压在肺部，庆祝组织重生的喜悦消失得无影无踪。

某人突然站起身来，今井听到那人说道——老大，新的开始不能有恶兆，我来承担责任。

今井难以置信地看了过去，只见白泷脱掉衬衫，露出文身，大踏步走到笠村面前。他脱下皮鞋，取下袜子，一把撕开了布料。如果撕了衬衫，回家路上就没衣服穿了。白泷用袜子的布料紧紧绑住了小指根部。

……他想干什么？今井惊愕地僵坐在椅子上。要是切了指头，岂不是亏得血本无归？不，如果是他，一定有什么妙计，从绝境中一举翻盘的奇策。

绑住指根的白泷摆出了拉钩立誓的姿势，将胳膊放在地上，短刀从白朴木刀鞘里拔了出来，闪着黯淡银光的刀刃靠近了小指。

"喂!"还没来得及思考，今井就已经站了起来，他攥住白泷的肩膀使劲晃动着。映入他眼帘的是白泷困惑不解的眼神，其中透出遭到阻拦的惊愕。

"怎么了?"白泷皱起眉头，"没事，我并不在乎这根手指。"

"不在乎? 你……"

"这是我们的公民权吧。"白泷平静地说道。

随着一声骨头断裂的闷响，鲜血在地板上画了个圈，就像喷头在草坪上洒出的水迹一般。

猿人玛古拉

　　九州地区福冈县福冈市是我出生长大的地方，孩提时代，关于同乡梦野久作——后文敬称为梦野老师，别说其作品，就连存在过这个小说家的事都完全不知道。

　　在岛根县松江市长大的孩子从未听过"小泉八云"这个名字，如此情况很难想象，在东京池袋嬉戏的孩童完全不知道"江户川乱步"是何方神圣，这般事态也绝无可能。

　　而福冈和梦野老师组合在一起，就有可能会有这种情况了。

　　80年代下半叶，我就读于福冈市南区的N小学，90年代初就读的同区的T中学，这两所学校的班主任老师等列举当地的名人之时，首当其冲的始终是毕业生"田森[1]"氏，连梦野老师的"梦"字都从未提及。

　　但这只是南区的情况。梦野老师居住的地方是东区，倘若细分的话，南区对他而言并非主场，而是客场。

　　就这样，来到福冈的热情粉丝们，纷纷露出了吃惊的表

---

1　TAMORI，日本搞笑艺人、电视节目主持人、演员。福冈县福冈市南区市崎出身。本名TAMORI一义。

情……明明近在左右，却真的一无所有……

若论福冈出身的伟大小说家，无疑当数梦野老师。而这位伟人的足迹，在当地却被完美地抹消殆尽。与此同时，八云老师和乱步老师在家乡所受到的尊崇，堪比自治团体一年到头大放烟花。

为什么会变成这样呢？

答案非常简单。

福冈并不把梦野老师当作伟人，而是真正的异常者，绝不使其暴露于公众眼前。效仿弗洛伊德的说法，就是压抑。

福冈人倾向于自视为温良单纯的老好人，不愿意承认自身文化中存在着光与影，理智疯狂糅杂混淆，两重三重交横绸缪的精神结构。更何况在日常生活中……可我是真的听不懂你在说什么鬼话，得了吧得了吧，因为有山笠才叫博多[1]……

几乎没有大人会阅读老师的小说，也没有大人将之告诉小孩。

这样的隔阂，再加上我八岁那年，任天堂发售了《超级马里奥兄弟》，孩子们远离铅字的现象遂以惊人的势头扩散开来。紧接着艾尼克斯（现史克威尔艾尼克斯）又发售了

---

1 出自"传统名菓　博多山笠"的广告词，山笠指博多山笠，全名栉田神社祇园例大祭，九州地区的代表性祭典活动。

《勇者斗恶龙》系列，读书的人就再也看不到了。这也是导致如今《宝可梦 GO》骚动的源头。

对于福冈的梦野老师的遗忘——倒不如说是无知——已经到了无法挽回的地步。不过，老师曾在此度过田园生活的东区香椎这个地域本身，在同学中却非常有名。

究其原因，因为有个名为"香椎花园"的游乐园。

这里原本就叫"香椎花园"，是郁金香的种植场……有关这样的乡土历史，大人们也会讲述给我们听。

尽管如此，唯独梦野老师的存在被巧妙地排除在外，这是出于潘多拉的魔盒绝不能被打开的考虑。

——可是——

直到孩提时代结束之后，我才知道事实并非如此。

这些在家里舍弃书本沉溺于红白机，在香椎为过山车欢呼，在蹦床上跳来跳去，开着卡丁车兜圈，与梦野老师的终极杰作《脑髓地狱》完全无缘的福冈的孩子们……

在我们这般平凡的日常里，梦野老师遗留下来的噩梦与现实相结合的花朵，正悄然绽放着。

这就是猿人玛古拉[1]（Magura）的故事。

---

1 《脑髓地狱》原名《ドグラ・マグラ（Dogura Magura）》，マグラ的音译即玛古拉。

放学途中，独自走在长长的斜坡上时，远在斜坡之下的伙伴会这般呼唤我——

……喂，你要是去那里的话，会被变成猿人玛古拉的！……

被叫到的人原地跳两下，再用手往头上敲两记，虽然只是名副其实地模仿猴子，但也总算躲过了一场危机。

这是小孩们经常吓唬落单对象的招数和破解方法，不知是谁提出来的。至于猿人玛古拉究竟是什么，也无人知晓。

此外，猿人玛古拉是最通用的称呼，偶尔也有猴子玛古拉的叫法。

无论多么莫名其妙，妖媚的声音都会撩动孩子们的心。我在笔记本的最边上写下这个名字，然后看着他，让声音在舌尖上滚动，陷入了游思妄想之中。

这家伙究竟长什么样？浮现在头脑中的，是一个像雪男一样的形象。

……你们怎么看……

在一个下雨的午休，我跟忙着画《勇者斗恶龙》中的怪物史莱姆的伙伴们进行了一场严肃的讨论。

一个学生认为，应该是特摄怪兽电影画本上看到的"山达"抑或"盖拉[1]"之类的东西，另一个学生则主张说，从父亲书架上找到的老漫画《虎面人》[2]中的"兽人大猩猩"才是它的真身。

不管怎样，他们一致认为，那东西介于猴子和人之间，而且不是"勇者斗恶龙"里那种考究的角色，而是更丑陋，更原始的怪物。即便如此，还有一个谜团无法解开。

那就是孩子们常用的表达方式，对着独自走在上学路上的对象，喊出的话不是"猿人玛古拉来了"，而是"要被变成猿人玛古拉了"。

真是不可思议。

归根到底，就是这么个情况。有关猿人玛古拉的警告，并非袭"来"，而是"被变成"猿人玛古拉。

也就是说，某人藏身于坡道的暗处，掳走落单的小孩，"变成"猿人玛古拉。似乎是日语语法的问题，令人脑子一片混乱，但也只能这样想了。

把小孩变成猿人玛古拉的人。

……到底是谁？

---

1　出自日本 1966 年本多猪四郎执导的科幻电影《科学怪人的怪兽：山达大战盖拉》，"山达""盖拉"为剧中类似猿人的变异人形象。

2　即日本漫画家梶原一骑的作品《タイガーマスク》。

可能会被变成猿人玛古拉的地方，主要是南区的高地。不过这里原本就是遍布坡道的市镇（同乡的田森氏日后变成坡道爱好者[1]，这是众所周知的事情），所以这般条件适用于任何地方。

尽管如此，我们仍特别关注以下四个危险地带。

\*

高宫净水场。

——这所从小学校舍的窗户便可望见的净水场位于山坡之上，那里有绿茵茵的草坪，可以用瓦楞纸板做成的雪橇滑行玩耍，但工作人员很快就会通知学校，所以难以靠近。位于南区大池，现存。

\*

TNC（西日本电视台）电波发射塔。

——这是一座被白色外墙覆盖的火箭形状的高塔。住宅区的坡道上的景象散发着科幻的异彩，但因为离学校很近，且在学生父母的眼皮子底下，因而很少造访。位于南区高宫，现已拆除。

---

1 艺人 TAMORI 小时候每天都会站在坡道上观察行人而喜欢上了坂道，后成立"日本坂道学会"。

\*

豆腐工坊

——这是批量生产豆腐的场所，铺着铁皮屋顶，大小相当于汽车修理厂。居民们出门就能买，哪怕一块也行，我也经常被派去跑腿。唯一位于坂下的危险地带。南区平和，现已拆除。

\*

鸿巢山电波发射塔。

——这里是南区的制高点……大家都这么认为，不过塔所在的鸿巢山山顶实际属于邻近的中央区。该塔在地面数字广播推广开来以前由 FBS（福冈放送）、NHK 福冈放送局、FM 福冈、TVQ（九州放送）四个电视台共用。从林间散步道可以到达。位于中区小笹，现存。

\*

这四个地方就是传说中猿人玛古拉的危险地带，其中两处我比较熟，就是豆腐工坊和鸿巢山无线电发射塔。

我并非在寻找猿人玛古拉，而是很喜欢这两者间的墓地——平尾陵园。

倘若有人问我在福冈有什么心许之地，既非天神也非中洲，我会毫不犹豫地回答是平尾陵园。

总之，我从小就是墓地爱好者，只要被墓碑包围，心绪就能平静下来。不玩红白机的时候，我就去离家很近的平尾陵园，而且是在黄昏时分。

即便红白机盛行，即便智能手机出现，墓地的黄昏都是真真正正的逢魔时 [1]，亘古不变的黑暗。面对那片黑暗，没有人能泰然自若。

夜幕降下的时候，我当然也会害怕。在墓地迫近的影子，与在校园或小巷里体会到的迥然不同。尽管如此，我还是硬忍住逃跑的冲动。在越过某条界限之后，突然感觉自己和黑暗融为一体，就像在海里拼命游泳的人停止了手脚的挣扎，任凭海浪摆布。

沿着常去的豆腐工坊左手边的小路向上走，就是平尾陵园的起点。随心所欲地在墓地上漫步，最后踏上林间步道，抵达了鸿巢山的无线电发射塔。

放眼整个福冈，这是我最喜欢的路线。

起点是豆腐工坊。

终点是鸿巢山电波发射塔。

两者之间是绵延的墓地和林中的黑暗。

---

1 即黄昏前的一段时间，阴阳道认为这段时间是鬼怪现身人鬼相逢之时。

\*

初中三年级的秋天，我像往常一样从豆腐工坊的一侧走进了平尾陵园。本是从游泳部引退，集中精力参加高中升学考试的时期，我却经常逃过补习班在外晃荡。由于伙伴们各有各的应试复习，所以没法拉上他们。

我在山丘上呆然地望着与墓地相邻的朋友的家，不多时，他本人就出现在了盆栽整齐排列的庭院里。

我默默地朝他扔了根枯枝，对方发现后也照样朝我扔了回来，这样的打闹重复过两三次，我离开了那个地方，去陵园散步。

快上高中了，即便独自走在坡道或山丘之上，即便那里是寂寥的墓地，也不会有同伴对我喊"你会被变成猿人玛古拉的!"……

即便太阳即将西下，我仍在行走，这是秋日的下午五时前后，墓地里看不到一个人影。

墓碑间的巡游结束后，在进入通往电波发射塔的散步道前，我做好了自卫的准备，不仅要检查照亮脚下的手电筒，还要小心在林间遭遇野狗。当年的南区还有野狗，朋友也曾被野狗撵过。

在墓地的一隅，我走近一块刻有"魂"字样的雄伟石碑，在身旁的地面拾起一块拳头大小的石头，然后脱下运动外套，将石头包裹起来。可以说是鞭子和锤子的结合体，蕴含着莫大的威力。之前我管这个叫做运动锤。

我挥舞着运动服的袖子，确认产生离心力的石头的重量。在黑暗里，我听到了狗的喘息声。

……这么快？……

我急忙转过身去，只见一个头戴针织帽，穿着工作服的老头正牵着一条狗走过来，手里拿着手电。狗是大型的牧羊犬。

我吃了一惊，对方恐怕也是一样吧。手电筒的光线射向了我。我脱掉了运动衫，只穿了一件引退的游泳部的 T 恤，老头看到浮现在光圈中的 T 恤后，这样问了一句——你是 T 中学的吗？

我没有回应，不用说，T 恤上印着的校名已经暴露了。这下麻烦了，我想。老头要给父母或学校打电话了吧。

然而老头并没有多说什么，只是用手电筒照了照前进的方向，丢下这句话就离去了——

……这么晚还在外边，你会被变成玛古拉的！……

自不必说，我怀疑起自己的耳朵。

猿人玛古拉——这应该是只是孩童间的故事，跟"厕所里的花子"和"人面狗"是同样的东西。

从来没有从大人口中听到过这个名字。

一旦遭遇了出乎意料的事实，人们就会为了自己方便去歪曲事实。

我准备了这样的解释。

……这么晚了，会变暗的……那个老头是这样说的。

对，一定是这样。年过花甲的老头子，不可能知道猿人玛古拉这种小鬼间的胡言乱语。

退一百步，就算是从孙子那里听说的，如果是小学生的话倒也罢了，但他绝不可能对初三的我说这样的话。

独自留在原地的我，终于快要接受了这样的说法。

可是——

这样不是很奇怪吗？如果说天色变暗，当时周围已经漆黑一片了。就连老头本人都打着手电，而且我听到的无疑是"被变"的发音，而不是"变"，最重要的是，"要被变暗"这样的表达，意思是不通的。

本可以当场追上前去问个清楚，但太阳落山后的墓地——这样的环境还是挡住了我的脚步。虽说我只是个初中生，但要是在这种地方被陌生人追赶，老头大概会吓坏的吧。除了挂虑对方，我也很害怕老头带着的牧羊犬，万一不慎激怒的话，我的武器就只有一把现做的运动锤。

后来每次去陵园的时候都会经过"魂"的石碑，但再也没见到老头。那条牧羊犬也是从未在附近见过的狗。所以老头大概不是来自南区，而是从中央区来的。

原来如此，是有这种可能。

沿着鸿巢山的山顶往中央区方向走，会经过福冈县的警察学校。或许大型牧羊犬是一条退休的警犬，而老头可能是教官之类的。

　　\*

然后是四年后的事了。

十九岁的那年，我遇见了那珂川哲也。

彼时三十多岁的那珂川出生于长崎，在东京度过了学生时代，之后居住于福冈市东区的箱崎。

高中毕业后，我辗转轮换工作，然后就职于西铁平尾站对面的一家保健商品公司。在那家小小的公司里，我经常跟社长一起喝下午茶。每到那个时候，那珂川先生就会时不时前来拜访社长。

那珂川先生总是和社长谈论前卫摇滚的话题，起初我还以为他是搞音乐的。后来发现他们也经常谈论科幻小说。

那人是做什么的呢？我曾好奇地问过社长，而社长总是笑着回应说——

……去问问他本人吧……

九月的某日，为了归还社长向那珂川先生借的杂志，我去了他所在的东区箱崎。那时我还在想，杂志什么的邮寄回去不就行了吗？在我手上的是一本名叫《游》的杂志，而且是 70 年代的一期，现在在收藏家之间仍有买卖，尤其是 70 年代的期号，应该值不少钱。

到了车站，那珂川先生已到站台迎接我了。我把社长交给我的杂志和一盒作为谢礼的甜甜圈递给了他。

"好大一盒，"那珂川先生说道，"有几个呢？"

"一打。"我回答说。

一个人吃不完，他给了我几个。于是我一边散步，一边跟着去了那珂川先生的公寓。

走在箱崎的街道上，那珂川先生嘟哝着"……这片街区很像东京的杂司谷啊"，可对东京并不了解的我却无法点头。

到了公寓，房间里摆满了小说，对于当时的我而言，是前所未见的册数，书名也很怪异。

"请问您平时是做什么的呢？"我向为我冲咖啡的那珂川先生问道。

"平时……?"那珂川先生歪过了头，"……听你这么讲，我什么都没做……只是在读古今的奇书。"

"……古今的奇书？……"

"……就是幻想文学什么的，红白机时代的你应该不懂吧……"

"幻想文学？那是什么？"

"这个问题很难回答，首先，早稻田大学有个幻想文学会的组织，开办了《幻想文学》季刊杂志……"

"那珂川先生也在那里吗？"

"不不不，我是美大的。那个《幻想文学》里面，建石修志的铅笔画真的很漂亮。"

……我一边享用着咖啡和甜甜圈，一边看着书架上摆放幻想文学的部分。其间他还给我看了和货真价实的小说家交换过的旧明信片。我完全不理解这些东西到底有多少价值，但总觉得"似乎来到了一个了不得的地方"。

听那珂川先生说，以前这里的书更多，某次被他卖给了大名的旧书店。大名是天神的邻町。

"你平时都做些什么呢？"

对于那珂川先生的问题，我回答说除了工作以外，一般都在陵园里散步。那珂川先生说着"不知道你能不能找来读读看……"，然后为我这样的人做了一个推荐阅读的书目。

香山滋《怪异马灵教》

海野十三《深夜市长》

日影丈吉《猫之泉》

城昌幸《牙买加先生的实验》

……就这样，在图书室里遍寻不见的，有如稀有矿物一般的作品，在纸上以铅笔字的形式一字排开。最后是这样写的——

梦野久作《脑髓地狱》

我不由得急促地叫了一声。

孩提时的谜团，根源就在于此吗？读完这本小说，或许就能彻底搞懂了。那珂川先生误以为我短促的叫喊是"只读过《脑髓地狱》"的反应，默默地点了点头，喝起了咖啡。但当他听到我问起"这是什么书"时，他被呛到了。

"你说这是什么书……舞台就在这附近吧？就在刚才路过的筥崎宫吧。沿着那条参道往下直走，登场人物就溺死在前方的海里。创作小说的时候，好像还建了个水族馆什么的。话说回来，福冈人居然不认识梦野久作啊……"

我没有理会那珂川先生的叹息，语速飞快地谈及了猿人玛古拉，以及这本小说有可能是线索的推论。

那珂川先生饶有兴趣地听着，点起了一支烟，歪过头说：

"《脑髓地狱》里出现过这种东西吗……"

回过神来的时候天色已晚，在那珂川先生的目送之下，我离开了箱崎。

那珂川打电话来是在那之后的三个月，年关将近的时候。

当时我已读毕《脑髓地狱》，虽然被其中缭乱的幻魔世界搞得头晕目眩，但作品中并没有出现猿人玛古拉——我已经确认了这一事实。

"是的，梦野久作并没有写过。"电话那头的那珂川先生说，"就连短篇小说里也没有。"

"那就完全没有关系了。"

"……你是这么想的么？不过因为听你说'在平尾陵园被老头子平静地告诫过了'，所以慎重起见，我找到筥崎宫的宫司问了问。不是现役的年轻人，而是退休了的八十岁的前宫司。有可能是老人之间广为流传的传说，所以我就问了前宫司，他说'好像是若宫神社的宫司说的'。"

"……若宫神社就在天神的入口，国体道路的前面吧……"

"是的，于是我依照他的指示去了若宫神社，那边对我说'了解这种故事的并不是当宫司的我，是神社院内今泉会馆的负责人'。于是我就敲响了今泉会馆的门，里面是七十坪大的集会场，我问了负责人……已经有了不好的预感……那边回答说'那不是我，而是前任负责人吧'。"

"……太不容易了……没想到会发生这种事情……"

"是啊，要是能马上找到今泉会馆的原负责人就完事了，可对方是退休多年的长辈，不知道去了什么地方。我彻底没辙了。没办法，只得打电话给我哥，找他帮忙……"

后来才知道，那珂川的哥哥是福冈首屈一指的报社记者，曾受长崎同乡的一位知名作家之托，为对方提供资料。可是新闻界和幻想文学天生不合，那珂川先生以前尽量不跟哥哥有所牵扯，尽管如此，他还是找到哥哥请求协助。可见当他听到了猿人玛古拉这个词后，也被勾起了兴趣。

总之，这些努力终于有了回报，那珂川先生终于寻到了今泉会馆的前负责人——生于大正六年（1917年），时年七十九岁，位于福冈市西区侄滨的家。

"嗨，你是说类人猿玛古拉吗？看你这么年轻，还以为你是想问战争的事呢。"

那珂川买了甜甜圈作为见面礼，独居的原负责人爽快地说了这样的话，并非猿人或者猴子，而是类人猿。

"嗨……我们也是因为工作的缘故才知道的，之所以没能在社会上广泛传播，是有其原因的。"

\*

彼时距离梦野久作去世，刚好是第十年。

日本在前一年投降，九州全境处于驻日盟军总司令的占领下，博多港每天被归国者挤得水泄不通，那些找不到自战地归来的儿子的母亲们，在此洒下了悲伤的泪水。

一九四六年的福冈市——

日后福冈县警察的前身，福冈县警察部的刑警们，纷纷忘却了对自身未来的不安，意气高昂地投身破案。一名男人从箱崎的派出所被移交到福冈警察署。

最初的嫌疑是以盗窃存货为目的非法侵入九州帝国大学，但该男子超脱常规的犯罪行为很快就暴露了。

负责搜查的是福冈县警察部刑事科的手岛。

手岛坐在审讯室里，男人被带到他的跟前，那是一个戴着赛璐珞框眼镜，衣冠楚楚的小个子。看起来并不像疯子。

手岛既没有怒吼，也没有威胁，而是默默地听着男人的闲话。有对占领军的抱怨，也有对博多港严重混乱的不满。

过了片刻，男人就以挑衅的语气这般说道：

"对了，你想知道人和猴子有什么不一样吗？"

手岛没有回答。

"不知道了吧，"男人得意扬扬地说，"既然这样，能不能别来妨碍我。交给我这个专业的就好了。"

"……专业……"手岛第一次开了口，"你的专业是什么?"

"猩猩，"男人说，"我在九州帝国大学研究过猩猩。后来听说黑猩猩更接近人类，正好在珍珠港事件前后。所以我就把研究方向转向了那边，可以说就是研究黑猩猩的专家。"

……猩猩……还有黑猩猩……手岛一边凝视着男人，一边询问个中缘由。

"能乐里有的吧。千里迢迢唐之土，浔阳江上猩猩出，行者招来相对饮，月夜双双酣踏舞……"

男人大笑起来，手岛面不改色。

"片假名标注的是敌国的语言，"男人瞪着扑克脸的手岛，毫无畏惧地开起了玩笑，"能乐的猩猩是指猴子，学术里的猩猩的英语是 Orangutan，黑猩猩是 Chimpanzee。"

"那就是专门研究猴子的。"

"说啥呢?"男人的语气粗暴起来，"这是外行的叫法……黑猩猩不是猴子，比猴子更接近人类，是类人猿。"

"你的专业是类人猿研究?"手岛确认道，"具体是什么工作？”

“人类是如何进化到这种地步的。恐怕这就是学问唯一的精髓。”

“……学问的精髓……”

“如何学会加工石器的，如何学会使用火的，如何学会使用语言的……”

“原来如此，所以才需要大量资料和记录。”手岛打断了他的话，把保管在塑料袋里的扣押物品放在桌上。那是男人随身携带的东西。

大学笔记，正好十册。

笔记被分成两组，五册一组，分别装在贴有“前”和“后”标签的塑料袋里。从调查本部的观点来看，标记“前”的五本是正常的学术研究记录，剩余的一半极不寻常，是地狱的记录。

除了大学笔记，还有其他扣押物品。一本翻到装帧破烂不堪的小说，梦野久作的《脑髓地狱》——一九三五年初版。

男子心满意足地环视着摆在桌上的扣押品。

“万一家里着火就完蛋了，这些东西还是由你们保管比较好。”

手岛目不转睛地凝视着男人的眼睛，在眼底黯淡的光芒中探寻着理智和疯狂的模糊边界。

"人类是类人猿进化而来的，达尔文已经看清了。可是西方学者没弄清楚，它们是怎样变成人的呢？对于黑猩猩的研究，日本原本就落后于西方。于是这本书就成了我的曙光，《脑髓地狱》。"

"你和衫山，不对，和梦野先生认识吗？"

"他是记者或是写文章讨生活的人吧。为了探寻人类的根源。跑来我们医学部的精神科病房取材……我听过一些荒唐的传闻，在我看来，人类和黑猩猩的研究八竿子打不着，无论怎么费尽心思，到头来都是竹篮打水一场空。所以我就没找他说过话。可是待我看到写完的小说，竟然被吓了一跳。"

"这是'狂人解放治疗所'里的章节吧。"

"没错，"男人使劲地点了点头，"虽然我不懂精神科医学，但不管怎么说，我都被'解放治疗所'的想法打动了，真是大开眼界，不过虽说是在同一所大学做的尝试，但学部和研究内容都不一样，所以直到那部小说问世以前，我都不知道医学部在搞那种项目。可那部小说把医学部里从未有过的想法也写进去了，真了不得。在'解放治疗所'里，人类追溯着超越个体的记忆，无意识地做着跟前世同样的行为……"

"所以你就想到了。"

"没错。黑猩猩的解放治疗。既非观察野生，也非圈养环境下做实验。如果我们这么做的话，真不知道要猴年马月才能揭开谜底。要是不这么做，而是让类人猿在有限的场所自由生存，并给予人类进化时相同的条件。"

"……也有豹子从黑暗中袭击的情况……"手岛大声朗读着男人的笔记本上的一句话。

"对。"

"……有时附近会发生山火……"

"对。"

"也就是说，物种的进化是在危机的情形下产生的……是吗？"

"没有危险的话，有谁会进化呢？需求是发明之母，危机是进化之母。"

"可你没能实行你设想的计划。"

"这附近找不到解放用的土地，所以只能写在笔记上，预算也很难搞定。就在这期间，战争爆发了。我被派去伪满洲当军医，等到回来的时候，他们居然说我'在那边做过人体实验'什么的，不让我回学部当教授，简直无理取闹。我满脑子都是黑猩猩，就连在那边工作的时候也只想着这些。刑警先生，这是不是太过分了？奉帝国大学之命出国的人，却不让我回大学，这算个什么事？凭什么要让我去做别的工作？"

\*\*\*

嫌疑人被捕已经整整过去一宿，关于案件的报道却少之又少，只是区区一则"九州帝国大学原教授，为了偷取备用物品而非法闯入研究室"的短讯，就连姓名也不曾公布。

九州玄海日报的社会部记者小河原，独自一人茫然地坐在早报截稿后空无一人的编辑部里。

战争结束后不久的现今，九州玄海日报是当地唯一还在运作的日报。

要是不把低俗的娱乐杂志算在内，就没有竞争对手。

所以，所有的信息都汇聚于此。

到底发生了什么样的案件？

凶手是谁？

既不吸烟，也不喝茶，小河原就只是干坐着。他的眼睛盯着对面桌边的空位。

坐在那里的同事就是凶手，换言之，凶手是九州玄海日报社会部记者。

那个男人不是坏人。他谦逊地向年岁小的自己请教如何写作。喜欢喝酒，哪怕喝得大醉也不炫耀自己的出身。男人原本就不是记者，而是九州帝国大学的类人猿学者。

天皇宣读终战诏书以后，他被怀疑犯有战争罪，虽说逃过了送往巢鸭监狱的命运，却不被允许恢复教授的职位。

在几乎流落街头之际，他甘愿接受"靠老爹托关系"的耻辱，当上了新闻记者。从立场上看，虽然头衔在小河原之上，但事实上是助手。

小河原回忆起采访完毕后，跟男人在中洲喝廉价酒的那个夜晚，男人说了这样的话——

……小河原君，虽然世道很糟，但我还是暂时忍耐一下。再挨几年，能做想做的事的时代就会到来……

在回顾的过程中，小河原的眼里渐渐泛出泪水。再也压抑不住的小河原啜泣起来——

为没能意识到眼前的人就是凶手的自己。

为眼前的男人就是凶手的悲哀。

在破晓前的编辑部里，小河原双肩颤抖，开始书写稿件，不得不把这些事实写下来。

可是即便写了，也绝对不会见报。

坐在对面桌边的男人的父亲是九州玄海日报的大股东，

战争期间，他给福冈县警察部的特别高等警察捐了不少钱，是与刑警们过从甚密的人物。

\*\*\*

"……所以你决定以一己之力将其实现……"手岛用烟管轻轻弹了弹审讯室的烟灰缸，像是在暗示着什么，"探寻黑猩猩进化成人类的过程之谜的'解放治疗所'。"

"没错。"

"那么有关收集黑猩猩的方法，是第七本笔记上写的'捕捉因空袭而从各地动物园和研究设施中逃逸的个体'是吗？"

"对。"

"那么，收集这些个体的地方……"

"它们经常出现在平尾或者高宫的犄角旮旯附近，那地方坡道多，就连赔本赚吆喝的豆腐店前面也偶有经过。黑猩猩喜欢出现在人少的地方，我就在坡道上捕获它们。"

"……为什么要在坡道上……"

"总之那一带坡道很多。黑猩猩会嗖地一下蹿上来。他们本来不用跑，却特地落单跑出来玩。这些都是有活力的个体。鱼也罢黑猩猩也罢，都是活蹦乱跳的比较好吧。"

"原来如此。那些捕获的个体藏在什么地方……"

"鸿巢山的树林里不是有防空洞吗？横挖的洞窟大家都知道，但还有个能顺着梯子爬下去竖挖的洞，就只有陆军射击场的管理层才知道。顺带一提，我听说他们要把山上的射击场夷为平地，改建成净水场，你知道这件事吗？"

　　手岛没有回答。

　　"那就好，"男人说，"……你已经看到防空洞了吧？……"

　　"嗯，"手岛回答，"我看过了。"

　　"那是个好地方吧？"

　　"你就是在那里搞进化研究，是吧？"

　　"嗯。把他们和古代的时候一样逼上绝路。放狗替代豹子，撒上酒精用火柴点着替代山火，制造生存危机。"

　　"那他们进化了吗？"

　　"没，"男人怅然若失地摇了摇头，"……没一个进化成人的，只会吱哇乱叫……"

　　"他们没有说话吗？"

　　"……虽然也有几只能说话的，但无外乎鹦鹉学舌的声音，要是把这些称为语言，就会落入研究者的自以为是一厢情愿的陷阱里。这些蒙蔽不了我的眼睛。所以还要更进一步，把它们逼到走投无路……"

　　谈到这里，手岛缓缓地站起身来，走到男人身边。他探出身子，从西装的内袋取出九张照片中的一张，轻轻地摆在了男人面前。

"这就是你观测的黑猩猩吗？"

男人笑了起来。

"不愧是警察，什么都知道啊。这是阿笠，是我抓到的第一只雄性。"

"那么，这个呢？"

手岛展示了下一张照片。

"阿东，雌性。"

下一张照片。

"阿木，雄性。"

下一张照片。

"阿神，雄性。"

男子看着叠起来的照片，流利地回答着。

"阿林，雌性。"

"阿内，雄性。"

"阿山，雄性。"

"阿五，雄性。"

然后，看到最后一张，他是这样回答的——

"阿间，雌性。"

这个曾在九州帝国大学担任类人猿研究教授职务的男子，在隐瞒了其恐怖的罪行和姓名的情况下，被福冈县警察部刑事科转移到九州帝国大学医学部进行精神鉴定。

在审讯室里，男人所看到的照片，全都是下落不明之后，在树林里被发现化为白骨抑或腐尸的人类幼童。

笠生一郎，一岁零五个月。

东菱子，二岁零一个月。

木堀景太郎，一岁零九个月。

神里弥一，二岁。

林多惠，一岁零四个月。

内川清次，一岁十一个月。

山濑门政，二岁零三个月。

五郎丸贞吉，二岁零六个月。

以及——

间仓千江美，一岁零二个月。

微笑头颅

我自以为能够深刻地理解收藏家这一种族的罪恶。贪得无厌的欲望有时会超越善恶。某些情况下，甚至连自身的兴趣也无法向人吐露。而我自己也因为收集连环杀人魔所绘的画，不得不在世人面前隐藏起"连环杀手艺术品收藏家"的面孔。

我在银座经营着一家画廊，但并不在此处经营连环杀手的艺术品。我亲自经手的都是正儿八经的东南亚现代美术，以及北欧版画。

医生、律师、音乐家、演员、IT 企业家、政治家——画廊的顾客包含了形形色色的富人阶层，但这些人里没有一个知道我是收集连环杀手艺术品的人。

\*

杀人——杀害无辜之人是不可饶恕的。

从心理学的角度来讲，犯下杀人之罪的可能性潜藏在每一个人的身上。我们之所以未曾犯罪，只不过是被驯养得很好，仿佛一群家畜般生活在铁丝网围就的栅栏里。

然而，总有一行人会前仆后继地翻越这道栅栏。栅栏的另一侧，那里就像时时腾起冲天火柱的业火地狱一般，恰是一个非法世界，一切欲望尽皆显露的场所。绝大多数罪犯都是因为一个小小的意外翻到栅栏外边，然后迅速回归，但也有些人会面不改色地在蔓延着无限罪恶的荒原上狂飙突进。

连环杀手就是其中一个代表性的例子。

他们很难被称为"普通人"，这些人染指了连续杀人这般禁忌的狩猎。如此不可动摇的事实令其在众多的犯罪者中以压倒性的优势脱颖而出。

彼等是极其危险的存在，是绝对不可放任自流的人。我们不该对其另眼相看，也不该任凭那些没有心理学基础的人纯因好奇而涉足其中。彼等乃是黑暗的化身，人类的谬误，遭人唾弃的恶魔——表面上吐沫横飞地高谈阔论，背地里暗自垂涎欲滴，正是我等收藏家的做派。连环杀手的艺术品不该拥有价值。

正因为如此，它们才有了巨大的价值。

*

连环杀手创作的作品在现实中为数不少，其中绝大多数都是凭借美国的法律得以流通的。在美国，监狱里的囚犯也有诸多自由，除去家人和律师，还可以跟这以外的人——以采访为目的的纪实文学作家，以通信为目的的普通粉丝互相通信，有时还能通过电话交谈。他们可以在监狱内的小卖部购物，用统一规格的材料作画，甚至可以对外界出售作品。

在监狱中发挥出罕有的绘画才能和商业才能的，首当其冲的便是约翰·韦恩·盖西，这个有着"小丑杀手"之称的连环杀手，强暴并虐杀了三十三名少年，并将二十九人的遗体藏在自家地板下面，过着晏然自若的生活。被捕前他以社会人物的身份为人熟知，是个打扮成小丑模样参加慈善活动的有良知的商业人士，在知名的小说——斯蒂芬·金的《小丑回魂（IT）》中登场的杀人小丑便以他为原型。

直至一九九四年被判处死刑之前，盖西陆续创作了大量油画。当然了，他不曾得到假释，监狱就是他的工作室。盖西亲自为油画定价，积极开展邮购业务。以他的生意为契机，出现了一些异质的收藏家。

这些人便是"连环杀手艺术品收藏家"，他们为盖西的绘画所吸引，不惜斥资向恐怖的杀人魔购买画作。

在画布上微笑的小丑。伦理的否定，疯狂的征兆。翻越社会的栅栏越走越远的那些人的作品，虽然远不及达利和毕加索的笔触，更像是周末公园里移动热狗贩卖车上所绘的廉价彩绘小丑。然而，这恰恰表现了平稳的日常生活和难以置信的邪恶之间奇妙的联结。

*

作为一个在银座开画廊的画商，我可以在此断言，盖西的画作中的确蕴含着某物。

从前，人们第一次看到安迪·沃霍尔所创作的波普艺术。在对都市文化产生绝望的同时，也感受到冰冷的性欲望，盖西的画作带来的那种感觉极其类似。我并不打算说两人作为艺术家有何近似之处，而是其作品内涵的共性。那是在奇妙的磁力之中，投射在观看者身上的绝望和欲望。

连环杀手的绘画在作成之初，就牵扯到了收藏家的存在。那些作品是在向我等提问——且不论这些画作的好坏与否，重要的是你会允许自己买下这幅画吗？

沃尔特通过量产的番茄汤罐头的图画，以美国人独有的幽默，一针见血地表达收藏家想要拥有作品的欲望和卑劣。而在盖西这边，平平无奇的小丑微笑不仅凸显了收藏家们的卑劣，还愈加鲜明地刻画了他们涉足的罪恶之深。艺术、谋杀、收藏的三宗罪，在此交织缠绕在一起。

*

我虽然不是盖西所绘的小丑的收藏家，但围绕其作品引发的争议，一直作为莫大的教训留在心中一隅。某些人被盖西在狱中作画出售的行径点燃了愤怒，于是便买断并焚毁了他的画作。我认为这是正当的公民感情。一个将少年们的尸体埋在地板之下安然度日的男人，居然依靠在监狱里画的小丑大发横财，是可忍孰不可忍。没有一把火烧了监狱已经很克制了。

围绕连环杀手艺术品的骚动还有很多，但依照良知，这些人的作品本不该被交易，甚至原本就不该存在。可收藏家的视线却移到了良知之外，栅栏之外。兴趣是恐怖之物，禁忌的果实对于收藏家们有着强烈的吸引力。

被社会谴责的买卖自然是在背地里进行的，即便对朋友和家人也绝口不提。作为一个参与了社会活动的公民，就绝不能道出自己喜欢购买收集真正的连环杀手亲手制作的东西。要是这些东西被公之于众，对我的生活将会产生难以估量的负面影响。若是可以的话，还是尽量放弃此种爱好为好。

尽管如此，我还是不得不为米奇·乔迪森的作品献上赞美。

将我打动的，一定是扭曲的爱吧，对他的作品的占有欲无穷无尽，目标是完整无缺的收藏，就像渴望珍藏关于上帝所知的一切的梵蒂冈图书馆管理员一样。这是一个无法实现的梦想，正因为如此，才永远系于心间，不曾松动。

米奇·乔迪森，一九六三年出生于纽约州港口城市罗切斯特。一九八九年至一九九四年的四年间合计杀害二十七人。这是一个身高两米零六，体重一百五十二公斤的彪形大汉。乔迪森在当地一家食品公司的冷冻仓库工作。杀人的手段主要有二，其一是在冷冻仓库工作用的丁腈橡胶手套外缠上数匝带刺铁丝，用这样的拳头击杀流浪汉，其二则是用霰弹枪射杀在郊外露营地欢度周末的情侣。

　　乔迪森于一九九四年九月遭到逮捕，被判处终身监禁，不得假释。如今仍在纽约州的沙利文监狱服刑，不久之后应该就能在狱中迎来五十五岁生日了。

　　逮捕之后的乔迪森因其用缠着带刺铁丝的橡胶手套击杀流浪汉的罪行而得到了"带刺铁丝手套"的绰号。但世人很快又对他的另一个绰号趋之若鹜，那就是"海豚侠"。

　　警方在搜查乔迪森位于罗切斯特的住宅时，发现了大量画作，这成了他获得新绰号的契机。这些画作尽皆出自本人之手，上面记有日期和签名。每幅作品一定会出现"海豚"或是"海豚头的男人"。当调查人员问及有关画的事情时，乔迪森将牺牲者称作海豚人——当这一事实见诸报端之后，他那"海豚侠"的绰号就被确定下来了。

　　海豚侠，即米奇·乔迪森出生于港口城市的一户贫困家庭，父母因车祸去世后，被同样接受酒精中毒治疗的祖父母抚养长大。他从小伴随着某种强迫观念，被这样的噩梦缠身——自己在暴风雨之夜被抛进大海，拼死抱住木桶的碎片漂流，没过多久，就被一大群袭来的海洋生物撕成碎片。

怪异的是，在乔迪森的精神世界中，海洋生物里最大最恐怖的对象并非鲨鱼，也非巨型章鱼或巨型乌贼。他怕的是海豚——以动物界首屈一指的脑容量著称，有着高度的智力，同时也是和平象征的海豚。不知为何，海豚对乔迪森而言就成了狡猾狰狞的恶魔。而这个与自身融为一体的恐怖对象，乔迪森小时候就只在水族馆见过一次。

乔迪森一直在纸上描绘着寄宿于己身的恐惧，随着他的成长，作品的完成度愈来愈高，线描，然后是彩绘，尤其是二十六岁开始杀人后创作的作品，他的才能在此开花结果。

用黑色圆珠笔绘制的线描，精细的构图，兼具宗教性和幻想性，每一幅都让人联想到佛兰德斯画派[1]。让人很难想象这出自一个没受过美术教育的残忍的大汉之手。

一个抓着木桶碎片，在黑暗之海中漂流的少年，受到无数鱼类的追逼，数头海豚在前面率领鱼群，鱼从波涛滚滚的

---

1　盛行于 17 世纪佛兰德斯地区的美术流派，以细腻的写实技巧、丰富的色彩运用和对光影的敏锐把握著称。

海面探出头来，眼球都跟玻璃珠一样毫无生机，唯有海豚的眼睛和人类一般无二，从中可以感受到少年怀抱的绝望，带给观者无法言说的诡异。

而薄涂的海洋蓝为主调的丙烯彩绘，风格却截然不同。画中一定会有一个滴着水走到岸上的海豚头男人——海豚人。除去地面，几乎没有其他景物。海豚人茕茕孑立，好似白昼的亡灵般模糊不清。这是否跟盖西的小丑一样，乃是乔迪森的自画像呢？

虽说在绘画中完全不曾使用佛兰德斯画派的绘画技法，可在他的彩绘中，确实能感受到一种迫近的不安，就像暴风雨前的寂静。在寂静中完成绘画的乔迪森，似乎描摹的是自身与怪物融为一体，奔向禁忌狩猎的前一瞬的场景。

乔迪森超过四百多幅画作为其亲属认领，且在其被逮捕七年后的二〇〇一年突然流出，引发了收藏家们的骚动。这些作品流向市面的理由并不复杂，不是认领画作的亲属去世，就是急需用钱。

我初次购入乔迪森的作品是两幅丙烯彩绘。在此之后，我花了十年时间不间断地收集他的作品，如今已经拥有二百七十二件之多。

当我初次看见乔迪森的画作时，并不知道它的作者就是连环杀手"海豚侠"。可以说，作为一部纯粹的作品，我能感受到其中的魅力。但我也无法断言在这之后了解到的乔迪森的身世不曾对收藏欲产生影响。

正因为是不该有价值的东西，才有价值。

正因为是不该去购买的东西，才想拥有。

这点我也只能承认，但我收藏他的作品的理由仍不止于此。

我是收藏家，同时也是卖画的专家，我能够引用艺术史和文化史，将自己收集乔迪森画作的行为正当化。但如此一来似乎说得不少，结果却什么都没说。所以还是说得直白些吧。一言以蔽之，人们都想买到与自己相似的画。

无论是静物画还是抽象画，人最终只会把金钱花在自己的肖像画上。除非以投资为目的，否则买主往往倾向于购入堪为己身之镜的画作。而我也是同理。自身的某个角落有着和海豚侠相同的阴翳，我们共享同样的噩梦和恐惧。

\*

作为米奇·乔迪森的收藏家，我在这个世界——也就是连环杀手艺术品秘密流通的市场上，多少也算知名人士。

发出自己存在的信号是收藏中非常重要的行为。

和过去不同的是，想要获取连环杀手的艺术品变得相当困难。考虑到社会影响，即便在互联网拍卖网站上，拍品本身也受到了严格的限制。因此必须构筑自己独有的联系网，确保作品的交易信息能不断流入。此外，还需识破那些以掮客身份靠近的诈骗犯，为了不收到伪作，要亲眼确认作品。美国也好欧洲也好，无论何处都要奔赴。想要收集乔迪森的作品，毫不吝惜的投资和不屈不挠的谈判都是不可缺少的。

于我有利的地方是，对于画商而言，这般劳心劳力本就是理所应当的。为了兴趣出差海外，也能方便地与主业联系起来。我的日程表上尽是出差的安排，说不准已经被妻子怀疑有外遇——会不会有一起旅行的地下恋人呢？从某种意义上说，这样的怀疑并没有错。

　　*

九月里的一天深夜，我的收藏专用的手机响了起来，未显示来电号码。这并不是什么稀奇事。与连环杀手艺术品相关的人员，直到确认交易对象可信为止都会谨慎行事。

我按下通话键，为了不吵醒睡得正酣的妻子，便蹑手蹑脚地从卧室来到走廊。

"早——"电话那头传来了一个冷静的女声。

虽然已是深夜两点，但为了配合对方，我也说了声"早"。

"你是连环杀手收藏家，没错吧？"她说的是流利的美式

"是的，"我回答道，"不是杀手本人，而是艺术品方面的。"

"我有作品要卖。"

"是谁的作品？"我问了一句。

之前也有过数次推销盖西、卢卡斯等知名连环杀手作品的咨询，但直到目前为止，我的兴趣点只有一个。

"当然是海豚侠咯，"她说，"米奇·乔迪森。"

我在黑暗中走向书房，打开了灯，拔出了插在笔架上的钢笔。

"作品类型是什么？线描还是彩绘？"

"是头。"

她的回答把我吓了一跳。

"请问……"我努力装出一副不被人抓到把柄的冷静模样，"你指的是海豚头吗？"

"是的，"她说，"要是你愿意坐下来谈，我可以把照片发来。"

如此干脆的说法让人感受不出谎言的气息，倘若她所言非虚，那我简直走了大运。

海豚侠的作品有四百多件，可立体作品仅有一件，通称

213

为海豚头。不过并没有官方目录，这些数字是从一位收藏家与图圈之中的本人往来书信中得知的。虽说凭借记忆无法确定其准确性，但其稀有价值之高并无改变。我只见过其他收藏家那里获得的资料——也就是照片和简短的注解，要是能买到的话，我恨不得立刻把钱汇出去。

"请问有兴趣吗？"

"你说得非常有趣，不过，若是真正的海豚头——"我尽量不失礼数，同时也有意识地与对方保持适当的距离，"你是从什么地方知道我的？"

她报出了格林威治村画廊老板的名字。她首先找那边洽谈，然后那边把她介绍给了我。我跟那个老板很熟，他是专门从事涂鸦艺术的画商，但私底下却在收集汤普森·李的作品——背负十三条人命的连环杀手所绘的色彩丰富的水彩画。

从经验上判断，她似乎是值得信赖的人物，于是我告诉她私密信息的传递方法。我用的是四重加密的电子邮件，通过该系统能够进行点对点的通信，事后绝不会暴露给第三方。

"你真要来我这吗？"她惊讶地问道，"你在日本吧，机票钱我可负担不起哦。"

"这是必需的经费。"我一边回答，一边思考她深更半夜打电话来的情况。对面是大白天，基本上有半天的时差，她住在纽约州的斯卡斯代尔。

"好，"她说，"请叫我梅琳达·贾格梅，这样我一听就知道是你。还有我也用这个名字开了社交平台，虽然完全没写海豚侠的事情。"

我问了名字的拼法。"梅琳达"自不必说，"贾格梅"倒是非常罕见。话虽如此，反正也不是真名。

通完电话，我回到卧室，虽说钻进了被褥，却一夜未曾合眼，就这样迎来了黎明。这次说不定能得到那个海豚头，我仿佛回到了十几岁的年纪，心绪激昂得无法平息。

\*

乔迪森在罗切斯特的冷冻仓库工作，时常把工作用的丁腈橡胶手套带回家里，有些变成缠着带刺铁丝的杀人手套，但用于行凶的只占少数，大多手套被剪刀剪破，用胶水粘在一起，变作了酷似人类婴孩的圆海豚头。丁腈橡胶富有光泽的蓝色纹理，非常适合表现海豚的表皮。

而海豚的特征——突出的上下颚，则是他用黏土制作而成的。干燥固化的黏土上也贴上了橡胶片，至于密密麻麻排列的小牙，则是利用敲得细碎的瓷砖碎片排列而成。

海豚头的内侧是中空的,那是因为他原本计划将其用作头套。

"我打算在露营地射杀情侣的时候戴上这个。"

之后他对调查人员这般解释,但事实上并没有戴过。

完成的面罩套在球状的泡沫塑料上,下面固定着底座。头套的两侧嵌着酷似人类眼球的模型——应该是人偶用的假眼。为了在露营地蹲守时能看到外面的情况,头套正面开了两个窥视孔。这便是上颚根部两个长方形的洞。这两处并排的黑暗孔洞兴许是乔迪森作品中最具恶魔般恐怖气息的设计。他在凸起的颚部缠上铁丝,作为最后的修饰。新闻里偶尔会放捕获食人鳄鱼的报道,我见过鳄鱼颚部缠绕着绳子和钢索的模样,与此非常相似。

假使作为素材的手套和带刺铁丝是作案时用过的,现如今这个海豚头会成为唯有 FBI 的工作人员才能看到的扣押物品。幸运的是,海豚头上并没有出现鲁米诺反应。正如之前所述,无论手套还是带刺铁丝都是与犯罪无关之物。

在梅琳达·贾格梅所发来的海豚头照片中,为了让人判断作品的大小,海豚头的旁边放着一个苹果。通过与苹果比对,可以确定其尺寸足以覆盖两米多高的大汉头部。左右是和人类一模一样的眼睛,正面是两个黑洞洞的窥视孔,凸起的下巴上缠着带刺铁丝，半张的嘴里排列着瓷砖碎片牙齿。

这和之前在资料上看见的一模一样，剩下的就是亲赴现场，用自己的眼睛详查这是不是真货。若真实无疑，标价三万美元，对我来说，付四万美元也无所谓。

　　\*

曾在银座画廊卖过画的一位马来西亚现代美术家，正好在曼哈顿的时代广场举办个展，如果我不只是送花，而是亲临画廊的话，想必会让他倍感惊喜吧——这就是我告诉妻子要赶赴纽约的理由。

和反应冷淡的妻子说完后，我给女儿打了国际长途。二十一岁的女儿如今正在澳洲留学。除非主动联系，否则就只能从社交平台上了解她的近况。

"还好吗？没什么事吧？"

"很好。怎么？又要出差了？"

我跟女儿聊了一段时间。据说在语言学校读书的女学生中，很流行用贝壳装饰头发。

我像往常一样询问她推荐的音乐人。每次决定好要出差的时候，我都会给女儿打个电话，请教她喜欢的音乐，下载她推荐的音源。我也听过很多动漫歌曲和偶像歌曲。几乎没有一样能引起我的共鸣，但假使没了这个习惯，亲子间交流的机会就会大幅减少。

"最近的话，老烟鬼乐队（Chain Smoker）不是挺火的吗？"女儿回答道。

*

抑制住想早一天飞往纽约的冲动，先完成画商的工作，做完这些就可以坐上飞机了。我的任务是将一群从越南赴日的当代美术家领到银座的能乐堂，跟他们一同赏鉴和"赖政""朝长"齐名的三修罗之一——"实盛"。这是世阿弥的作品，讲的是平家的老武士斋藤实盛的故事。在加贺的筱原被源氏斩杀的两百多年后，实盛的亡魂站在洗濯过自己头颅的水池边，和游行上人相遇了。没能成佛的亡魂唯有上人才能看见。时代设定在十四世纪，地点为如今的石川县，以及游行上人的角帽，老翁的三光尉面具，实盛的白垂假发和太刀等——我就这些要素向年轻的艺术家们一一做了解说。

*

在机舱内的起飞信号灯尚未亮起之前，我靠在座椅上摆弄手机，刷了以梅琳达·贾格梅为用户名的社交平台，正如她说的那样，这里完全看不到海豚侠的踪迹。

遛狗，一天做的瑜伽项目，色泽艳丽的甜甜圈，在书店购入的儿童心理学图书的照片。一个女性的平淡日常生活被当作推文陆续发出，不曾发生什么特别的事情，就是极为常见的消遣型社交平台。

令人在意的是社交平台上的资料照片。梅琳达·贾格梅在此设置了一个女性——未必是她本人——的脸。

图像就像水里拍的照片一样模糊，仅能勉强辨认出长发女子的轮廓。曝光也有些不足。即便如此，不知为何看着并未让人觉得不快，倒不如说非常愉悦。

我想起了用达·芬奇的蒙娜丽莎做的一个实验，即便降低拍摄蒙娜丽莎的分辨率，只留下粗糙粒子上的淡淡剪影，也能不可思议地感受到作品的美。梅琳达·贾格梅的个人资料上的照片也有着这般奇妙的魅力。

　　*

客机从羽田机场起飞后，系紧安全带的提示灯熄灭，云彩在圆形的舷窗外飘过。邻座的白人老妇睡得很沉，机上的饮料服务都没把她叫醒。于是我偷偷展开私用资料夹看了起来。

"哎呀，好漂亮的画呢。"

翻了一个多小时的文件，突然有人和我打招呼。

就在我浑然不觉的时候，老妇人醒了。

老妇人凝视着的画，乃是与天际融为一体的蓝色悬崖，上面站着海豚侠的身影。从签名的日期来看，这幅画是乔迪森在新泽西露营地射杀安德鲁·汉森和凯丽·蒙特斯当日完成的。

"公司的上司喜欢这个，"我以自然的动作合上了资料夹，"商务谈判的间隙，他让我去纽约州画廊转转，可我完全不懂，我对绘画一窍不通。"

平时我从不在别人跟前欣赏乔迪森的资料。我一边训诫着自己不要心浮气躁，一边把合上的资料夹收进前方座位的网兜中，打算趁老妇人上厕所的时候将其放回头顶装行李的提包里。

我把便携式音乐播放器的耳机塞入耳孔，缓缓地放倒座椅，开始欣赏下载好的老烟枪乐队的音源。从标题上看，我想到的是性手枪之类的朋克音乐，流淌出来的却是传统歌手演唱的感伤旋律，以及悠扬的电子乐节奏。

\*

从约翰·F·肯尼迪机场一路前往斯卡斯代尔。我先乘坐地铁抵达曼哈顿，再换乘大都会北方铁路。斯卡斯代尔位于曼哈顿东北部，夹在哈德逊河和长岛海湾之间，虽是人口不足两万的街区，却有着众多富裕阶层，是远离城市喧嚣的高档住宅区之一。

作为画商，我曾数十度造访纽约，虽说去往郊外的经验并不算多，但也不必看旅游指南。至于出席马来西亚人在时代广场举办的个展，当然排在要紧事办完之后。

\*

我下了火车，在斯卡斯代尔九月的阳光之下漫步。一望无垠的草坪，宽敞的绿色空间，其规模在东京足以比肩行政管理的公园，实在不像是私人土地。走了片刻，就看到了洛可可式样的铁门。

没有门牌，没有邮箱。我按下了嵌在石墙里的对讲机，告知了我的来意。望着自动打开的洛可可式样的门上雕刻的贝壳图案，我想起了女儿提到语言学校里正流行着贝壳发饰。这是要重回十八世纪了吗？不过相比洛可可，我个人更喜欢巴洛克风格的装饰。

外门前方矗立着一栋颇有格调的砖墙建筑，一共两层，从外观看像是保存街市历史的档案馆，事实上却是不折不扣的私人住宅。梅琳达喊我见面的地方并非酒店或画廊的某个房间，而是她自己的家。

在一对一的谈判中，卖家将买家邀请到自家，与作品搬运的问题有着莫大的关联。若是美术作品的竞拍，会有专业人士把作品送到现场，但是私人交易做不到这点。这样一来，为避免搬运伴随的破损风险，让买家在现有的安全状态下观看更为妥当。当然作为大前提，对邀请方的信任是不可或缺的。我大概是颇合她的心意吧。

"你真的来了呀。"一扇厚重的木门打了开来，梅琳达从中现身。门的质感像是在粗加工的木头上直接涂了清漆，让人联想到厚重木雕。

真实的她和社交平台个人资料中的照片并不相似。头发短得多，脸也瘦了不少，看上去四十多岁。跟如此模糊的照片对比确实很怪，或许根本就不是她本人。社交平台上的照片大都如此。

"请进，"梅琳达说，"我去倒茶。"

梅琳达的发型更接近早年披头士的蘑菇剪，而非寻常短发。她身穿白色法兰绒衬衫，收腰的深红长裙，脖子上缠着淡蓝色的围巾，但没有戴耳环和项链。

我被领进了一楼的会客室，目送着梅琳达顺着长长的走廊去往厨房。

我环视着古色古香的美式会客室，这里设有壁炉，墙壁上铺满了干花，在生命流逝后依旧盛放的花朵中，几幅装帧好的作品映入眼帘。吉安·帕奥罗·巴比尔里的摄影，莫龙·卡桑德拉的海报，以及让·谷克多的绘画。倘若谷克多所绘的天使是真迹的话，那就是相当可观的资产，不过恐怕是复制品吧。

我任由身体陷在沙发里，循着从窗户射进的光线眺望外边的风景。一切都绿得晃眼，秋天仍未到来。话说回来，修整如此多的土地还是要花不少钱吧，我可以体谅梅琳达的辛苦。而我并不清楚她是单身还是已婚，甚至连真名都不知道。双方的信息非常有限，作为买家的我，也以"收藏家"的伪名自称。

梅琳达端着红茶和甜甜圈回到了这里。她将托盘往茶几上一放，悠然地坐在了我的对面，落座时撩起裙摆的动作非常优雅。

"长途旅行很累吧？"

"我已经习惯了。收藏家经常要跑来跑去。"

"你是个特别厉害的收藏家吧。"

"没这种事。"被戴高帽子的我不清楚是否应当微笑，虽说最后仍是面无表情，但可能在不知不觉中笑了笑也未可知。

"因为你已经拥有他一半以上的作品了，对吧？"

"确实如此，但我长久以来都不曾入手海豚头，非常感谢你给我这样的机会。"

"我姐一定很想见见你这样的人吧。"

在与梅琳达互通加密邮件的过程中，得知海豚头是她姐姐从恋人那里收到的。两年前姐姐去世，梅琳达读了她留下的日记，才得知海豚头有着莫大的价值。

"我姐还收集了各种作品哦。比如赫伯特·慕林（Herbert Mullin）的画和理查德·拉米雷斯（Richard Ramirez）的画，话说你认识他们吧？"

我稍稍吃了一惊，因为直到此刻我才得知梅琳达的姐姐也在收集连环杀手艺术品的事实。

"你姐姐也是那方面的收藏家吗？"

"连环杀手"什么的还是说不出口，在平静的会客室中，而且是和女性单独面对面的情况下，道出这样的词还是会有些踌躇。

梅琳达用秒表仔细地计时，将壶里的红茶注入韦奇伍德的茶杯里。

"前年姐姐突然离世，我处理掉了不少。留着也太吓人了——啊呀，瞧我说的，真对不起。"

"没事，"我头一遭露出了为自己所知的微笑，"对于不感兴趣的人来讲，哪怕是奉承话，也难保会带来正面的影响。"

"别误会呀，我不是觉得你很吓人。"

"我知道。"

"在这之前我见识过各式各样的收藏家，他们都太有常识了，真叫人吃惊。收集这些东西的居然都是人格高尚的人。"

"我不是第一个以买主身份前来贵处叨扰的收藏家吗？"

"没错，大家很理解维持这间宅子所需的费用，都以不错的价格接手了作品。"

我稍微想了想，梅琳达是否打算抬高已经谈妥的价格，想拿"以不错的价格接手"这样的话来动摇我？

"这是我家附近买的甜甜圈哦，"梅琳达突然说了一句，"少糖，没有添加剂，口味不浓，不过对身体好。我吃的时候会撒肉桂粉，就放在那个小瓶子里，你可以用甜甜圈就着这个一起吃。"

对于她的体贴，我道了谢。

"对了，既然之前有收藏家来过，海豚头怎么还留了下来，没人想买吗？"

"收在仓库深处，没人看见，"梅琳达耸了耸肩，"而且我也没把这当成作品。你听了可别生气啊，说老实话，我还以为是姐姐从旧货堆里淘来的破烂呢。"

我露出了苦笑："除了海豚头外，这间房里还有乔迪森的其他作品吗？"

"很不幸，"梅琳达摇了摇头，"只有这一件。如果能被你这样有名的收藏家带回东京，那就没有比这更值得高兴的事了。"

我稍稍喝了口茶，海豚头并不在这间会客室里，那就只能在二楼了。聊完之后，她应该会领我去看作品的真身了吧。

听从梅琳达的建议，我把装在小瓶里的肉桂粉撒在了甜甜圈上，然后咬了一口。虽然并无食欲，但这也是对主人的礼貌。这甜甜圈确实没什么味道，或许不配肉桂粉就吃不下去。我用餐巾擦了擦手指。

从下个月开始，她就要加入当地的风纪委员会了——她对我说了这样的话。学校之外居然还有风纪委员会，这点确实像是美国老社区的风格。真正的美国老社区，真正的美国——

或许是时差的缘故，睡意骤然袭来。是因为日程安排得太满了吧？即便如此，也不能在这种场合陷入迷糊。

本想喝口红茶醒醒脑子，却发觉自己拿着韦奇伍德茶杯的手显得特别遥远，而且那只手抖得厉害。我试图把茶杯放回茶几上，可已然来不及了。摇晃不定的红茶洒在了手上。好烫。可手却没法离开茶杯，肌肉在痉挛。这不是睡意。

"你好像不太舒服，"梅琳达平静地说，"在沙发上躺会儿怎么样？"

胃部一阵剧痛，我吐了出来。茶杯掉在地上摔得粉碎，声音听起来含混不清。视线也急遽变暗。嘴里淌着满是泡沫的唾液。我想让梅琳达打911，却怎么都发不出声音。我的身体再也无法保持坐在沙发上的姿势，就这样一点一点地滑落到地板上。

"你能吃甜甜圈真是太好了，确切地说是这个。"梅琳达捏起一小瓶肉桂粉，像铃铛一样左右晃了晃，"偶尔会有人不吃我的东西，那就没办法，只得拿刀捅他们了。这样不会马上就死，而且得捅好多下，真是累人。再加上清除血迹的善后工作也很辛苦。原本开枪会比较轻松，但那样的话子弹又会打穿沙发和墙壁，是吧？"

我躺倒在地仰望着天花板——肉桂粉里被下了毒吗？——

"主要是多肽类毒素，"梅琳达似乎觉察到了我的想法，"化学式和银环蛇的毒素类似，亚洲的毒蛇哦。不过并不是被咬，而是通过口腔摄入的，所以暂时还有意识。"

梅琳达一边淡然地说话一边啜着红茶的身影，模模糊糊地映入了我的视野。那副过于平淡的态度让我情不自禁地以为自己在做梦，全身被烈焰焚烧般的苦痛侵袭的梦。

"是时候去二楼了。"

梅琳达吹响了刺耳的口哨。会客室的走廊传来了脚步声。即便是渐渐衰弱的听力，也能分辨出其音色与人类的节奏不同。并非两条腿，而是四条腿。一只灰色短毛的大型犬在此现身，咬住了我的腿——住手！放开我！快把这家伙撵走！我徒劳地一遍又一遍说着无声的恳求。那条狗叼着我的腿，我被拽到了走廊，又被拖上了楼梯。下巴的咬合力让人难以相信。虽然不愿承认，但已经再明显不过了，梅琳达根本不打算救我。

&ast;

我被扔在了二楼的一个房间里，那是窗户和窗帘全都关得严严实实的黑暗房间。狗离开了，但我浑身麻木，动弹不得，耳畔唯有自己痛苦的呼吸声。紧接着人影闪过，下个瞬间，房间里的灯亮了起来。梅琳达俯视着倒在地上的我。

——能听到我的声音吗？——从口唇的动作可以知道她在说这样的话。可是完全听不见声音。她曲着膝盖，在倒地的我耳畔又说了一遍："能听见我的声音吗？"

我以眨眼替代回应。唯有眼皮是能依照自身意志动的部位。

"太好了，你能听到啊，"梅琳达快活地笑了，"我真想和你这样热情的收藏家再聊久些。但是浪费过多时间又不太好。很久以前，我跟一个来到会客室的收藏家愉快地聊了一会儿，真不可思议啊。人这种生物，凭直觉就能觉察到自身的危险。什么事都没发生就想逃跑，连甜甜圈也不吃，我费了好大劲才抓住他呢。"

梅琳达擦了根火柴，凝视着前端的火焰。我害怕这东西会按到自己身上。而她只是从银色的烟盒抽出一支烟，把火柴的焰心移到香烟的头上。

"我很羡慕收藏家呢，"她边吐着烟边说，"如果只是收藏的话，无论收集的是什么东西都可以跟朋友谈论，只要找到志同道合的朋友就行。而我就很孤独，连一个能够倾诉的对象都没有。我也是收藏家哦。喂，你给海豚侠写过信吗?"

我眨了眨眼。这次并不是要回答什么，只是生理现象的眨眼。但在梅琳达看来，或许更像是附和。只见她露出微笑，抚摸着我的头发。

"他被逮捕的那年我十四岁，当时在学校里引发了不小的轰动。都是因为那个绰号嘛。在笔记本上画蜘蛛侠和蝙蝠侠的孩子，只是当场被老师训斥，画了海豚侠的孩子则会被叫来父母，遭到没完没了的说教。但大多数孩子只是画他和谈论他，就像边吃零食边看恐怖电影一样。而我就不一样了，我真的想杀人。至于为什么想杀，我没法一一解释清楚。因为想杀所以想杀吧。对我而言，海豚侠是真正的英雄。过着平淡的生活却杀了二十七个人，简直太酷了。白天认真工作，空闲的时候画了这么多画。虽然并不惹人注目，却精力充沛地生活着。我就在想，要是恶魔附在人类身上的话，他们一定也会这样生活吧。"

她还在继续说着。

被鬼压床般动弹不得的我，只能虚弱地喘气，听着梅琳达·贾格梅的故事。

\*

——一九九四年，十四岁的梅琳达给关押在沙利文监狱的海豚侠写信。因为打算成为笔友，所以每封信的内容都控制得极短。她觉得要是把什么都写上去，通信也就没法长久持续下去了。

在第一封信里，她只写了这些——

"我是个十四岁的女孩。乔迪森先生，你在监狱里有什么痛苦的事吗？有什么想要的吗？"

为了在父母不知情的情况下收到从监狱寄来的信，梅琳达把祖母家的地址作为回信地址。她对独居于布鲁克林的祖母谎称自己"参加了囚犯改过自新志愿者活动"，两个月后，回信投进了祖母家的信箱。

梅琳达用颤抖的手撕开信封，展开了折叠的信纸。

"你好，我读了你的信。监狱里没什么痛苦的事，只是眼里的风景总是没有变化，真是太无聊了。你会画画吗？要是会画的话，就把我出生长大的罗切斯特街市画下来寄给我吧。——米奇·乔迪森。"

这封用笔迹工整的签名收尾的信令少女的心雀跃不已。相比那些在电影院里为恐怖片和悬疑片尖叫的同学们，这有种实实在在生活在异世界的真实感。自己正和被 FBI 逮捕的货真价实的连环杀手通信。收到回信的那个周末，梅琳达立刻赶赴罗切斯特，用铅笔画了街市的素描。她总共画了三幅画，分别是保险公司大楼、十字路口和港口，附在了第二封信里。

"画得不好，你要是喜欢就再好不过了。我只想问一个问题，很多刑警应该也问过吧。你为什么如此执着于海豚呢？"

第二封信迟迟没有回音。半年时间过去，梅琳达几乎要放弃了。或许是把罗切斯特的街市画得太差劲，不然就是港口的画惹恼了他。报纸上的报道说，他从小就害怕被海里的鱼袭击，所以可能讨厌看海景的画吧。悲伤之余，梅琳达又想到了另一层原因。自己问乔迪森为何如此执着于海豚，被一而再再而三地提问，对方肯定已经非常厌烦了。为何要写这些幼稚的东西呢？她只觉得后悔不迭。

八个月的时光过去了。梅琳达造访祖母家的时候，收到了监狱的回信。她飞扑到信封前，急不可耐地拆了开来。

"画得真棒，谢谢，感觉好久没在罗切斯特散步了。顺便问一句，你现在多大了？十五岁？我在外边的时候，从没和像你这么大的女孩说过话，也没收到过信。说来也怪，我杀了人，进了监狱，才跟你这样的孩子通上了信。作为感谢，我要告诉你一个秘密。不过我并非因为你是年轻女孩才关照你，这里关着不少有这种爱好的人，但我不是，我比较关注精神层面的事物。我对你另眼相看，是因为你真的画得很棒。我让所有给监狱写信的人画罗切斯特的画，然后花了很长的时间，一张一张地看收到的画，你的画是最好的。或许你有和我相近的才能，虽说风格并不像，但我们在更深的层次上有类似之处。"

我们在更深的层次上有类似之处——梅琳达读到一半，

体会到了电流穿过身体的愉悦。自己被连环杀手认可了。她继续往下读信。

"刑警、精神科医生、这世上的人，每个人都相信我画的是海豚，所以我也跟他们虚与委蛇，自称是海豚侠。但其实我画的并不是海豚哦。

"听好了，接下来我要写的事情，是从未对任何人倾吐过的秘密。这是死之微笑，它的脸我见过好几次了，不清楚是亡灵、精灵还是死神。反正它总是在水里笑。没有身体，只有头颅，就在装满水的方形鱼缸里一刻不停地微笑着。唯独它的样子我画不出来。一旦想画，它就会附到我身上。要是你不知道什么是死之微笑，就去看看古希腊的雕塑，也可以看看造像。

"这封信是对你画了这么棒的画的感谢。通信就到此为止吧，别再给我写信了，也不必再画罗切斯特的街市。创作自己的作品，过好自己的人生吧——米奇·乔迪森。"

他真挚的言语打动了梅琳达。正如信中吩咐的那样，她再也没寄过信。即便不曾通信，米奇·乔迪森的灵魂也一直在她左右。女孩长大了，不久就长大成人，连环杀手那句摄人心魄的话，一直埋藏在她的心底。我们在更深的层次上有类似之处，创作自己的作品，过好自己的人生——

*

——听完梅琳达的故事，我感到了深深的震撼。作为乔迪森艺术象征的海豚，其实并非海豚，海豚侠并不是海豚侠。

倘若这是事实，无论对犯罪史学家或是收藏家而言，都将是一个莫大的打击。但是此时此刻，梅琳达的话依旧无凭无据，不知道是不是真的。因为我并没有见过作为证据的信。

回过神来的时候，房间里灯火通明。我用尽最后一点气力睁开了眼睛。

"这是收藏室哦，"梅琳达扳起了我那僵硬的头，"很漂亮吧？"

我拼命地睁眼凝视着，起初感觉这里就像画廊的一个房间，没有家具，作品沿着墙壁齐整地一字排开。尺寸五十厘米见方，看起来像是鱼缸的玻璃盒摆在底座上，每个盒子之间都有足够的间隔。数量大约是二十个。在灌满盒子液体中，漂浮着像是头颅的物体。不对，并不仅仅像是头颅。

"是真的哦，"梅琳达说，"没人替我准备现成的，所以只好自己努力收集咯。原本只想当收藏家，却不得不去做艺术家。我的才能并不是绘画，而是立体方面的。对了，希望你别误会，我对你没有任何的仇恨，只是单纯地收集而已。
你瞧，大家都在微笑吧？都像造像一样。相比希腊，我更喜
欢东亚艺术哦。"

这些，全都是渴求连环杀手的艺术品，像我这样被诱惑
至此的收藏家的下场吗？

我的眼睛紧紧盯着其中一个鱼缸，跳舞般的长发，还有
谜一样的微笑。

是她。

这正是社交平台个人资料照片里那张模糊的脸。

梅琳达把针扎进我的脸，扎入唇边和耳畔的针，用一根
线串在了一起。她神采飞扬地看着我说：

"死后僵直之前，必须要保持住微笑。你不必勉强笑，
我会办妥的。"

这就是为何被切断的头颅都在鱼缸里微笑的原因吗？所
以那些液体并不是水，而是类似福尔马林有防腐效果的标本
保存液。

视野愈加模糊，意识逐渐远去，或许是神经毒物的功
效，就连恐惧感也笼罩在层层迷雾之中。我想起了女儿的声
音，然后是一脸不悦地看着我的妻子。留在世间的画廊。

我彻底被骗了，被毫不在意地将死人的脸用作个人资料

照片的梅琳达骗了。与乔迪森仅有的四封通信催生了全新的连环杀手，而且她还是想要收集死之微笑的收藏家。正如乔迪森所写的那样，她将头颅一个接一个沉入方形的鱼缸中。

梅琳达的谈判是个谎言。她并没有所谓的收藏家姐姐，所以海豚头也不存在。

用针线做出微笑的梅琳达扳起了我的脸，轻轻地转向右边。海豚头映入了我的眼帘。并非幻觉，它确实就放在架子上。梦寐以求的丁腈橡胶油亮的蓝色就在于此。剪碎手套粘贴而成的头套，凸起的颚部缠绕着铁丝网，还有瓷砖碎片做成的牙齿。

我感到了全身飘在空中的喜悦，海豚头就在她的手上，千真万确。

戴着橡胶手套的梅琳达俯视着我。她手里拿着两把不同的锯子。粗齿的和细齿的。我也能成为她的作品吗？就像铺在会客室墙面的干花一样。

我无法活动，连眼睛都合不上。我在心底呼吁着，梅琳达，请你把我置于海豚头的一旁，这是我的夙愿。只要能如愿以偿，我便会快活地永远微笑下去吧。

熟章鱼

笔者曾在某周刊杂志上连载过一篇名为《退休刑警（Former Detective）》的纪实文学作品。

连载每月刊登一次，内容如标题所述，是访问退休前刑警的家，听其讲述现役时代的回忆，接触他们平时的生活。连载从二〇一四年四月持续至同年十二月，共九期。

作为采访对象的前刑警的范围锁定在了在职期间负责过凶杀案的人物。

从北海道警察棚方敦氏开始，我采访了宫城县警增田弘明氏、警视厅的泽一平氏、神奈川县警察向井宗太郎氏、大阪府警察国垣真司氏、广岛县警察秋山实氏、福冈县警察江藤章雄氏、熊本县警察城一哉氏，甚至还远赴韩国，去了首尔特别市地方警察许冽理氏的家中访问。

采访退休刑警的时候，世人大都将焦点放在过去的悬案上，但在《退休刑警》中，相比案件，关注得更多的是他们的生活——离开警察这一特殊组织后的日常生活。

事实上，笔者几乎不会详述退休前刑警的生活细节，此外，没让退休后成为评论家，即综艺节目的评论员的人登场，也对维持新鲜感起到了一定的作用。

《退休刑警》作为"周刊杂志每月一次的连载"引发了不同寻常的反响。得到了教育界相关人士的莫大支持，还收到了好几份改编电视剧的邀请，虽说最终都谢绝了。

连载之际，笔者会前往前刑警居住的街区，尽可能长时间逗留，从没有过当天往返的出差。跟采访对象呼吸着同一街区的空气，包括居委会规模的邻里问题在内，笔者努力理解他们的日常生活。

无论采访对象是谁，想要接触到对方不加掩饰的面貌，获取其信任是不可或缺的。若能得到信任，就会被邀请到对方家中，介绍给其家人，还能一起围坐在餐桌边喝酒聊天，忘记时间，直到夜深人静。专攻刑事案件的记者无法看见的表情，就这样次第显现出来。

这些前刑警的第二人生可谓各不相同，但共同点都是"培育某物"。

培育导盲犬，培育花卉，培育将棋教室的学生——单从字面上看，或许会觉得平平无奇，这不就是在安享幸福的晚年吗？

然而，无论他们培养什么，终究都是绝望的补偿。

笔者遇见的前刑警，每个人都怀抱着"对人性的绝望"。

由于目睹过太多的凶案，黑暗盘踞于心间，怎么都不肯离去。然而他们并不会将这样的想法表露出来，也不会向家人和盘托出，只是退缩在社会的一隅，默默地培育着某物。笔者凝视着他们的背影，试图将之传达给读者。

接下来请各位阅读的，乃是本该作为完结篇付梓的原稿。原定在九位前刑警登场结束后连载的，幻之第十人的故事。

在此登场的前刑警，某种意义上也和其他九人一样，在社会的一隅培育着某些东西，尽管如此，属于他的一集还是没能在杂志上刊登——究其原因，各位在读毕正文之后，自然就清楚了吧。

编辑部决定不予刊载的判断非常妥当，该方针也是笔者希望的。笔者在此发誓并无虚饰，而是害怕连载的理念被摧残破坏，从而彻底断送。

该集为《退休刑警》唯一一次美国洛杉矶的采访，标题是《洛杉矶（LA）篇 / 熟章鱼（Boiled octopus）》。

\*

退休刑警［连载第十集］

洛杉矶篇 / 熟章鱼

结束对首尔特别市地方警察厅搜查科前刑警许浏理的采

访，回到酒店的笔者收到了好消息。

那天是二〇一四年九月的夜晚。

所谓的好消息，乃是我们或许可以采访到 LAPD[1] 的前刑警。

正如各位所见，本连载的标题《退休刑警》写作英语乃是"Former Detective"，在洛杉矶的报纸上则会将 Detective 缩短，写作"Former Det."。

该标题蕴含着不仅想要采访日本，同时也想采访世界范围的前刑警的决心。其实也包含了笔者极其私心的愿望，想要听听好莱坞电影和翻译小说喜好的题材，LAPD 前刑警的故事——就是这样的想法。然而采访海外前刑警并非轻易可以实现的，即便是在邻国韩国的采访，事前也花费了惊人的工夫。

即便离任卸职，他们对记者的厌恶也是万国共通的，更何况对方是来自异国他乡的人，愈发会引起他们的警惕。

连载的过程中，在笔者认为难以与 LAPD 的前刑警见面，几乎要放弃之际，本刊主编介绍的一个名叫菲利普·斯凯利的青年人给了笔者一个机会。菲利普居住在洛杉矶，是

---

1 洛杉矶警察局（Los Angeles Police Department）的缩写。

一名时尚设计师，在闹市的艺术区设有事务所。日本的电视节目和时尚杂志也曾介绍过他。他的亲戚中有一位 LAPD 的前刑警，据说是母方的叔父。

一开始，由菲利普联系上的这位叔父对采访毫无兴趣。不过当他得知笔者是日本人以及采访宗旨后，就改变了态度，表示可以见面。

在闷热的首尔酒店客房里，笔者连领带都忘了解开，赶紧给当事人发了电子邮件，请教了他的简历。

内森·巴蒂斯特，七十三岁。凶杀科——准确地说，是抢劫凶杀案科的前刑警。

一九六三年，二十二岁的巴蒂斯特加入了 LAPD，之后长期在刑事部工作，直到五十五岁感到体力不济的时候才摘下警徽。警龄三十三年。

在没有退休制度的美国，警察会根据自己的状况判断是否退休。如今的巴蒂斯特作为房地产从业者过着第二人生，居住在北好莱坞的家里。

北好莱坞给人的印象是年轻创作者云集的城市，虽说年事已高，但还是能理解年轻人的前刑警吗？就像七十三岁仍在玩滑板什么的——不，到底还是不可能吧。笔者一边想着这些不着调的事情，一边雀跃不已。梦想成真了，不管是什么样的人，都是必须拜谒的对象。

*

好事须趁早。第二天，笔者取消了乘飞机回羽田机场的计划，重新买了机票，从首尔的仁川国际机场直飞加利福尼亚的洛杉矶市。

若想去洛杉矶以北的北好莱坞，那么从伯班克的鲍勃·霍普机场出发才是近道，还能避开机场拥堵的人流。

但事实上，对于笔者而言，这是第一次造访洛杉矶。无论如何，笔者都想降落在洛杉矶国际机场（LAX）。

然后，在几乎被机场的人流吞没之际，笔者终于找到了在大厅等候的杰夫的身影——他穿着绣有日式神龙图案的艳丽红衬衫，带有令人怀念的笑容。

杰夫——杰夫瑞·格里森出生于爱尔兰，五年前以英语会话讲师的身份居住在东京。当时笔者遇见了他，遂与之成为好友。多亏和他去六本木串酒馆，从大学时代就在原地踏步的笔者，英语多少也有了一些起色。

半年前，杰夫搬去了洛杉矶，开了一家英语和日语的语言学校。当笔者忽然决定造访洛杉矶时，他特地请了假前来迎接笔者。我们为久别再会欣喜不已。

"你是要去见 LAPD 的前刑警吗？就坐那边的警车好了。

现在有霰弹枪护卫哦。"

笔者跟在一如既往爱开玩笑的杰夫身后，坐上了他的车。

杰夫是丰田的粉丝。虽说对于喜欢美系车的笔者来说有些遗憾，但仔细一想，他开的"北美限定版"丰田兰德酷路泽，从严格意义上讲也属于美系车的范畴。

\*

车窗外流淌的风景简直就是梦的世界。神往已久的洛杉矶，感觉一切的一切都像在电影银幕上一样，再也找不出其他的形容了。

清澈的蓝天，高大的椰子树，加州的路标——从杰夫打开的驾驶座车窗一侧，吹来了在日本绝对难以体会的太平洋西风。

前方是秀美的威尼斯海滩，金发飘扬的女性跑步爱好者正沿着海滩奔跑，飒爽地超过女跑者的是骑自行车的警官们。这是 LAPD 的自行车巡逻小组。

他们骑着特制的山地自行车，用头盔代替制服帽，拿太阳镜遮挡住强烈的阳光。制服是功能性的短袖衬衫和短裤。这般随意的穿搭配上挂着手枪、对讲机和手铐的腰带，的确很有洛杉矶的风格。

当我们沿着林肯大道一路向北之时，笔者几乎说不出话。

若一切都如梦如幻，这也是没办法的事情。杰夫讲的那些语言学校的事情也全成了耳旁风，笔者忘记了工作的事情，沉浸在幸福的恍惚状态中。

尽管如此，笔者仍旧设法回过神来。途中去了几家店，其中一家是公路自行车专卖店。虽然与前刑警无关，但有可能在其他杂志的策划中做成报道。笔者抱着相机与店老板交涉，拿到店内的拍摄许可后按下了快门。

在欣然接受拍摄的店老板的目送下，笔者走出了店门，随后又惊讶得迈不开步。只见停车场里停着一辆别克路霸。

对于美系车爱好者而言，这不啻一场奇迹的体验。一辆一九五三年的别克路霸就在眼前——

这不是博物馆的展品，而是燃烧汽油来开动的。笔者情不自禁地仰望天空，在云层中寻觅实现穿越时空的裂缝。

杰夫惊诧地看着呆然枯立的笔者。

"你该不会每次碰上老爷车就要停一停吧？要是在洛杉矶这么干，你会变成稻草人的。"

　　＊

我俩赶赴闹市区，见到了本次采访的大功臣菲利普・斯凯利。

作为服装设计师，菲利普日复一日过着忙碌的生活，还参加每周六举办的滑板比赛，他是象征洛杉矶生活的精力充沛的商务人士。晒得黝黑的意大利裔轮廓的脸庞，恰似好莱坞演员般充满了魅力。

加上杰夫，我们仨一起去了墨西哥餐厅，早早地吃了晚饭。

出于这样的原委，晚餐的话题并未提及刑警。我们聊的是时尚、滑板和老爷车。其间，菲利普的几个朋友偶然来到店里，毫无顾忌地凑到了桌前。每个人都很爱笑，待人亲切，谈吐幽默，享受着各自的人生。

用餐结束后，我们的司机杰夫贴心地把笔者送到了位于北好莱坞的酒店，但接下来事情就不大妙了。

"现在睡觉还早了点，不如去看十美元就能进场的脱衣舞吧。"

杰夫的邀请很是致命，结果我们串酒馆喝到通宵，甚至忘了去酒店登记入住。

本来因为时差的缘故，笔者已经困得不行，却又抑制不住自己的兴奋，目之所及的城市景色，正在眼睑的深处闪闪发光。

终于到和 LAPD 前刑警见面的时间了。

*

北好莱坞的黎明，约定好的上午七点，笔者单独前往指定的街区。彼处又是梦幻般的光景——

在那里停着的，难不成是一辆一九六九年型的庞蒂亚克火鸟——

轻轻晃动着从车窗里探出的粗壮手臂的人，正是前刑警内森·巴蒂斯特。满头白发修得很短，蓄着白须，戴着漆黑的雷朋太阳镜，面容的气质俨然是一个现役刑警。或许是因为开着老爷车的缘故，相比于那些在日本和韩国见到的前刑警，他身上充斥着异质的魄力。

在 LAPD 刑事部的过去，仅此一点就极为特别。被城市之美所吸引的笔者，差点忘记洛杉矶是持枪社会的美国人口第二大的城市，也是催生特种部队（SWAT）的犯罪高发区。贩毒，谋杀——以种种理由爆发的枪战规模是亚洲各城市无法比拟的，没人能保证自己在不丧命的情况下结束刑警生涯。

"来了个无聊的地方吧，"巴蒂斯特对略带紧张地对坐上副驾的笔者说道，"我是个无聊的对象，老气横秋的房地产商，就跟停止了时针的人一样。"

"哪会无聊呢，"笔者立刻表示了否定，"能坐上一九六九年款的庞蒂亚克火鸟，真是感激涕零，居然开这样的名车过来接我——"

笔者秀了一把自己所掌握的知识，想讨巴蒂斯特的欢心，却被他干脆地打断了。

"爱车的家伙一张嘴就停不下来，"巴蒂斯特说，"对了，早饭吃过了吗？"

虽说已在咖啡店吃过吐司和咖啡，但笔者仍旧不假思索地摇了摇头，哪怕是第三次吃早餐，笔者也会回答"还没吃过"。

\*

七十三岁的内森·巴蒂斯特的容貌并未显现出与年龄相应的衰老。健硕的肩膀与胸肌将黄绿色基调的刺绣 POLO 衫从内而外坚实地支撑起来。

退休后，他投身房地产业，没当靠养老金生活的人——这或许是他保持年轻的缘由吧。生意似乎做得风生水起。粗壮的手臂上戴着一块欧米茄手表，显得从容不迫。

巴蒂斯特最钟爱的这家小餐馆里弥漫着老旧的洛杉矶空气。客人都是老年白人男性。他们不碰手机和平板电脑，而是以熟练的手法摊开报纸，安静地享用早餐。每张桌子上都配有一个用来呼叫服务员的黄铜餐铃，每当铃声响起，怀旧的美式早晨气息便扑面而来。外加店内的 BGM 是模拟唱片音源，播放的是 40 年代的摇摆爵士。

巴蒂斯特从大清早开始就吃了很多。笔者试着数了一下——四片吐司，两片厚切培根，用了三个鸡蛋的煎蛋卷，还有一份堆成小山的鸡肉沙拉。他还喝光了好几杯热咖啡，按响黄铜铃让服务员给他续杯。

"当我侄子菲利普对我说'有记者想见你'的时候——"巴蒂斯特开口道，"我半点都不想接受采访，就算是菲利普，我也十多年没见过他了。但当得知你是日本人后，我突然改变了主意。"

"太谢谢了，"笔者说，"前几天收到的邮件里也是这么写的吧？"

"你采访的都是亚洲人吧。"

"是的。八个日本人，一个韩国人。"

"这样啊，或许你多少对警察已经有了些了解。但 LAPD 和亚洲警察可不一样。"巴蒂斯特将一块满是脂肪的厚切培根塞进嘴里。"在这个地方，每个人都要从最基层的巡警开始，至少干满两年。在这段时间里亲身体验街头的现实。美国没有亚洲那样的官僚制度，没人能单凭学习成绩出人头地。"

"你说得太对了。"笔者点了点头,巴蒂斯特所说的亚洲范围并不明确,但他的话也是 LAPD 的骄傲。日本和韩国的警察高官中,又有多少人完成了摸爬滚打式的街头巡逻任务呢?

巴蒂斯特接着以低沉的声音往下说道:

"我完成了巡逻的学业后,通过了刑警考试,首先在黑帮毒品科积累经验,再被分配到了抢劫凶杀案科,在那里度过了二十一年的光阴。我不觉得东京和首尔警察的工作时间会比我危险,不过,当我得知你去调查过那些退休警察的生活后,还是有些好奇。我想打听一下,亚洲的警察过着怎样的晚年生活呢? 若非有这样的机会,我可能到死都不会问吧。而且日本人嘛,唯一的缘分就是跟我的父亲在战争中互相厮杀,"巴蒂斯特笑了起来,"仔细想想,我所关心的东西,或许应该称为老年人的人类学兴趣吧。"

店内依旧播放着摇摆爵士,唱针摩擦唱片的噪声不绝于耳。

"巴蒂斯特先生,只有你——"笔者对他说,"是出于对其他刑警的兴趣,才同意了这次采访呢。"

"是吗?"巴蒂斯特用餐巾擦拭着嘴角,"对了,你见到的那些人,退休之后都在做什么呢?"

"他们都在各自培育着一些东西。"

对于巴蒂斯特的问题，笔者答得相当简略。

"培育？什么样的东西？"巴蒂斯特将粗壮的手指扣在一起，凝视着笔者。于是笔者简明扼要地讲述了之前见的九个人的连载内容。

在导盲犬培育所挥洒汗水的退休刑警。

在自家屋顶的塑料大棚栽培蝴蝶兰，每年拿去参赛的退休刑警。

在集结了出狱的原少年犯的业余棒球队里担任监督的退休刑警。

经营拒绝上学儿童私塾的退休刑警。

饲养并贩卖观赏金鱼的退休刑警。

教来日外国留学生下将棋的退休刑警。

开设交通教室，专为骑电动自行车接送孩子的母亲提供指导的退休刑警。

指导中小学教师抓捕入侵者及防身术的退休刑警。

运营听觉障碍者足球队的退休刑警。

"唔……"巴蒂斯特兴致索然地耸了耸肩，往碗里的鸡肉沙拉倒上沙拉酱，用叉子戳了戳，"是保护和服务吗？"

"嗯，"笔者点了点头，巴蒂斯特口中的"保护和服务"，是 LAPD 的宗旨，就连警车车身也有这句话。

"话说回来，蝴蝶兰、金鱼和将棋又是做什么的呢？"巴蒂斯特歪过了头。

"总的说来，这是他们的爱好吧？"

我们一起笑出声来。

气氛融洽了不少。笔者决定向巴蒂斯特询问家庭的情况。

他育有两个孩子，一男一女，长男是独立的计算机程序员，现居旧金山。长女和证券公司的董事结婚，现居伊利诺伊州的芝加哥。

巴蒂斯特目前单身。离婚恰好是在退休一年之后。

在采访前的电子邮件往来中，笔者得知巴蒂斯特是一九九六年退休的，那么离婚就是九七年的事了，虽不清楚他的两个孩子是什么时候离开家的，不过巴蒂斯特至少已经单身了十七年，或许是这个原因，巴蒂斯特坚毅的表情中总能窥见一丝阴沉。

虽说有些对不起巴蒂斯特，但笔者还是抓住了该次采访的要点。为何他要和妻子离婚呢？必须知道这个。《退休刑警》的目的在于传递出前刑警这一特殊人群所经历的活生生的现实。

"不好意思，之后我还有生意要做，"巴蒂斯特把丰盛的早餐一扫而空，对笔者说，"晚上八点见吧。"

"要是不介意的话，到时候能让我看看你家吗?"

"当然可以，但我不住在这个街区。"

"这里不就是北好莱坞吗?"

"我家是在这，但我住在托卢卡湖。"

巴蒂斯特说出了意料之外的新情报，他住在别的街区。这让笔者有些不安，但那里并非几百公里外的州，总算让人稍稍松了口气。

托卢卡湖就在和北好莱坞毗邻的地方，是洛杉矶首屈一指的老牌高档住宅区。

"对不起，之前没告诉你，"巴蒂斯特说，"这就是LAPD前刑警的生活，要是我家所在的地方暴露了，天晓得那些出狱的人会做什么，想杀我的人多得去了。听好了，不要告诉任何人我住在托卢卡湖，也不能写在报道上。"

以保密为条件，他向笔者透露了他在托卢卡湖的住址，但没有告知门牌号。由于巴蒂斯特连停在跟前的出租车都十分警惕，笔者只能在他家的附近下车，然后凭借他的话步行过去。

退休后依然伴随于身的危险，就是导致他跟妻子离婚的原因吗?

不管怎样，在日本和韩国的采访都不曾有的紧迫感令人绷直了身体。这里真不愧是洛杉矶。

目送着一九六九年型的庞蒂亚克火鸟以豪迈的发动机轰鸣声绝尘而去，笔者利用空余时间，坐上了开往帕萨迪纳的巴士。虽然刚刚把洛杉矶潜藏的危险铭刻于心，但害怕也无济于事。应该转换一下心情，好好享受这里才是。

目标是玫瑰碗球场。美式复古风的爱好者们又有谁不知道玫瑰碗的大名呢？

作为大学足球的圣地，玫瑰碗体育场还拥有另一个面貌，那就是大规模跳蚤市场。举办日为每月的第二个星期日。每次都要开办多达两千多个摊位的大型集市，这正是美国所独有的。

遗憾的是，本次采访日程和跳蚤市场的举办日并无重合，但至少应该看看会场的外观。虽然连一件旧衣服都买不到，但只要能拍些球场的照片，喜爱足球的编辑们想必会很高兴的吧。

拍摄结束后，笔者在球场附近租了一辆公路自行车，享受着漫无目的骑车旅行的乐趣。

\*

太阳彻底落山之际，笔者坐上了从帕萨迪纳开往托卢卡湖的巴士，下了巴士后，拦了辆出租车，告知了巴蒂斯特大致的住址，然后在合适的地方下了车。

托卢卡湖保留着洛杉矶的传统之美，对于喜欢老爷车的笔者而言，这里无异于奇迹的街市。梦幻般的机械从马路的另一头若无其事地出现。在大多数居民都开着老爷车的街区，庞蒂亚克火鸟跑在路上似乎也并不那么显眼。

循着对他的话的记忆，笔者走在高大的行道树林立的街道上，在一栋涂白的建筑物跟前停下了脚步，草坪环绕着房子，和邻家的距离也相当之大。倘若在东京，那个空地上理应还能多建两户人家。

笔者在昏暗中找到了巴蒂斯特的第二住宅。怀揣着稍稍复杂的思绪按响了门铃。即便不爱言语上的措辞，也要谨慎才行。这是被妻子抛下的男人的栖身之所，而且是他避开原服刑犯耳目生活的家，"真是个不得了的家啊"云云——说这种话是不合适的吧。

不多时，巴蒂斯特打开了门从中现身，俯视着笔者。笔者也重新认识到了原刑警那强壮的体格。虽自忖并非小个子，但在他的面前简直与中学生无异。

"等你好久了，"巴蒂斯特说，"我们边喝酒边聊吧。"

*

屋里没什么像样的家具，缺乏生活感，简直和单身汉的住处没两样，想必只是个睡觉的地方吧。

我们穿过走廊，从客厅旁走过，展示架上没有半点奖杯或奖状之类的东西，满心期待着 LAPD 时代的纪念品的笔者感到了些微的失望。巴蒂斯特的纪念品恐怕都存放在北好莱坞的家里吧。空空荡荡的客厅里只有空无一物的架子和沙发。

虽说是单身汉的栖身之所，但家里的东西实在少得过头，因此挂在走廊上的一幅平庸的风景画便好似名画一般特别惹眼。

"这画——"笔者对走在前面的巴蒂斯特说，"是你画的吗？"

"不，"巴蒂斯特回答，"是我从玫瑰碗买来的。忘了是三美元还是五美元，画得可真不像样子。"

笔者被领到了一处有些脏乱的厨房的吧台前，喝空的酒瓶翻倒在厨房的水槽里。

"在这里聊行吗？"巴蒂斯特说，"离厨房和冰箱都很近，方便。"

巴蒂斯特走进吧台内侧，敲碎冰块，为自己调了一杯加冰的波本威士忌，笔者能想象出巴蒂斯特在这间对外人秘而不宣的宅邸里每晚独酌的落寞景象。

巴蒂斯特抛来一罐百威啤酒，我俩就像酒保和客人一样，隔着吧台相对而坐，两人都坐在高脚凳上，没有干杯。笔者并不想喝醉，但仍不失礼貌地喝了一口罐装啤酒。

　　"你不看电视或者听音乐吗？"

　　"不。"巴蒂斯特摇了摇头，"从前的男人们总是安静地品尝美酒，追求那些无用喧哗的都是不懂滋味的小鬼。"

　　"你喜欢波本威士忌吗？"

　　"那些退了休的亚洲警察——"巴蒂斯特边说边把酒杯放在了吧台上，"关于尸体，他们是怎么说的？"

　　面对这八竿子打不着的问题，笔者一时间不知所措。

　　——关于尸体？这也太突兀了。但从我方的角度而言，对方主动进入这般沉闷的话题是好事，这样就无须以不痛不痒的闲聊去试探。

　　笔者换了个思路，盯着巴蒂斯特的眼睛，"印象深刻的嘛——对了，北海道的原警部说过这样的话，'尸体的话只看一次不会有什么问题'。"

　　"哦。"

　　"他又说'最累人的是每天都会看到'。"

　　"真是个聪明的家伙。"

　　"巴蒂斯特先生也是一样的想法吗？"

　　"要是在凶杀科当刑警，就会有想做同样工作的蠢货凑上来，"巴蒂斯特将波本威士忌一饮而尽，"净是些门外汉。他们会宣称'不管看到死状多么惨烈的尸体，我在精神上都挨得住，所以我适合当刑警'。好莱坞拍了一大堆荒诞不经的警匪片，令这类人也像蟑螂一样源源不断地冒出来。他们屁都不懂，是吧？

　　"想象一下吧，一个被绳子绑住四肢，反复强奸，最后割喉而死的受害者。我们要仔细观察尸体，嗅着血腥，用鼻子将空气中弥漫着的绝望粒子大量吸进身体。那东西倒挺有效，就像吸了海洛因一样。我们每天早上都会看到案发现场的照片，直到破案为止。是每天早上，醉宿也好，生孩子也好，换总统也好，总之就是要一门心思地看下去。抓捕凶手花费的时间越长，就得越执拗地凝视照片。因为有时会有遗漏的线索。但是用不了多久，尸体就在脑子里住下来了。"

　　"——尸体会在脑子里住下来吗？"

　　"与其说是尸体，不如说是幽灵。我们把这种状态称作'饲养幽灵'。一旦将幽灵饲养起来，就不会轻易从头脑中脱离。吃饭的时候，洗澡的时候，当然躺在床上睡觉的时候也是一样。从窗外和电视里都可以看到尸体，街上的人群中也会传来受害者的惨叫。这是恐怖日子的开端。人心是很可怕的。那些在摔跤和拳击赛中赢得全美拳王的硬汉们，就这样彻底垮了下来。我曾见过无数因心理创伤后的应激障碍（PTSD）而放弃的人。"

巴蒂斯特的杯底只剩下一些融化成圆角的冰块。他随手抓起瓶子，添上了波本威士忌。虽然也想过按日本的习惯由笔者来倒，但瓶子距离笔者很远，几乎就放在巴蒂斯特的跟前。

"那么，你自己也有过'饲养幽灵'的经历吗?"笔者问道。

巴蒂斯特没有回答，而是用双手撑着桌面凝视笔者，在他锐利的眼神里，有种乐在其中的迹象。趁着冰块的寒气传递上来的时候，巴蒂斯特喝了口波本威士忌，用潮湿的舌头舔了舔嘴唇。

"那是一九九〇年的夏天，"巴蒂斯特仰起头，望着天花板说，"位于英格尔伍德的公寓里发生了一起凶杀案，附近居民听到枪声后报警，我的搭档布莱克默恰好在附近巡逻，他听到了对讲机的消息，比巡警更早一步到了现场。门是打开着的，刚一进门就是一片血海，一个年轻女人死在了枪击之下。要是在 LAPD 领薪水，每天都会遇见血流成河的场面，一股火药余香混合着该死的血腥气。枪杀并不稀见，但那天晚上的事情很不寻常——哦，好像偏离了幽灵的话题，你不会介意吧？"

"当然不介意。"笔者点了点头，等待着巴蒂斯特下面的话。

"所谓的不寻常，指的是胎儿，"巴蒂斯特说，"遇害的年轻女性是白人，而且还怀着孕，她被霰弹枪从极近距离轰破了肚子，还没出生的胎儿从破裂的腹部飞了出来，掉进了满地的血洼中。他那小小的脑袋和身体都被霰弹打得血肉模糊，但脐带却没有断，这东西将死去的母子紧紧地连在一起。真是恐怖的噩梦。后来听科学调查组的人说，胎儿受孕已经二百六十天了。你见过吗？二百六十天的胎儿，就是人类啊。"

巴蒂斯特说的话不是随随便便就能回复感想的类型，哪怕换成日语也找不到合适的词句。笔者无言地坐在凳子上，只是聚精会神地听着。

"最后这起谋杀案成了悬案，可怜的女性跟黑人丈夫结了婚，很可能是丈夫扣动了霰弹枪的扳机，而那个人至今下落不明，作为凶器的霰弹枪也没找到，"巴蒂斯特沉默了良久，露出了一抹自嘲般的扭曲笑容，"我们针对消失的男人进行了搜索，对当地的黑帮据点也做了细致的排查。虽说她丈夫本身不是黑帮中人，不过花钱请黑帮成员提供庇护所的罪犯大有人在。她丈夫一直踪迹全无，生死未卜。可我们都知道，他肯定就是凶手。"

巴蒂斯特用低沉的声音接着往下述说，犯罪现场的血腥气和火药味开始在笔者的鼻尖飘荡。笔者的眼中甚至映出了掉到地板上的胎儿。从凶恶犯罪的调查相关人员或是亲历者那里听到的凶案情况，这种恐怖具备传染性，任何恐怖片和悬疑片都无以企及。这就是货真价实的经历所具有的力量吧。深入巴蒂斯特骨髓的记忆，从舌尖溢出到空气中，将笔者包裹起来，笔者逃也似的将罐装啤酒灌入了喉咙。

托卢卡湖的街区一片沉寂，外边听不到任何动静。吧台正上方的电扇正缓缓地转动着。

"对不起，说得太可怕了，"巴蒂斯特突然愉悦地笑了起来，"转换心情吃点东西吧，接下来的节目是恶魔餐厅。"

——恶魔餐厅——

在笔者的耳朵中，他确实说了这样的话，可笔者完全不理解这意味着什么。从凳子上站起身来的巴蒂斯特完全不像喝醉的样子，但或许是七十三岁高龄之身，有时会出现前言不搭后语的情况。

巴蒂斯特将宽大的后背朝向这边，打开了冰箱的门。

笔者喘了口气，从口袋里掏出已将通知音设为震动的手机，看到了一条短信。

那是昨天为我开车帮了大忙的杰夫发来的。

我想确定一下，你确实在前刑警的家里吗？

读毕，笔者立刻觉察到这是个棘手的问题。

从前刑警位于北好莱坞的家而言，答案是"NO"，可从内森·巴蒂斯特的家这层意义上说，答案是"YES"。

这问题没法详细回答，因为笔者不能将内森·巴蒂斯特在托卢卡湖的第二住宅透露给第三方的杰夫。

不好意思，杰夫，我不知道你有什么事——就在这么想的时候，杰夫又给笔者发了一条短信。

我接到了 LAPD 打来的电话。

什么意思？笔者大惑不解。就算是爱开玩笑的杰夫，讲这样的笑话也太过火了。只要不是喝醉酒发来的短信，剩下的就只能是"事实"了。退一百步说，即便果真如此，LAPD 找笔者是为了什么事？采访退休警察，难不成还要让市警局发公告吗？这也太古怪了。最重要的是，如果是真正的警察，理应会找笔者本人，而不是杰夫吧。

然而笔者马上想到了一个自己没能接到电话的理由。

笔者用的是只在洛杉矶停留期间用的网络注册的预付费

手机，如此一来，今后向编辑部申请报销经费的时候会好办得多，因此警察并不知道笔者的号码吧。

可真有这样的想法，不就能查到号码了吗？最要紧的是，如果真的有事，问杰夫不就行了。

想到这里，手机就震动起来。来电通知的号码开头无疑是洛杉矶的长途区号。笔者凝视着屏幕，要是照这个趋势来看，就是真正的 LAPD 打来了电话……

"瞧瞧这个，这是给日本客人的礼物哦。"

巴蒂斯特的呼声令笔者惊诧地抬起了头，他刚从冰箱里取出了一只暗紫色的生物，见此情形，笔者情不自禁地瞪大了眼睛。倘若笔者并非日本人，甚至有可能误以为这是恐怖的异界怪物。滑腻的质感，难以把握的形状，触手。

那是一只章鱼，它软绵绵地瘫在巴蒂斯特拎着的塑料袋里，并非触手的八只腕足交络在一起。不清楚品种，但是个头很大，一眼望去足足有三十厘米，若把腕足拽直，就能伸长一倍，达到六十厘米。

"日本人能来真是太好了，"巴蒂斯特粗壮的手指揪着塑料袋的一角，即便隔着袋子也不愿触碰章鱼，"日本人都是生吃这种恶魔鱼的吧？无论如何都想见识见识，寿司店里那种小碎块不行，必须吃整只。这是我为了你特地去市场买来的。"

巴蒂斯特口中"恶魔鱼",蕴含着一种仅凭翻字典无论如何都表达不出的,发自内心的厌恶。

"你说的是——"笔者以沙哑的声音问道,"刺身吗?"

"没错,就是刺身。"

巴蒂斯特脸上洋溢着笑容,但看起来并非在开玩笑。这位垂老的前刑警,真的只是凭借纯粹的好奇心买来一只章鱼吗?

"别客气,来吧,刀子和砧板都准备好了。"

面对兴冲冲招着手的巴蒂斯特,笔者一头雾水地从凳子上站了起来。在催促声中走进厨房,拿起了递过来的不锈钢刀。此时放在吧台上的手机已经停止了震动。

"来吧——"巴蒂斯特右手拿着一杯波本威士忌,像美食节目的主持人一样站到了笔者旁边,"刺身派对。"

笔者当然吃过章鱼,但是既未钓过,也不曾亲自料理过。即便如此,倘使不做点什么,恐怕难以平息这种局面。只需酌情切下一根腕足,切成小片,刺身就完成了。

笔者将手伸进塑料袋里,一面想着在洛杉矶买这种大小的章鱼要花多少钱,一面把滑腻的腕足拖到了砧板上。

一股浓烈的腥臭猝然扑鼻而来,笔者发觉章鱼已然有些坏了，于是摇摇头解释说："对于生吃而言，新鲜度似乎有些不足。"

"你说什么？"巴蒂斯特脸色一变，与其说是失望，不如说是愤怒，"就是说我上当了？该把这条可恶的恶魔鱼扔进垃圾桶吗？"

"倒也不用，"笔者原本打算就此放弃，但考虑到前刑警的情绪，还是做了这样的提议，"加热后还是可以吃的，就是煮熟的章鱼。"

在一言不发的巴蒂斯特身旁，笔者感到了不合情理的负疚感。拿出餐具架上仅有的一口锅，灌入自来水，用煤气灶的火把水煮开，把章鱼囫囵扔了进去，并没有做去掉内脏，切下腕足之类的准备工作。反正本来就是外行，也不懂正确的处理顺序。之后只要用小刀将煮熟的章鱼切成块，把能吃的地方吃了就行。

在沸腾的锅中，章鱼的皮肤由暗紫色转为了鲜艳的红色。巴蒂斯特依旧站在笔者身旁，他大口喝着波本威士忌，瞧着锅里的东西。

"这玩意儿好像有三颗心脏，九个大脑。你们日本人心灵手巧，是因为经常吃这玩意儿吗？"

眼看热水快要溢出来了，笔者调整了火力，然后偷瞄了一眼巴蒂斯特的侧脸。眼神、态度、语气、发言，每一样都在逐渐发生变化。仿佛随着章鱼被慢慢煮熟，巴蒂斯特自身也变了一副模样。

笔者默默地关了火。没有汤勺，只能用刀叉把章鱼从热水里捞出来，煮熟的章鱼手感沉甸甸的。

"好，吃吧。"巴蒂斯特说。

"这么吃有点……"笔者不安地说，"必须得切开来。"

"切开来?"巴蒂斯特放声大笑，"我不吃，你一个人吃。"

笔者不明白发生了什么，抬起头看向巴蒂斯特。

"啃它的脑袋。"巴蒂斯特的眼底显露出深邃的黑暗，"不对，对这玩意儿来说不是脑袋，是身体，怎么样都行。三颗心脏九个大脑全装在里边，吃吧，你会变得更聪明的。"

躺在砧板上的章鱼冒着热气，没有任何滋味的熟章鱼。笔者感到了一阵难以名状的眩晕。

就在笔者忍受不住沉默而清了清嗓子的时候，左脸颊遭到了猛击，墙壁从视野中掠过，随后看到了天花板。倒在地上的一刻意识几乎要迸散了。笔者心如死灰地睁开了眼睛，眼中的巴蒂斯特眺望着刚刚打过人的右手。

"我的拳头已经不行喽，才这点程度，以前连颜色都不会变。"巴蒂斯特仍在笑着，"站起来，黄血人，站起来，给我把这玩意儿吃掉。"

记不清之后又挨了几拳。笔者被拽了起来，淌着鼻血和眼泪，啃咬着冒着热气的章鱼头，就像吃汉堡包一样。但是顶在牙齿上的并非松软的面包，而是厚橡胶的触感。笔者拼着命才吃下了一小块头，然后又被命令吃腕足。笔者按照指示把几条腕足一起塞进嘴里，姑且咬了一口。吸盘在臼齿间嘎吱作响。感觉自己在做梦，这不是现实，原本来到向往已久的洛杉矶的幸福之梦，骤然间化作了噩梦，而自己正躺在酒店的床上看着这一切。

可是被打的地方剧痛不止，怎么想都是现实。随后传来了警笛声，走廊那边确实有什么响动。笔者在心中呼救，只祈盼不是幻听。

门铃响了起来，紧接着是一阵猛烈的敲门声。巴蒂斯特恶狠狠地骂着脏话，朝门口走了过去。

被留在厨房的笔者瘫倒在了地上，没想过拿起烹饪用的刀反击，因为笔者看见巴蒂斯特的手里拿着枪。

突然间，耳畔传来了数声枪响，几分钟过去了。这几分钟显得相当漫长，在此期间，笔者的鼻子正一刻不停地淌着血。

当身穿深蓝色制服，打着领带的 LAPD 警察举着枪出现在厨房时，笔者已然虚弱得连名字都说不出了。被打后引起了脑震荡，牙齿和鼻骨折断，连下颚的骨头也有了裂缝。

　　*

　　前刑警内森·巴蒂斯特作为在毗邻托卢卡湖的伯班克发生的七起凶杀案——死者全是黑人——的嫌疑人，成了他自己供职了三十三年的 LAPD 暗中盯梢的对象。

　　有关这一调查的情报，巴蒂斯特的侄子菲利普事前一概不知，对于笔者而言，就连有这么一桩连环杀人案也是第一次听说。

　　——那天，在北好莱坞的一家餐厅吃完早餐的巴蒂斯特，结束了房地产生意后，就去毗邻的伯班克杀人。

　　这里再简单描述一下地理位置，北好莱坞的东南方向为托卢卡湖，而其东则是伯班克。三个街区就是这样的位置关系。

　　六点左右，走在伯班克一条小巷里的巴蒂斯特向一位素不相识的黑人男子问路，然后突然将其枪杀。巴蒂斯特是那种对任何黑人男性都会下手的杀人犯。

　　案发后，有目击者声称看到凶手离开现场。

　　早已盯上巴蒂斯特的 LAPD 根据伯班克的目击情报制作了凶手的肖像画，并与已登记的巴蒂斯特脸部照片进行比对，利用911恐怖袭击后在洛杉矶布置的最新型的监视摄像头和面部识别系统追踪了巴蒂斯特。或许有人会对该调查方式进行批判，认为其可能会催生出象征超监视社会的老大哥——即《一九八四》中的独裁者。但它未必能像科幻小说那样无所不能。从预算上看，想使用最新的系统网罗全市的地域是很困难的，现状是仍有很多街道在监视之外。

事实上，对市内情况了如指掌的巴蒂斯特巧妙地隐藏了踪迹，只要不开引人注目的车就不会有问题。

在调查巴蒂斯特行踪的过程中，LAPD发现了笔者本人，即在北好莱坞陪巴蒂斯特共进早餐的笔者。

之后，LAPD追踪了有可能与巴蒂斯特再会的笔者，不过并非用人造卫星盯着笔者，而是如前所述，从散布在市内的最新型的监视摄像头所拍摄到的海量面部信息中，找出符合的面孔，因此追踪花费了颇长时间。后来才得知，下午追踪到帕萨迪纳之时，数据未能跟上，就这样失去了行踪，这正是笔者在租来的公路自行车上骑行之时。

于是LAPD放弃确认笔者目前的位置，转而回溯前一天的行动轨迹。于是便找到了朋友杰夫，为了打听笔者的信息与他进行了接触。

要是LAPD未能根据笔者手机的定位找到巴蒂斯特位于

托卢卡湖的第二住宅——想到这里，便唯余悚然了。

　　*

　　笔者被送入托卢卡湖医院的一间病房里，被刑警盘问了好几个小时。由于下巴骨裂，没法正常发声，因此对于提问只能像笔谈一样用笔记本电脑打字来回答。但在文字和语音的交流之中，笔者也获取了很多信息。

　　首先，笔者想记录下当晚巴蒂斯特离开厨房后究竟发生了什么事。

　　巴蒂斯特嘲弄完笔者后，走向被猛敲的门，若无其事地将其打了开来。据说他笑着向那些拿着搜查令的后辈开火，一名警察颈部中弹而死，巴蒂斯特也身中十二枪命丧当场。在笔者听起来是几声枪响，但事实上开枪的次数还要更多。

　　接下来是有关巴蒂斯特在伯班克的七起谋杀案的嫌疑。当笔者在病房听闻刑警提到"死者全是黑人"时，浮现于脑海中的自然是巴蒂斯特提到的往事——发生在英格尔伍德的公寓的悬案，怀孕的白人女性遇害，疑似凶犯的黑人丈夫下落不明。目睹凄惨之至的杀人现场，以及嫌疑人丈夫未能逮捕归案的事实，或许这些要素在巴蒂斯特的内心深处完成了蜕变，最终令其化身为一个专门针对黑人的冷血杀手。

笔者将真实想法打成文字，试着在病房里传达给刑警。

刑警迟疑了片刻，终于勉强开了口。

如今回想起来，对方可能已经知道笔者向巴蒂斯特打听了那件事，认为隐瞒也无济于事。

"除了伯班克连环杀人案外，还有一九九〇年的英格尔伍德公寓杀人案，"刑警是这样说的，"我们将重新调查内森·巴蒂斯特。"

笔者哑然失语，盯着警察的脸。

关于怪物的情报仍在陆续浮现。

就在笔者入院的翌日，警方对托卢卡湖的宅邸进行了搜查，在地板下方找到了四具新的遗体。虽说已经白骨化，但从随后进行的毛发 DNA 鉴定来看，这些人果然全是黑人男性。笔者正站在地狱的边缘——不对，是站在地狱本体的正上方。

*

在 LAPD 任职的巴蒂斯特，在一九九二年洛杉矶暴动期间，对黑人普通市民实施了不正当的暴力行为。虽然没有被送上法庭，但在市警局内部仍遭到了降薪处分。

而且在其退职的当年，即一九九六年，他还对黑人进行了种族歧视性质的管制，该行为引发了市警局的重点关注，巴蒂斯特只得摘下了警徽。也就是说，退职的真相并非其本人所说的"体力不济"云云，而是事实上的惩戒免职。这也是侄子菲利普不曾知道的情况之一。

连环杀手巴蒂斯特是彻头彻尾的种族歧视——白人至上主义者，而把尸体隐藏于第二住宅的他，是从何时开始杀人，究竟杀了多少人，目前仍未有确切的信息。

关于一九九〇年英格尔伍德凶杀案的立案调查也极为困难，但是考虑到其犯罪经历和令人忌讳的主义，他极有可能就是真凶。黑人丈夫，白人妻子，他们的孩子——光是想想就令人不寒而栗，而他已然具备了足以让仇恨爆发的条件。

　　*

即便如此，巴蒂斯特要跟笔者见面又是出于怎样的想法呢？既然本人已死，便无从得知其真实意图，但笔者还是想在此记录一点个人见解。

或许巴蒂斯特在接连杀害数个黑人的同时，意识到自己被 LAPD 逼得走投无路。他明知自己已被盯上，落网是早晚的事。就在这临近终局的日子里，一个黄种人——即笔者的采访请求却不请自来。

虽说无论如何都不想承认，但认为"血液的颜色不单是红色"的人仍有存在。而像巴蒂斯特这样的人，则坚信"唯有白人的血液是纯红的，黑人的血液是黑色的"。在他的眼里，日本人的血液也是污浊的黄色。在这些被诅咒的信念之间，科学的事实并无用武之地。

对于巴蒂斯特而言，白人以外的种族都是异类的劣等生物，是猎杀的对象。因为杀害黑人被逼入绝境的他，或许想在最后一刻射杀黑血，顺便设下圈套诱捕黄血，一边耍弄一边将其处死。毕竟他们是连"恶魔鱼"都吃的劣等人种。

　　＊

以上即是幻之终章，《退休刑警》第十集《洛杉矶篇/熟章鱼》的全文。

对于读者而言，从未有过如此接近死亡的采访。说来也怪，在回顾这桩案件的时候，笔者竟然有了自己仿佛也成为一名前刑警的错觉。

如今笔者已然能够理解九位前刑警所抱持的"对人类的绝望"了。恐怕这是过去的自己无从理解的境界吧——曾认为永世不会触及的那片黑暗。

然而，这个世界并非只有黑暗。

美国是个自由的国度，而洛杉矶这座城市的魅力更是一言难尽。令人铭刻于心的是，通过报道得知该案的人们，纷纷往笔者被送入的托卢卡湖医院送来了慰问的卡片和花束。

而菲利普·斯凯利尽管无须承担全部的责任，但仍表示要负担笔者全部的手术费用，并在痊愈前提供帮助。笔者唯有感激不尽地接受了他的好意。

人类本是一体。我愿意相信世人心中的善意。不，应该是能够相信。

但邪恶仍旧存在，它栖息于人的心中，在目力难及之处成长着，我们往往会与黑暗为邻。

时至今日，巴蒂斯特在熟章鱼旁边大笑的模样和声音依然历历在目。

站起来，黄血人，站起来，给我把这玩意儿吃掉。

九三式

——当我们回顾当前国民经济的异常状况时。

出自昭和二十一（1946年）年二月十五日内阁会议通过之《战后物价对策基本纲要》。

\*

昭和二十三年（1948年）一月二十六日午后，东京都丰岛区的帝国银行椎名町分行出现了一名男子，该男子戴着东京都的臂章，拿着写有"厚生省技官医学博士东京都防疫科"的名片。

男子向代理分行行长诱导性地解释说，银行周边发生了集体痢疾，请召集职员吃下他带来的药。

打烊后正在处理剩余业务的银行职员们淡然地听从了下达指令的男子，自行准备了茶杯服药。该男子还报出了占领军中尉的名字，因此没有人怀疑他的身份。

就这样，十六个人轻而易举地将毒物灌入喉咙，引发了震惊全日本的大量杀戮事件。

十二人死亡，四人重伤。死者中还包括安保人员的家属——一名八岁的儿童。

警视厅成立了"帝银毒杀案搜查本部"，坊间称之为帝银案。

\*\*\*

七个月后，住在北海道的画家平泽贞通作为嫌疑犯遭到逮捕。平泽对自己的罪状供认不讳，但在首次公审中却突然翻供，声称自己是无辜的。此后，他始终坚称自己是无辜的，公审的走向引发了人们的关注。

\*\*\*

昭和二十五年（一九五〇年）三月八日，报纸头版刊登的一则报道引发了世人的骚动。

这是东京大学医学部精神科的内村祐之教授和吉益脩夫副教授对平泽贞通的精神鉴定结果。根据两人的鉴定，平泽在壮年期注射了狂犬病疫苗，并由此患上了科萨科夫综合征。

导致脑功能障碍的科萨科夫综合征会令人性情大变，也被称作空想虚言症，会捏造记忆。画家平泽因为这个病，有时会变作另一种人格。

值得注意的是，内村和吉益两位学者并没有根据这一鉴定结果认定平泽是无辜的，而是认为犯罪时的平泽并未发病，有承担刑事责任的能力。

也就是说，该鉴定支持了认定平泽为真凶的主张，成了检方强有力的根据。直到昭和三十年（1955年）最高法院判处平泽死刑之后，平泽的有罪判决从未动摇。

\*\*\*

从激战地新几内亚撤回的小野平太住在浅草一间公寓二楼的四叠半房间里。由于受到前所未见的举国贫困的影响，房间里没有被褥，没有枕头，甚至连本应包含在住宿费里的伙食都没有提供。

嗷嗷嗷！小野被狂吠的狗叫声吵醒了，他一边在榻榻米上挠着头皮，一边口吐恶言。透过窗户的磨砂玻璃，可以望见开始泛白的灰色梅雨季的天空。

没完没了的犬吠刺激着小野的神经。肚子已经饿得连大吼大叫的气力都没有了，可焦躁之情却愈演愈烈。嗷嗷嗷！小野打开窗户，正待骂一声"烦死了"，却慌忙把这句话咽了回去。

在下面吠叫的不是狗，而是美国大兵。

寺院前面停着一辆深绿色吉普车。因空袭而半毁的缘故，原本从外边看不见的隔扇一览无遗。吉普车的周围尽是因战祸而家毁亲亡的流浪儿童。给点巧克力吧！他们央求道。于是美国大兵吠叫起来。嗷嗷嗷！给点巧克力吧！嗷嗷嗷！我要口香糖！嗷嗷嗷！

吉普车的后面，堆满了将在占领区的街道竖立的英文路标，崭新的蓝色油漆散发着光泽。年轻的士兵对着蜂拥而至的孩子们快活地吠叫着。嗷嗷嗷！传到小野耳朵里的那个声音，像极了真正的野狗，令人不寒而栗。

不多时，美国大兵不再吠叫，开始给孩子们吃巧克力。虽说是给，但并非用手递到对方手里，而是像投喂池塘里的鲤鱼一样，把包裹从驾驶座上顺手抛了出去。随即响起一阵欢呼声，擦过鼻涕的肮脏小手指在空中乱舞……

小野战战兢兢地把探出窗外的脑袋缩了回去，美国大兵健康的肌肤，熨烫得没有褶皱的军服，这些全都空洞地烙印在视网膜上。他盘腿坐在空荡荡的四叠半里，喝着水壶里贮存的水。没有茶杯，在举起的水壶的注水口下，他兀自仰望着天花板，张开了自己的嘴。

滴落下来的水温吞吞的，而且还有股霉味。

……要是能喝到后面的井水该多好啊，明明又冷冽又可口……

但喝过井水的人感染了痢疾，浅草寺保健所的卫生员前来关闭了水井。这是三天前的事了。

　　*

早上六点，小野离开旅店，他头戴一顶破旧的战斗帽，腿上缠着绑腿，脚上套着沾满泥土的军靴。失败者的阴影笼罩在通往上野站的路上。他下定决心，在战火中幸存的烟草店里为朋友买了东西，刚要结账，不经意间跟店内镜子里映出的自己的脸庞对视了一眼。

这是一张饥肠辘辘的兽脸，感觉自己和上战场之前判若两人。唯有眼睛异样地有神，一张嘴松松垮垮地半张着，跟渴望营养的胃连在一起，牙齿始终露在外面。

他想起在浅草遇到的那对母子，当时两人正在路边吃饭团，一看到自己的脸就逃之夭夭。

这也难怪。他有了这样的感觉。小野把目光从镜子上挪开。镜子上映出的是杀人犯的形象，把同伴的遗骨抛弃在南洋岛屿上的叛徒。丢人现眼的行尸走肉，人不人鬼不鬼的家伙。

\*

战败。占领之下。小野站在与朋友约好的上野站检票口，呆然地望着熙熙攘攘的人群。他忽然望见了那位好友正挎着一个鼓鼓囊囊的大帆布包，拖着一双破旧的军靴走了过来。

寺冈作治出生于新潟，是小野的高等小学同学。毕业后，不愿回归故里的他在浅草的一家草鞋店找到了工作，开始住在店里干活。

小野和寺冈都痴迷读书，喜好空想。要是可能的话，他们都很想上大学。但两人都没有上学的钱，只能尽可能地阅读能搞到的书。

寺冈钟爱谷崎润一郎，而小野对江户川乱步痴迷到无以复加的地步。小野先收到召集通知，紧接着寺冈也被陆军召集了。不久就被町内会送行，被派往了各自的枪林弹雨之下——

有幸得以活着归来的两人，时隔两年在拥挤的人群中互相握手。两人同为二十一岁，都是复员兵的模样，但已然决定好将来的道路的寺冈，脸色跟阴郁的小野大不相同，显得清爽且富有神采。

"多谢你能来。"

寺冈摘下战斗帽行了个礼。

"别提了，我今天就走。"

"在东京很花钱吧。"

"那是当然，"小野点了点头，"可你不是说有朝一日要在东京写小说吗？"

"之前你也说过这种胡话吧。"

"那个梦怎么样了？"

小野为了掩饰别离的寂寞，追问了一句。

"我想写的东西，安吾都已经写了。"

寺冈笑着回答。

与寺冈同乡，出生于新潟的小说家坂口安吾在《新潮》四月号上发表了《堕落论》一文，在和两人相仿的年轻一代中间掀起了巨大的波澜，纷纷贪婪地阅读，巨大的共鸣旋涡蔓延至四面八方。

"多亏了这个，我只能老老实实回去继承老家的生意了。"

"装模作样！"小野苦笑道，"话虽如此，你不会为了生存而堕落吧？农家是日本的美德。虽说继承家业也不算轻松，但我很羡慕你有地方可去。"

小野强装开朗地说道。寺冈默默无言地凝视着朋友的脸。小野生活过的家，同时也是工作场所的五金店在大空袭中被毁。店主父亲和家人都没能及时逃生，全部葬身火海。这是小野出征途中发生的惨祸。小野已经没有什么可继承的财产了，失去了一切，孤身一人的小野，只得借宿在浅草的公寓。

在等待开往北陆道列车的同时，两人在上野的黑市闲逛，在乌冬面摊前驻足，付了六元钱，拿起了插在生锈空罐里的竹筷，就像扒大碗盖饭一样，把泡胀到几近破碎的面条灌进胃袋里。

"喝一杯吧，"吃完乌冬面后，寺冈这般提议道，"我请客。"

在小野推辞的时候，寺冈已经把钱付给黑市的酒馆了。两人完全不知道要为何干杯，就礼节性地碰了碰杯子，然后一言不发地喝着带有煮过的粗砂糖色的自制威士忌。

发车时间将近，两人匆匆返回了上野站的检票口。小野从军服的胸袋里缓缓拿出一包香烟，说了句"这是我的钱别礼"。

"这不是和平牌吗?"看到香烟的牌子，寺冈瞪大了眼睛。如果是金蝙蝠的话，一盒只要三十五钱，而和平牌的价钱是这个的好几倍。

"可以收下吗?"

"别客气，"小野微笑着说，"反正下个月就要涨价了，要买只能趁现在。"

寺冈拿出两支烟，将其中一支递给小野。他俩默默无言地品尝着和平牌香烟，依依不舍地望着吐出的烟，用手指弹掉了烟头。一个在暗处休息的流浪汉仿佛发现面包屑的乌鸦一般靠了上来，捡起了已经缩短到根部的烟头。

两人最后握了握手，小野说因为不胜伤悲，送行就到此为止吧，寺冈也回应说到这里就行了。小野的本意是舍不得花二十钱的国铁入场费，寺冈也心知肚明。钱，总之需要钱。

再会——拎着帆布包的寺冈一边挥手，一边消失在站内的人群中。曾被挥着日之丸旗的人群热情地送到战场的年轻人，如今只是失败过去的残像，谁都不会对他抱有兴趣。

在寺冈乘坐的列车发车之前，小野一直在站外站着。发车时间一过，他就在站前的小卖部买了一瓶柠檬汽水，去了上野公园。

公园聚集着跟自己一样无处可去的男人们，在阴凉处铺设的席子上打着哈欠，走近一看，手脚都缠着绷带，是悲惨的伤残军人……

国家总动员，发动战争。这些宏图大愿业已土崩瓦解，空袭不仅烧毁了建筑物，也烧毁了人心，男人的眼睛里生气全无，仿佛忘记了语言，没入了黯淡的沉默中。

小野坐在开裂的水泥地上，一口气喝干了柠檬汽水。然后他翻开封面破破烂烂的笔记本，轻轻舔了舔铅笔芯，记录下今天的花销。

＊

昭和二十一年　六月七日　星期一

费用

和平牌香烟　七元（寺冈君的钱别礼）

乌冬面　六元

柠檬汽水　一元五十钱

合计　十四元五十钱

余额　十六元七十钱

　*

手头还剩下十六元七十钱，连这个月不管伙食的房费都付不起。

小野合上笔记本，环顾着满溢着贫困和无力的公园。失业者六百万人。如今的日本，别说工作，就连繁华一点的地方都看不到。但只有两个例外，其一是被占领军雇佣，其二是在黑市上工作。

战前，小野自学啃下了英美的侦探小说，掌握了相应的英语能力，所以找个占领军的活也并非不可能。但他无论如何都下定不了决心，战败后不到一年，就得为那些曾互相厮杀过的人工作，从他们手上领取工资，在新时代里活下去。自己不是那种精明得能够看开一切的性格，至少他自己是这么认为的。

复员后的小野，一直以来赖以维持生计的手段是清理水沟。他卷起裤脚，将膝盖以下浸泡在流经浅草的沟里，把因空袭的混乱而掉进水沟的垃圾瓦砾翻找一遍，可以找到些许破铜烂铁，其中也夹杂着烧毁的人骨。

他将辛辛苦苦筛选出来的破铜烂铁卖给中间商，收取低贱的报酬。要是不愿意的话，就只能不通过中间商，自己在黑市上售卖，如此一来，利润就会增加。但在黑市上摆摊需要许可证。首先就需要获得警署的许可，这样才能和黑帮交涉。警察和黑帮光明正大地勾结在一起。为了取得路边摊的许可证，必须准备好钱。工会入会费十元，工会费三元，支部入会费十元，支部费二元，还有每天都会遭到盘剥的其他费用……

小野也觉得这太过荒谬。他也考虑做一些黑货行商和运输违禁品的工作，没有他不能做的事，但如果运送黑货，就会被警察盯上。自己为国而战，从地狱归来，又为何要被官差追杀呢？

正当他怅然思索的时候，官差真的来上野公园巡逻了。他们挂在腰间的军刀每走一步都会哗哗作响，据说这些军刀很快就会在占领军的命令下悉数上缴，下发警棍作为替代。警察们眼尖地发现了行驶在上野大街上的美军宪兵队的吉普，于是站得笔挺地敬了个礼。而乘车的宪兵队则完全没理会这些日本警察。

虽说梅雨季还未结束，但抬头仰望，头顶仍是一片耀眼的碧空，仿佛在嘲笑占领下的抑郁。

……啊，好想读乱步的侦探小说啊……小野仰望着天空，发自内心地想……一个人，谁也打扰不了……既不会遇到美军，也不会遇到伤残军人，某个安静的去处……

小野缓缓地站起身来，拂去屁股上的灰尘。像是要把自己从周围空洞的目光中隔绝出来一样，笔直地向前走去。

目的地是神田神保町——

*

旧书店街的哲学书店前排起了极长的队伍。排队的人与寻求配给的米和酒一样迫切，寻找活在当下的意义，试图抓住一度售罄的哲学新刊变作旧书重新上市的机会。

在新刊陷入争夺战的同时，战前的哲学著作也广受欢迎，叔本华和尼采著作的卖价更是高得难以置信。

哲学岂不是很无聊吗，小野心想。说到底就像新的唱佛念经一样……排队的反正都是靠父母寄钱，腰包宽裕的学生吧……与我无关……

小野冷眼旁观着长长的队伍，走到专门销售侦探小说的"古书象眼堂"，打开吭当作响的推拉门，进了节约照明费的阴森店内。

他在找前田出版的《一寸法师》的文库本。

并非新作，而是十九年前的昭和二年（1926 年）连载结束后，由春阳堂发行。当时小野还是个只会四处爬行的幼童。

小野第一次读《一寸法师》是十一岁那年，在浅草故居，从经营五金店的父亲的房间里偷偷借出了这本书。

在父亲的房间里，藏有昭和六年（1931 年）开始发行的《江户川乱步全集》，共十三卷。

在禁止擅入的父亲房间里，散发着妖冶魅力的全集，刺激着小野的好奇心，甚至出现在了他的梦中。

父亲从来不许儿子读侦探小说。说到底，这只是专属自己的成人乐趣。甜美的秘密香气和隐秘的感官预感，从父亲房间的门缝里源源不断地飘散出来。小野再也无法克制，某日，他趁父亲不注意偷偷溜进了房间。借走第一卷太过惹眼，所以他特地取走了第二卷。

《一寸法师》恰在第二卷，收录在卷首的位置。

小野在阅读那卷书的途中被父亲抓了个正着，头上挨了打，被狠狠地训斥了一顿。

从那以后，他再未有过接触全集的机会。再往后，小野用自己的双脚巡游书店，通过文艺杂志《新青年》以及旧书和新刊的单行本读了乱步。踏入乱步罗织的幻影世界后，他也理解了父亲的用意。毫无借口赤裸裸的欲望，躲在洞穴里窥视他人的愉悦，亲子间无法分享的种种故事……小野的初恋对象正是乱步世界的居民，《黑蜥蜴》的女主人公，与明智小五郎分庭抗礼的华丽而残忍的黑衣夫人……

小野抬头看着象眼堂空隙明显的书架，走着走着，一眼望见了《一寸法师》文库本的书籍。他的胸腔一阵高鸣，伸手举过头顶。

这本今年四月出版的《一寸法师》，是为满足无论如何都想阅读乱步作品的侦探小说中毒者们制作的，也就是所谓的紧急措施性质的出版物。在物资严重短缺的当下，使用的纸张很薄，即使是刻意恭维也称不上是精美的装订。即便如此，还是要卖十元。人们依旧趋之若鹜。只要是乱步的作品就行，哪怕早已知道故事的内容。

如果可能的话，我想再读一遍父亲房间里的那套全集——小野一边翻阅着文库，一边这样想着。但已经来不及了，那套书烧得一干二净。全集没了，父亲没了，母亲、妹妹、叔叔、阿姨也没了。大家都没能活下来，唯有在新几内亚的我，仿佛惩罚一般被留在这个世界上……

看到三个月前前田出版在报纸上打出的文库版广告的时候，小野付不起那预约的十元，现在还是一样没钱。但要是新书变成旧书的话，兴许可以便宜点买到。

但是看了文库的标价签，仍是十元。小野轻轻地把文库放回书架上，询问了身穿旧长袍，系着角带，正读着报纸的象眼堂店主。

"那里的前田版乱步不是旧书吗？"

"是旧书。"

"但跟新书一样是十元。"

"乱步老师的书卖得很快，剩下的不多哦。"

对话就此结束。小野咬紧嘴唇，他本想砸下十元把书买回去，但这样真有可能饿死，即便去掏水沟，也未必能找得到能卖出价来的破铜烂铁。弄不好也可能一周都没有收获。

要是就这样逗留在店里，说不定会眼睁睁地看着别的顾客当面买走《一寸法师》。小野向店主怨恨地瞥了一眼，正待离开旧书店，却突然当场僵住了。

那套书就在翻看报纸的店主背后的书架上。梦寐以求的父亲的藏书，平凡社的《江户川乱步全集》。

不知为何，他有种这套书和自家的书是同一套的直觉，父亲是不是把书卖到了这里呢？但不可能有这样的偶然。不对，说不定是在自己上战场的时候，父亲把书卖到了这里……

卷数并不齐。全套十三卷中仅有两册——第九卷《盲兽》和第十卷《黄金面具》，分别收在匣子里，两册书一起用绳子捆着。

望着眼神空洞，像是白昼幽灵一般逼近自己的小野，店主的脸上满是惊恐。如今这个世道，缺钱的复员兵抢劫的事件并不稀见。

"……那本书……"小野开口道，"……能让我看看吗？"

"哪本？"店主顺着小野的视线，回头看了看背后。

"平凡社的……"

"哦这个啊，不好意思，已经卖掉了，"店主估摸着小野的钱包，赶紧扯了个谎，"前面来的客人已经预定了。"

"我知道很贵，家父的房间里也有。"

"这样啊，"店主的神色稍稍缓和了些，"全套都齐了吗？"

"嗯，但是烧掉了。"

"那太遗憾了。"

"您还记得这些是从哪进来的吗？"

"应该是从关西流出来的吧。"

"……这样啊……"小野的表情显得有些落寞，"后来我才想起来，那套全集出版的时候，家父带着六岁的我去观看了平凡社做的宣传。"

"你说观看……是不是锣鼓屋[1]？"

"对对，"小野两眼放光地点了点头，"他们套着金色的斗篷，戴着金色的宽檐帽，顶着白色的假发。"

"还戴着金色的面具吧。我也看到了。"

"对，是戴着黄金面具。真是太厉害了，他们举着旗帜游行。"

*遍体金色的锣鼓屋，写着"江户川乱步文集"七个字的旗帜随风飘扬——*

围绕着为了促销全集促销而策划的宣传活动的记忆，小野和店主闲聊了一会儿。不多时，店主从背后的书架上取下了第九卷和第十卷，在小野的面前解开绳子。

三十二开，手工装订配书匣，金黄色特制皮革布。

小野用颤抖的手指翻着书页，陷入了沉思，仿佛嗅到了魂牵梦萦，且消失得无影无踪的故居的味道。

装帧更为豪华的书过去也曾有过，但在如今的日本，如此奢侈的装订已是没法指望之物。这样的书究竟还要等多少

---

1　日本传统广告承包商，通过敲响锣鼓或奇装异服的表演来吸引眼球，宣传该地区的商品和店铺等。

年才能再度问世呢？

书页间夹着当时刊行的报纸的广告剪报。小野向店主打过招呼，小心翼翼地摘出剪报，轻轻地展了开来。

\*

来了！怪异！惊倒！

令人战栗的猎奇艺术的最高峰！

江户川乱步的侦探小说如鸦片的妖气！如印度魔术师的水晶珠！彼处映出的是恐怖梦境和奇谲幻象，必然将无数读者的灵魂连根拔起——

\*

……阅读着泛黄的报纸广告上的煽情词句，小野的眼睛红了，泪水顺着脸颊淌了下来。父亲带着他观看锣鼓屋大肆宣传的盛况犹在耳朵的深处回响。他失去了家人，唯一的挚友也离开了东京，现如今能将自己和此世联系起来的，就唯有眼前的两本书了。他不住地呜咽着——我要这本书，无论如何都要得到这个。

店主小心翼翼地合上书，生怕被复员兵的眼泪打湿，一脸同情地将两本书收入匣内，用绳子按原样捆好，然后啜起了温热的茶。

"这两本书——"小野边用袖子抹泪边问，"已经有买家了吧？"

"嗯，话虽如此，只是收了定金而已。"店主对自己的谎话感到尴尬，于是将话题转到了饱含深意的谎言上，"不过那个人可能会毁约。"

"当真？"

"嗯。"

"卖多少钱？"

"这里是第九卷和第十卷，这两卷是不拆卖的。我对之前的客人说，书的状况很好，不想让他们分开。两本一起，我答应收他两百元。"

店主冷酷告知的金额几乎没有掺水。在当今这个世道，无论放在哪里卖，都值这个价。虽然听到了吓人一跳的价格，早有心理准备的小野反而并没有动摇。

运气好的话就能搞到手，问题是如何筹钱。

哪怕奇迹般地找到了日结，日薪也只有七元左右，两百元，那就是像仙人一样不吃不喝，把一个月辛苦劳作的钱全投进去，才勉强够得上金额。

就算如此，我也要买。他想。

小野擦了擦眼角，用自己想都不敢想的痛快语气说道：

"近期我一定会筹措一笔订金过来的。我是住在浅草的小野平太，要是上一位客人失约的话，请把这两本书卖给我。"

面对红着眼睛苦苦恳求的复员兵，店主被那股认真劲慑服，勉强点了点头。原本就没有什么上一位客人，只不过是演戏而已。对于店主来说，只要能拿到钱，就没什么可抱怨的。

店主目送着在细雨中离去的复员兵，满怀期待地在放回书架的两本书的书脊上贴上了"已预约"的标签。

*

十元的文库本已经再也看不上了。浮现在小野脑海中的，就只有那两册三十二开匣装本的影子。

小野急匆匆地前往公寓，待情绪稍稍平复之后，才深切地感叹欲望的不可思议之处。无论做什么事都心灰意冷的自己，就像换了个人似的，抱持着明确的意志走在路上。只为了买到旧书，竟要去筹措两百元的巨款。

而像他这种在黑市上没有门路的人，能赚到如此多的钱的方法就只有一个。

小野冲上公寓的楼梯，把搁在房间一角的茶盒倒了过来，从掉落的纽扣和折断的铅笔这些小物件中，寻出一张写有备忘录的小纸条。

\*

占领军急募工作人员 / 英文书写、英文打字、译员（有英语对话、读写经验者）/ 有意者前来报到，受理时间每日下午一点至两点 /（但周六半休，周日全休）/ 东京都曲町区丸之内 4-2/ 信光生命大厦一楼

\*

这是为了以防万一，从很久以前在车站捡到的报纸上摘抄下来的招聘广告内容……他把当时只不过是半开玩笑抄下来的一张纸塞进了军服的胸袋，头顶着代替雨伞的战斗帽，冒着滂沱的雨走到了丸之内。

自从他在新桥的外濠川翻找破铜烂铁，被当地的流氓驱赶，在归途中漫无目的地闲逛至此以来，这是他头一遭踏入美军司令部所在的丸之内。

超速行驶的吉普车和卡车溅起的泥水淋遍了小野的身子，全身都湿透了。下午两点的受理期限已经临近，他跑了起来。在最后一刻，他终于抵达了发布招聘广告的大楼一楼的事务所。

当喘着粗气的小野打开门，一个身穿浆洗熨烫过的连衣裙的日本女人正在拾掇文件，结束一天的工作。

看到一个全身滴着水的退伍军人突然飞奔进来，她吓了

一跳，把文件掉在了地上。问完来意之后，她逃也似的跑到里面去叫来上司。

不久之后，出现的是一位个头跟美国人一样高的日本男人。宽松的西服包裹着六尺长身，系着藏青色的领带，涂抹发蜡的头发昭示着经济上的宽裕。即便是小瓶装也要十一元五十钱的发蜡，他可以毫不吝惜地使用。

"你能雇用我做驻军翻译吗？短期也可以。"

小野向那个自称是早濑的男人诉说道。

早濑目不转睛地盯着小野的脸，从西装的内侧取出香烟。

"被太阳晒得好黑啊，你是返乡的士兵吗？"

"是的。"

"什么时候撤回来的？"

"今年一月。"

"从什么地方回来的？"

小野踌躇不决，像是说出诅咒般回答道——

……新几内亚……——五步兵连队……听到眼前的这个男人曾被派往的战场，早濑从头到脚打量着小野。结束了简单的品鉴，他用烟嘴敲了敲桌角说：

"原来如此，你见过地狱啊。"

刚才见到的女职员说了声"我先走了"，鞠完躬后，从两人身边走了过去。她提着色彩艳丽的漂亮洋伞，在事务所门前回过了头，再度行了一礼。

门掩上了，走廊里的脚步声逐渐远去，早濑突然笑了起来。

"人家小姑娘看到你也吓了一跳吧。你看起来就像是一副要吃人的样子。"

"对不起。"小野低下了头，水滴从右手握着的战斗帽上滴落下来，在地板上晕染成斑斑水渍。

"这段时间你是怎么生活的呢？黑市保镖，还是当流氓？"

小野摇了摇头。

"居然说我是做流氓的，这种事情……"

"好吧，对不起，"早濑打断了小野的话，"不能以貌取人。不过他们也像你一样，是被战争改变了面貌。而且面貌一旦改变，内在也会变化。不管你是怎么看待自己的。好了，你先翻译一下这里写的内容。"

早濑把接管了银座服部钟表店的军营服务商店贩卖的美国报纸《星条旗报》递给了小野。接过报纸的小野读了整版的报道，再翻译成日语给他听。

当被雨淋湿的复员兵翻译英文时，正对面的早濑一边抽烟，一边凝视着对方的脸。早濑的眼神，像是检查研磨好的日本刀的刀纹，抑或枪管内刻的膛线——也就跟检视武器精度时的目光是一样的。

"好吧，可以了，"早濑从小野手里拿过《星条旗报》，"不好意思，译员和打字员都够用，每天都有几十个人前来面试。"

"这样啊。"

小野用微弱的声音喃喃地说。湿漉漉的军服显得更加可怜。

"不过还有别的工作哦，"早濑把香烟熄灭在厚厚的玻璃烟灰缸里，从椅子上探出身子，"你想要工作吗？"

"想要！"

小野恢复了生气，抹开了贴在额头上的头发。

"你需要钱，什么都能做吧。"

"是的。"

"你注射过狂犬病疫苗吗？"

"……狂犬病疫苗……"小野突然被问及这个问题，显得有些不知所措，但还是循着记忆回答说，"……出征之前，陆军曾分批打过几针……"

"你已经打了，真该感谢陆军，"早濑又点了一支烟，"正好有个需要人手的地方。是 GHQ[1] 的活，切不可外传……"

在同样是日本人的对方口中听到的不是"占领军"，而是"GHQ"，不禁有了种眩晕般的奇妙感慨。尽管如此，该说的话只有一句——

"我会保密的。"

"说漏嘴可是会进巢鸭监狱的哦，"早濑说，"那今晚就去横滨吧。"

"横滨吗？"

"半夜出发。"

"哦。"

"电车费无须担心，会有人在新桥的'赤岩洗衣店'门口接你的。"

早濑把刻有数字"14"的绿色塑料吊牌递给小野。

"这是什么？"

"就像预存在收银台的钞票一样。你展示一下这块吊牌，就能上车了。会有人把你送到现场。明早干活，付酬八十元。"

---

1 驻日盟军总司令部（General Headquarters）的简称。

八十元。听到金额的小野吓得挺直了背。他不知道前一位客人给了象眼堂店主多少钱，但绝不会是八十元的巨款。要是能快速凑到这个数额，想必店主也愿意把那两本书让给自己吧。

不过，去横滨是要做什么呢？

"就是狩猎野狗，"早濑冷淡地回答道，"这是一份济世救人的工作，并不需要英语，你可以向前辈们多学学。"

狩猎野狗？

早濑似乎骤然对小野丧失了兴趣。他站起身来，用内线电话叫来保洁员，命令对方把湿漉漉的地板擦干净，然后就返回事务所的里边去了。

　　\*

雨淅淅沥沥下个不停。从水沟里散发着恶臭的水，在夜晚的新桥上黑漆漆地翻涌流淌着。

小野在指定的赤岩洗衣店的屋檐下等候迎接。深夜一点一过，一辆车向这边驶来，前大灯的灯光劈开雨幕，溅起水花，向这边飞速逼近。是占领军。占领东京的美国第八军的卡车。和他们在新几内亚互相厮杀的日子，至今仍萦绕在梦中，令小野痛苦不堪。确信在新几内亚胜局已定的美国，随后将战场交给了同属盟军的澳大利亚，接手的澳军将帝国陆军逼到几近毁灭的地步，如今正参与执行九州等地的占领政策。

……吉田、榊、田之原……小野一边回想着流散在南方的同伴们的面容，一边把早濑交给他的吊牌拿给驾驶座上的美国大兵。美国大兵竖起大拇指，用手势示意他从后边上车。小野绕到了卡车的后方，爬上了车斗。当他穿过墨绿色的车篷时，安吾的《堕落论》一文在脑海中闪过。

……并非因为战败而堕落，因为生而为人而堕落，因为活在世上而堕落……

雨点击打车篷的声音回响在车斗里，车上坐着几个日本复员兵。总感觉有股跟腐臭相仿的气味，小野凝神看着，并没有发现躺倒的尸体。若真有的话，那股臭味或许就会熏染到坐在此处的男人们的身上。

因为自己拿到的吊牌上的号码是"14"，他以为肯定有十三个人先上了车。没想到车斗里就只有五个人。

卡车的引擎轰鸣着，仿佛要盖过雨声一般。废气从车篷的缝隙间飘进车斗。

"你们也是来捕猎野狗的吗？"

男人们面面相觑，然后笑了起来。

"是啊，"一个面相还是少年的男人回答，"你小子好不容易才入了早濑中佐的法眼，好好干吧。"

"到横滨要多久？"

那个男人是中佐吗——小野边想边问。

"用不了一小时，"剃着短寸头的大个子说，"这是占领军的卡车，所以不用看信号灯，只管冲就行了。"

在摇晃的车斗里的五个男人，没报名字，而是报了自己的号码，就像棒球队的队员一样。有三号，五号，八号和九号，还有十一号。小野再次确认了自己手上的吊牌。

"我是十四号，请多关照。"小野说。

*

卡车停在一栋六层的钢筋建筑前。

三号，五号，八号，九号，十一号——以数自称的男人们依次爬下车斗，冒雨小跑着前往入口，小野也自称是十四号，就这样追了上去。正面有个站岗的美军黑人士兵。

是被接收的大学吗？真亮啊，小野心想。由于电力不足，日本人的住宅深夜不会点灯，唯有占领军的设施是常亮的。

小野跟在同伴身后，一行人最先踏入的地方是一楼的食堂。尽管已是凌晨两点，但美军士兵和宪兵仍三三两两地填满了座位。

同伴已经习惯了，抓起塑料托盘，从厨师手里接过盛菜的盘子，所有人坐在一张桌上大快朵颐。小野也慌慌张张地把托盘放在厨师面前，看着端出来的盘子，小野倒吸了一口气。菜肴豪华得像是看到了幻觉一样。煎蛋卷，炖牛肉，橙汁，有真正豆香味的咖喱。

自不必说用堪称奢侈品的鸡蛋做的煎蛋卷，哪怕像炖菜之类的东西，这些年他只见过人家吃剩下的残羹冷炙。而在这个食堂里，新鲜的牛肉和洋葱在容器中散发着诱人的光泽。

"大口吃吧。"少年模样的五号说道。

仔细一看，在食堂深处，有一个铺着红色桌布的长官专座。正品尝着杰克丹尼威士忌的是 GHQ 的公共卫生和福利部门的惠勒中尉，还有负责士兵用娱乐设施运营的特别服务部的勒罗伊上校。他们就是小野的雇主，但小野永远没有机会知晓他们的名字。

小野吃得神魂颠倒，除了吃，他什么都不想。

吃完饭后，众人沿着楼梯井的楼梯爬上二楼，走进礼堂，在可容纳两百人的空间的最前排，六个人落了座。

戴着眼镜的九号缓缓拿出口琴，吹起街头流行的冈晴夫的曲子《东京的卖花姑娘》。

"这里是要做什么?"小野问五号。

"马上就知道了。"

"喂,这里是横滨的什么地方?"

"樱木町,原先是学校。"

确切地说,他们所处的位置从美国的空袭对象中排除,占领后被改为"公共卫生研究所"。

当一位身穿白大褂的日本老人在美国兵的搀扶下出现在礼堂之时,九号不再吹口琴。老人挂着拐杖往前走着,从他用拐杖探路的模样,小野觉察到他视力很弱。

这位老人在比自己孙子还小的美国兵的带领下,一身白衣,像个病人似的跟跟跄跄地走上讲台。他对只有六个人的旁听生,首先做了这样的自我介绍——我是病理学博士岩绪边——各位从现在开始要驱除害兽和害虫,虱子是传播斑疹伤寒的媒介,老鼠是传播肠伤寒的媒介,此外还可以传播鼠疫等疾病——

五号打着哈欠,十一号身子后仰躺在椅子上,三号抱着胳膊闭着眼睛。不久,黑板正上方,德国荣汉斯公司生产的挂钟敲响了凌晨三点的钟声。

岩绪边博士对钟声置若罔闻,继续讲课——其中狂犬病最为可怕,首先,狂犬病的病因是什么?是病毒,德语叫

Virus，狂犬病是由狂犬病毒引起的，历史极其悠久。在古希腊时代，人们就已经知道该病毒来源于狗，因此，我们必须认真观察已有病根的狗，限制狗的行动，借助各位的力量予以扑杀。罹患狂犬病毒的狗的唾液中含有狂犬病毒，被咬伤后，病毒会侵入体内。狗和人发病时的状况并不相同。狗有两个月到半年的潜伏期，这时的狗跟平时没什么两样，很难通过外表辨别。一旦发病，狗会变得易怒，变得更加暴躁，这个阶段被称为兴奋期。对于这样的狗，简直毫无办法。各位也都看到了吧。总是乱吠，神经过敏，要是试图用喂食来驯服的话，刚伸出手就会被咬。不分青红皂白地撕咬东西，也就是说什么都吃。兴奋期的狗把稻草、泥土、木棒统统吃进嘴里。难得有黑板，我就写板书吧——

视力全无的岩绪边博士缓缓转过身子，拿起白粉笔，仅凭手的动作，写下了"异食症"三个字。

——出现这种状况之时，狗的反应千奇百怪，甚至会到啃咬点着的蜡烛的地步。显然是病毒侵蚀了大脑。在不停地躁动以及吃下奇怪的东西后，最长持续一周左右，便进入了麻痹期。发出仿佛抽噎的声音，不再吞咽东西，流着口水游荡。变成这样的话就只有三天的命了。不过即便身体虚弱，也还是带着病毒，千万不能被咬伤——

岩绪边博士再次拿起白粉笔，写下了麻痹期、昏迷、死亡几个字。五号用小指掏着耳孔，八号闭着眼睛纹丝不动，三号和十一号在旁边一起摇来晃去地打起了瞌睡。

——那么当人患上狂犬病的时候又会怎样呢？在解释这条的同时，再详细地说明一下该病的机制吧。被狗咬伤的病毒侵入人体以后，潜伏期是一到三个月。在此期间，连接大脑和脊髓的延髓会发生异变。延髓掌管着我们的呼吸和反射神经，所以是很要命的。咬伤的部位有如针扎一般疼痛。然后是发烧，食欲不振。在这个阶段常常会被误认为感冒。当病毒加强攻势时，由于延髓受损，就会出现各式各样的异常。幻觉、错乱、焦虑、恐惧、莫名的嚎叫、头痛、喉部肌肉痉挛、吞咽障碍、全身瘙痒、恶心、行走困难、肌肉无力、畏光——

五号用手肘戳了戳小野。

"你知道什么是畏光吗？"

小野摇了摇头。

"就好像大白天盯着太阳一样，"五号扬扬得意地说，"太刺眼了。"

"你知道得真多啊。"

"因为我都听了好几遍了。"

"你一直在听这个讲座吗？"

五号只是意味深长地笑了笑，没有回答小野的提问。

岩绪边博士用手指了指自己布满皱纹的喉头，继续滔滔不绝地说道——喝水的时候，喉部肌肉会剧痛并抽搐，然后光是看到盛了水的杯子也会感到疼痛，最后会害怕水本身而不敢靠近。这就是狂犬病也被称为恐水病的原因。发病不久就会陷入昏迷，呼吸衰竭，最终死亡。致死率可以说是百分之百。虽说有疫苗，但发病以后还未发现行之有效的治疗方法，所以无论如何都不要被咬伤。以下仅供参考，狂犬病病毒不耐热，已知在五十四摄氏度的环境下加热三十分钟就会停止活动，自然也无法承受煮沸。而且其对表面活性剂，也就是肥皂的抵抗力也很弱。要是被咬伤的话，要赶紧用肥皂和水清洗伤口。止血前必须先冲洗。非常感谢今天各位能来听讲——

当走下讲台的岩绪边博士一阵踉跄时，退伍兵纷纷讪笑起来，打瞌睡的人也醒了。男人们的欢声笑语之中隐藏着某样令人不寒而栗的事情。

老博士离开后，一个官吏模样的日本人走了进来，要求各自在提交给GHQ的文件上签字。纸的最顶端写着"狂犬病讲座听课证明"。

凌晨四点整，六人出了大楼，小野坐进卡车的车斗里，他注意到来时见到的黑人士兵仍旧抱着自动步枪在门口站岗，用不知是怜悯还是绝望的眼神看着自己。那是见过就终生难忘的眼神。为何他要用这样的眼神看着我们呢？是对战争失败后国家被占领的人的同情吗？还没来得及给出答案，卡车就开走了，沿着雨水连绵不绝的横滨废墟奔赴工作现场。没有路灯的路上一片漆黑。

摇摇晃晃的货车车斗里堆放着各种工作用的工具。对小野而言，最奇怪的是车上的两条狗。

"这些是干什么的？"小野若无其事地问，"它们会像放猎鹰捕鸟时一样前来帮我们吗？"

没有人笑，也没有人回应。五号就像美国大兵经常做的那样，咕唧咕唧地大嚼口香糖，望着小野吹起了泡泡，口香糖炸裂后贴在脸上，他用手指剥下，继续往嘴里塞。

卡车很快就停了下来，小野还以为是抛锚，但事实上那里已经是工作现场了。众人爬下车斗，一排木板和铁皮搭建的棚屋正被雨水悄然地冲刷着。河流流淌在前方的幽暗之中，哪里都听不到小野预想中的野狗吠叫。

"这么近啊，"小野问，"这条河是？"

"快走吧，"五号回答，"十四号，你拿着这个。"

五号交到小野手上的是弯成 U 字形的铁棒和笔直的竹竿组成的刺叉。

"用这玩意儿抓狗吗?"

"用不着抓,追上去就行了,"三号说,"你按照指示,把它们追到棚屋的墙边,剩下的由我们来做。"

十一号正准备着狗的嘴箍,然而嘴箍只有两个。

那样的话,捕获两只就结束了……就在小野大惑不解的时候,剃着短寸头的大块头八号拿着消毒喷雾器出现了。他的背上背着三个大罐,比东京站和上野站里的美国大兵背上的要大很多,看起来沉甸甸的。

小野再度疑惑不解……这是要喷点药给狗治病吗?

"十四号,开始了,"五号对小野说,"我们要把这间棚屋里的狗统统抓起来。这是 GHQ 特别服务部门下达的命令,他们要在这里为士兵修建一座保龄球馆。"

"保龄球馆?"

这里已经成了野狗们的聚集地。无论怎么驱赶,一到晚上,狗群又会全都跑回来。美国人忙不过来,所以要我们把这些狗一网打尽。

"五号,抓到两条了。"

十一号给戴着嘴箍的狗的脖子上拴上绳子,从黑暗中拖了过来。

"好，带上卡车。"

五号说。

"等等!"小野不由得大叫起来，"这两条不是跟我们一起坐车来的狗吗?"

"没错。"八号拍了拍小野的肩膀，悄声耳语道——我们抓的是两条得了狂犬病的狗——

简直莫名其妙……我们专程来到这里，就是为了玩这出闹剧吗? ……难不成这样真能糊弄占领军的眼睛吗……?

突然间，从棚屋里冲出了一个人影。

是个男人。

男人显然是要逃向河边。就在即将跳进水流的时候，被挡在前面的九号打了一记，没吱声就倒在了地上。九号并不是徒手打的，他的手里握着棒球棍。

"难得有个大的，"五号说，"十四号，别大意，会受伤的。"

雨势转弱，天空渐渐明亮起来，看着倒在河岸上再也起不来的男人，小野惊愕得哑然失语。九号放下球棒，换了另一样工具。模样很像一把枪，但尺寸要小不少，也不是八号拿着的喷雾器，而是通过一根管子和腰间的喷雾罐连起来的喷枪。

喷枪？小野皱起了眉头。

九号用貌似十分敏捷的长腿大步走着，刚进棚屋，就有一群脏兮兮的孩子跑了出来。好似捅了马蜂窝般，场面登时混乱不堪。这些流浪儿童肆意生长的头发，破烂不堪的衬衣的前胸和后背，都被喷涂上了蓝色油漆。附着在他们身上醒目的蓝色正是从棚屋里来回走动的九号的喷枪里喷出来的。小野似乎在某处见过同样的色调，片刻之后，他回忆起这正是占领军竖立的英文路标上鲜艳的蓝色。

"出来了！"五号喊道。

一个拼命逃跑的流浪儿童径直向小野冲来。小野听到了男人们的声音——十四号，往你那边去了！

这是怎么回事？这不是狗，是人。人类的孩童。

你还愣着干什么？再不动手会被杀的！

小野被吼得头晕目眩，手中的刺叉伸向了流浪儿童。流浪儿童小小的躯体一跃而起，转过了方向，但八号已经在前方等候多时了。八号背着罐子，握着软管前面的连接杆，面不改色地拧开了启动阀上的摇柄，从前端喷射出的并非白色粉末，而是火焰。汹涌而出的火焰吞没了流浪儿童，又向后方的黑暗延伸了十五米左右。要是小野站在那条直线上的话，应该也已经化作了一团火球。流浪儿童发着耀眼的光，变作一团乌焦的物体倒在地上。

小野感到了地面崩塌般的冲击。耳中回响起丛林里敌方战斗机驱迫过来的呼啸，以及机枪扫射的轰鸣。我回到地狱了吗？我仍在新几内亚吗？还是在战场上奄奄一息，做着末日的梦，梦见自己回到日本了呢？

但这并不是梦，小野所在的位置的确是日本，在横滨，在为改变大冈川流向而建造的人工派大冈川岸边的一个棚屋集落里。

他这才注意到，除了八号，其他男人们也背着罐子，拿着长长的连接杆，一只手放在启动阀上，这样的装置显然并不是美军使用的消毒喷雾器。

……唉，我怎么就没发现呢？还是说根本不敢往那边想呢？那不是九三式火焰喷射器吗？

背上的三个罐子，中间的是氮气压力罐，左右两边的是燃料瓶……

……我身在地狱。

"住手！"小野大叫一声，一把抓住扛着九三式火焰喷射器往前走的五号的肩膀，"这不是人类的小孩吗？"

"你喝醉酒了吗？"五号冷冷地说，"这哪里是小孩？不就是野狗吗？是狗吧！知道了就去干活！你想拿钱吧！"

早濑在丸之内事务所内的低语又回响在小野的耳畔。你需要钱，什么都能做吧。对于那句话，我回答了什么？我的回答是——是的……

就在五号以毫无罪恶感的眼神回望过来时，四处逃窜的孩子又有一个被火焰吞没了。

被蓝色油漆标记的流浪儿童被耀眼的火焰烧成了灰烬。虽然身上脏兮兮的，但能跑那么快，不可能有病。

火焰延伸达十五米，有时甚至超过二十米。如此威力，区区小雨根本不成问题。火焰瞬间蒸发掉了射程内的雨滴，用地狱般的舌头将目标舔舐殆尽。燃烧的火焰加热了棚屋周围的空气，令气温不断攀升。

往那边去了？十四号，别放跑了！

小野拼命抓着刺叉，已然分不清喊声是自己的还是别人的了。就像在热带雨林的近身厮杀中，子弹用尽之后用刺刀搏杀一般，他递出了刺叉。在被同伴们呵斥的过程中，他开始觉得自己看到的可能真的是狗，或许自己是在面对现实中的狗。

翻滚逃窜的狗被八号和九号从侧面喷射的火焰焚烧殆尽。五号和十一号则在烧毁棚屋本身。

一些骨骸尽焚的尸体被抛进了河里。总共有二十具，或许还不止这些。凌晨五点半，所有的棚屋都消失了，躲藏在里面的人也消失得踪影全无。

　　满头大汗的男人们干完活后，一脸充实地坐上了卡车的车斗，卡车在朝霞浸染的废墟中奔驰，每个人都一如往常，习惯性地叼起烟，但并没有人点火。车上装着刚用过的九三式火焰喷射器，要是点燃了弥漫在空气中的燃料，有可能会把整辆卡车炸飞。

　　小野目光粲然，脸上浮现出狰狞的笑容。他觉得意识已然离他远去，头脑似乎被另一种生物控制了。叼着没火香烟的五号对小野说——

　　……那个棚屋集落早有拆除计划，住户全都搬走了。但一到晚上，野狗们就会聚集在这里。蜂拥而至。无论怎么驱赶，到了晚上也还是会进来。美国人也很忙，我们来代替他们……

　　卡车在半途的十字路口停了下来，一个美国大兵把头探进车斗，把一个信封抛了进来。五号抓住半空中的信封，检查了里面的东西，然后分发给所有人。小野听到的是八十元，但拿到手的是一张百元大钞。

　　卡车开到了横滨站，下车的男人们在那里解散了，小野没有被男人们邀去喝酒，也没有把真名告诉他们。小野将百元大钞藏在军服内袋的深处，拿着一开始带来的钱买了车票——一百元的面额实在是太大了——坐上了挤得几乎要缺氧的火车。他哪都没去，径直回了浅草的公寓。梅雨季节的天空又放晴了。从地狱深处眺望碧空——

    \*

  在公寓二楼的四叠半房间里，小野关上遮雨窗挡住光线，就这样睡了过去。油味，宛如流水般奔腾的火焰闪光，肉烤熟的气味，蒸发的血液，炭化的骨头，狗的，狗的……

  小野惨叫着跳了起来，四叠半房间里漆黑一片，没有时间流逝的感觉，或许是做了一个恐怖的梦吧，一个噩梦。小野喘着粗气，定睛凝视着黑暗，找到蜡烛点着了火。他一边任由自己摇曳的身影映在墙壁上，一边摸索着脱下的军服内侧。要是内袋里没钱，那就只是个梦。然而小野的指尖摸到了纸张的触感。他缓缓地将其抽出，拿到蜡烛的光晕里一看，是货真价实的百元大钞。

  一阵恶寒袭来，小野在榻榻米上紧抱膝盖，臼齿咔嚓作响。

  他流下了后悔的眼泪，挂着鼻涕，淌着口水。回想着横滨发生的事。沉默寡言的三号，面相稚嫩却担任领队角色的五号，剃着短寸头的八号，头戴眼镜手脚修长的九号，给带来的两条狗套嘴箍的十一号，伴随着五个男人的面庞一起复苏的，是令人憎恶的惨叫，美军接收设施的食堂里吃的煎蛋卷和炖牛肉的味道……

……究竟发生了什么？……

……很难相信五号说的话就是一切……小野心想……无论驱离多少次，他们都会回到棚屋。美军对此极为恼火，便借日本人之手清理。就是这样。流浪儿童收容机构人满为患，把他们带去那里也很费事。不能用枪，因为会留下弹壳。弹壳可以成为证据，用火则能将一切焚烧殆尽。用一句"全都是火灾造成的"即可了结。对他们而言，那些棚屋和里头的居民碍了事。因为要建娱乐设施，因为要为占领军修建保龄球馆……

……可是，为什么非要在那个地方？……土地多得都要烂掉了。而且如今全是他们的囊中物。不，军方决定好的事项向来如此，更不用说被占领的状态下了。无论美国还是日本，所作所为都无太大差别，并没有什么深刻的理由。只是摊开地图，把会议上决定好的事情按照既定手续执行而已……按照既定手续……

……不过话说回来，那场冗长的狂犬病讲座是怎么回事？……

……还有，早濑为何要特地问我"注射过狂犬病疫苗吗"？……

……在大礼堂里讲课的人，好像叫岩绪边博士……这人知道我们在干的事吗？……看那副样子，一定是不知道的。所以博士会这么一本正经地讲课。毫无疑问，他坚信这是公共卫生的工作。可我们为什么要上那堂课……

手续。

小野回想起自己在接收设施里签名的文件，不禁浑身战栗。

\*

狂犬病讲座听课证明书

乙从占领军公共卫生福利局派遣的甲处接受了有关应对狂犬病的专业知识的课程。

昭和二十一年（1946 年）六月十八日

\*

小野寒毛直竖，抖得愈加厉害，某种莫大的恐惧压迫而来。

……我们必须上那堂课，因为我们猎杀的终究只是真正的野狗，所以才需要注射狂犬病疫苗，其他人恐怕也是一样的，美军必须准备正式的课程和文件，留下事实记录。至于日本复员兵会做什么，那边就不知道了。哪怕罪行败露，也是我们擅自干的。

……怎么回事？这就是……

……这就是美式民主主义吗？

火焰喷射器所带来的凄厉呼号和小野眼中的烛火重叠在一起。不多时，在摇曳火光的深处，出现了父亲、母亲还有妹妹的脸，以及空袭中燃烧的房子，丢失的乱步全集。为了重新获得其中仅有的两本，为了恢复与世界的联系，他去横滨赚来了这张百元大钞。而这张百元大钞也在燃烧。并非现世之火，而是永远燃烧的地狱业火。小野咬紧牙关，呜咽起来。

*

凹陷得仿佛被吸入颅骨的双眼，瘦削得几近没肉的脸颊。小野像幽灵一样在新桥的黑市里徘徊。在嘈杂的人群前方，有个喝了威士忌昏倒在地的男人。男人倒在了一个摆放着可疑瓶子的摊位前。而那个卖酒的小贩被随急救队一同前来的两名警察拧住胳膊，摆出一副"又来了"的表情被带走了。

一个小贩正用团扇扇着烤鱼用的木炭，放出烟气吸引顾客。这个男人的左耳缺了一半，脸颊上有大片的烧伤疤痕，右臂肘部以下不翼而飞。

小野停下脚步，向烤鱼的人问道：

"你知道有卖弹珠机[1]的人吗？"

"你个蠢货！"男人压低声音，吊起眼梢，慌慌张张地环顾四周，"松田老大被杀才刚刚过了头七，你可别乱说话，快走，快走。"

支配新桥黑市的松田组组长松田义一被杀是在六月十日。

小野仍四处走动，在黑市的四处嗅探。

……不知道，像你这样的外行找到也没用。

……真吓人，你是想打劫吗？

……你真这么想的话就去新宿吧。

第二天，在新宿的黑市上，小野终于找到了卖手枪的男人。

"钱呢？"男人问。

小野给他看了怀里的百元大钞。

十分钟后，男人提着篮子回来了，装着礼品水果的藤编

---

1　手枪的黑话。

篮子里，装着两颗小野在新几内亚曾用过的手榴弹，这是本该被占领军爆破处理，不该存在的杀伤性武器。内置拉绳式摩擦起火引信，拉绳后约五秒延时保险便会引爆，填充的炸药是褐色火药，美国人将其称为 TNT……

"不好意思，小哥，"男子苦笑着说，"才一百元，我可搞不到弹珠机，你将就用吧。"

小野刚要开口，男人就伸出一只手拦住了他。

"我明白，虽然哑弹很多，但两个里面总有一个能响的。你就把这个带回去吧，再加上橘子。"

小野以为男人口中的橘子是其他凶器的暗号，但递过来的却是真正的橘子。

小野买完东西去了丸之内的事务所。早濑并没有现身，但当他将写着"14"的牌子递给年轻的女办事员看了之后，便被告知了上司交代的下一次狩猎野狗的日期。时间是五天后。她并不知晓真相，只是带着职业笑容，目送憔悴的复员兵离去。

*

五天后，小野一边把得到的橘子塞进嘴里，一边登上了开往横滨的列车。橘子又黏又甜。下了火车，他步行去了樱木町，等待夜幕降临。

从抵达接收设施的卡车上下来的男人们，看到小野的脸纷纷吓了一跳。

……这不是十四号吗？

……你怎么不在新桥？

……还以为你夹着尾巴逃跑了呢。

"因为有事，我很早就来横滨了，"小野答道，"等得都不耐烦了。"

他们从门口站岗的黑人士兵身边走过，穿过走廊，去往食堂。汉堡，加鸡肉和土豆的番茄汤，新鲜生菜鸡蛋沙拉。小野狼吞虎咽地吃着，吃相像个饥肠辘辘的饿鬼。他没有跟任何人说话。

用完餐后，跟那天晚上一样，他们来到了楼上的大礼堂，沿着阶梯状的桌椅间的过道，在黑板跟前的第一排落了座。三号、五号、八号、九号、十一号、十四号……

年轻的美国大兵扶着步履蹒跚的岩绪边博士走向讲台，刚到半途，小野就拉了手榴弹的绳子。等了五秒钟，什么都没有发生。礼堂里鸦雀无声。听到老博士清了清嗓子，小野掏出剩下的一颗手榴弹，放在膝盖上看了片刻，又凑近鼻尖闻了闻褐色火药的气味，鼻腔中就只有金属味。小野叹了口气，抬头看向天花板，然后拉动了绳子。

慢慢地，数了五秒。

\*

爆炸声撼动了接收设施，而后是一瞬的静谧。那是凌晨三点时分沼泽深处般的寂静。突然，一阵刺耳的警笛声响起，那些听到爆炸声从床上坐起来的美国兵急忙戴上头盔，抄起枪，把脚伸进军靴。走廊里到处都是他们的怒吼。

\*\*\*

一身长袍的象眼堂的店主一边啜着茶，一边读着报纸。终于到了七月，原本排长队花七元买到的香烟已经涨到了十元。自明治维新以来就一直别在制服警察腰间的军刀已被麦克阿瑟元帅悉数收缴，换成了警棍。

雨下了一夜，此时已变成蒙蒙细雨，浑如空袭翌日早间飘荡的白烟。

由于无事可做，战前中午才营业的店早早就开门了，于是乎，无所事事的客人还真来了。至少在象眼堂店主的眼里是这样的。

有闲又有钱，真是个好身份呐——面对店主的讽刺，"我现在可忙死了"——常客青年是这样回复的。

看着书架上的侦探小说的是一个名叫山田诚也的二十四岁医学生。虽然他曾就读于东京医科大学，却并没有悬壶济世的想法，而是打算瞒着给他寄生活费的父母去当小说家。

这个青年的梦想很快就会化作现实。在江户川乱步担任评委的《宝石》杂志举办的"侦探小说征集"中，他投稿的短篇小说成功入选，翌年在该杂志上刊登，标题是《达摩峠事件》，青年的笔名是山田风太郎——

"大忙人怎么会大清早来旧书店呢？"店主一边说，一边继续看着报纸，"何况外边还在下雨。"

"我是真没时间，"山田苦笑道，"对了，老板，你身后的那两本……平凡社的乱步全集……《盲兽》和《黄金假面》的前面有预约的标签，那人还没来领吗？"

"他说会带很多钱来，我就在这等着。虽然长相、打扮跟你很不一样，不过都是差不多大的年轻人。"

"是不是骗你的呢？"

"骗子的脸，包括我自己的脸，迄今为止我已经见了一大把，可那张脸并不是说谎的脸。不过嘛，也不是有钱的脸……"

"是学生吗？"

"不，是没有去处的复员兵。"

"……如果是这样的话……"

"搞不好是钻牛角尖，在某处抢了东西，被抓进去吃牢饭了吧。"

象眼堂店主一边说话，一边看向了报纸上的案件专栏。

*

横滨占领军设施发生手榴弹爆炸，致五名日本人死亡，一名重伤。

上个月二十六日，位于横滨市樱木町的占领军设施，发生了旧陆军的手榴弹意外爆炸事故，在该设施承包驱除害兽业务的五名复员兵当场死亡，一名重伤。

死者为花尾宏（十八）、市川太郎（二十二）、细井富由（二十六）、阵勘吉（二十三）、小野平太（二十一）。植野秀晃（三十三）身负重伤。事故发生时，操作手榴弹的是小野——

*

店主的眼睛紧紧盯着其中一个死去的复员兵的姓名，他与声称购买两本全集的男子同名同姓，年龄也相仿。

……近期我一定会筹措一笔订金过来的……要是上一位客人失约的话，请把这两本书卖给我……

*

店主全神贯注地继续阅读着报道。

\*

——目前，宪兵队和警方的现场勘验已经结束，暂时关闭的设施也已恢复了日常活动，根据现场附近的病理学专业的岩绪边博士的说法，误炸手榴弹的复员兵有可能患上了"科萨科夫综合征"——

\*

店主从店铺深处的椅子上隔着横拉门的磨砂玻璃眺望着烟雨纷飞的神田神保町，向医学生青年搭话道：

"喂，你知道柯……科萨科夫综合征是什么吗？"

"怎么了，突然问这个？"山田停下了翻着西洋书的手，"哦，报纸上看到的吗？"

"嗯，"店主说，"医学生都知道吧？"

"得了科萨科夫综合征，性格会发生变化。"

"性格会变？"

"由于酒精中毒之类，脑功能会发生异变，性格会跟换了个人似的。据说注射过狂犬病疫苗的人身上也曾发生过这种症状，也有幻想症的叫法。话说科萨科夫综合征到底怎么了？"

店主未回一言。

……幻想症……那个青年？

店里令人不快的湿气仿佛骤然变浓，就连磨砂玻璃也变得透明起来。

\*\*\*

小野死后两年，昭和二十三年（1948年）一月，发生了在战后史上留下凄惨一笔的帝银案。一名出现在丰岛区帝国银行椎名町分行的男子，就像做动物实验一般，平静地向包括小孩在内的十六人发出指示，让他们服下毒药，害死了十二人。

到了八月，居住于北海道的画家平泽贞通被下达逮捕令，警视厅搜查一科的居木井警部补验明正身，之后通过火车将其押运回东京，帝银案的嫌疑犯落网了。众人蜂拥而至，上野站周边因此骚动一时。在审讯的过程中，平泽似乎认了罪。但之后却改变了态度，一直坚称自己是无辜的。

平泽在壮年期曾注射了狂犬病疫苗，并因此患上了科萨科夫综合征，性格大变，开始说谎。但经过鉴定，法院认为该病并不能作为无罪的依据。犯罪时症状已经治愈，平泽果然就是真凶，有承担刑事责任的能力。

\*

在全日本为帝银案的进展而骚动的时候，警视厅曲町署暗中对一名男子进行了讯问。

该男子名叫植野秀晃，是昭和二十一年发生于横滨占领军设施中的复员兵小野平太引发的手榴弹爆炸事故的幸存者。

曲町署接到的匿名举报，成了把植野叫到警署的契机。打电话来的人声称"植野涉嫌在四年前非法焚烧流浪者居住的棚屋集落"。对方详细地描述了占领军的卡车和在事发地使用的武器等，感觉不像是瞎编的。还说，"他们杀了人"。

刑警向植野确认了现在的职业。

"我在生产眼药水容器的工厂上班。"植野说。

刑警做了笔记，向植野传达了匿名举报的内容，语气虽然平静，但讲的事情却极其恐怖。

植野对那个故事付之一笑。

"我们可不是非法焚烧，"植野说，"这原本就不是针对人类的工作，而是以老鼠和野狗为对象的正规的政府除害工作。而且是在占领军的指示下合法进行的。"

"你知道举报人是谁吗？"

"完全不知道。"

"举报人说，你和你的同伴杀了人，还告知了横滨的具体位置，"刑警在桌子上摊开地图，指着某个位置说，"你还记得这个地方吗？"

"不清楚，我们去过很多地方，"植野歪着头，"我记得在那里跟几个人一起驱除了害兽。"

虽然时值三月，此时却已是让人联想到初夏的闷热下午。植野用手帕一遍又一遍地擦着额头和脖子，看向了格子窗的外边。刑警在临别之际递给他一支烟。没法再把这家伙留在这里了，但依然有些悬悬在念的事。

\*

五年的岁月一晃而过。

占领军已经归去，一个全新的时代开始了。头发上有了白斑的刑警带着法医来到了横滨，他费尽心思说服上司，取得了神奈川县警和横滨市的许可，动用重型机械，将这片曾是驻日美军的保龄球馆，如今已然彻底变回荒地的土地挖了一遍。

从土里掘出来的是狗的骨头，特地带去的法医叹着气说，全都是狗的骨头。

春日的阳光下，头顶巴拿马草帽的刑警紧握着拾起的狗骨，凝视着附近的河流。

当天傍晚，传来了最高法院认定平泽贞通死刑的报告。

刑警虽然并非帝银案的负责人，但一听到这则消息，仅有一面之缘的植野的脸庞就浮现在了心里，比以往任何时候都要清晰，怎么都抹消不去。

那个男人的面容永远烙印在了脑海之中。

即便世人已经忘却了战争的情形，甚至忘却了这个国家曾有占领军进驻的事实，但刑警偶尔也会记起那张脸，默然不语。

钉子

每个人的心里都藏着怪物。

\*

安树正准备把脑海里倏然闪现的念头写进日记，却临时改变了主意，握着铅笔的手悬停在纸上。

算了吧。他喃喃地说，要是写了多余的东西，面试的时候肯定会被问到相关的问题，诸如"对你来说什么是怪物？"抑或"你认为怪物因何而生？"之类，接着又会展开一轮复杂的心理测试。如此一来，只会让自己被关的时间变得更久，搞不好还会被转移到其他机构。

"怪物"一词并非源于什么深刻的想法，对安树而言，这仅仅意味着任何人都有丑陋的一面，抑或动物性的一面而已。

拿自己打个比方，就是他虽然极力避免打架，可一旦打架，总会不由自主地把事做绝。对倒地的对手穷追猛打，无论如何都抑制不住。

安树打起精神，开始像往常一样写日记。

\*

在有人受伤之前，我们应该和那些关系不好的人好好谈谈。我不想打架，所以不该去那种场合，我很后悔对方明明已动弹不了，自己却仍没停手。我要好好反省，独立自主，过上体面的人生。

安树笨拙地挥动着铅笔，留下了歪歪斜斜的字迹。这绝非谎言，而是包含了他内心真实的想法。

　　　*

写字台和被褥。

马桶和洗脸台。

与生活有关的一切都被塞进了这个三叠大的房间里，安树在此起居。

十六岁的夏天，横滨少年鉴别所[1]。

安树出生成长于神奈川县川崎市，至今仍居住于此，没有兄弟姐妹。七岁的时候，母亲已然不知去向，父亲整天为钱发愁，生活穷困潦倒。母亲离开后，一个罐头抵一天伙食的日子越来越多，家里的电器和衣服越来越少。在父亲沉重的债务下，安树过着屏住呼吸，时刻倾听周围动静的日子。

当电和煤气全都停了，家里几乎没剩下什么东西的时候，父亲不知从什么地方拿回了盒装蜡烛和铁钉，除此之

---

1　日本处理违法少年问题的专门机构，其主要职能是对违法少年进行专门鉴别和执行观察监护措施。

外，还带了用报纸包裹的玻璃碎片。

当晚，父亲往吃空的罐头底部扔了玻璃，用火柴点燃蜡烛，将其立在罐头底部照亮房间，天花板上依稀映出了两个人的影子。

临睡前，父亲把铁钉插进蜡烛，年幼的安树好奇地注视着横贯蜡烛的铁钉。

"这是古老的闹钟，"父亲是这样说的，"当蜡烛熔化的时候，钉子会掉落到罐头底部的碎玻璃上，发出声响。"

在鉴别所起居的时候，安树时常梦见父亲。深夜时分，父子俩裹着毯子睡在空荡荡的房间里，烛光摇曳，暗影跃动。临近黎明之际，燃烧的蜡烛芯逐渐变短，铁钉从融化的蜡烛上掉了下来，坠入罐子的底部——

那个声音。

醒来的安树在被褥里注视着天花板，就这样待到了起床时间。早上七点，钢琴曲的广播宣告了清晨的到来，安树收拾好被褥，做好了吃早饭的准备。

＊

四周的收容期结束后，安树离开了横滨少年鉴别所，虽说盛夏已过，但吞没蓝天的积云仍在海上舒展着。

安树朝着送行的工作人员鞠了一躬，然后迈开了脚步。

走了一段时间，他发现了路边有只蝉的尸骸，于是捡起来端详了一会儿。本以为已死的蝉却忽然颤动着身子，发出阵阵嘶鸣。安树将它抛向空中，蝉影画出了笨拙的飞行轨迹，在行道树的树丛中渐行渐远。

　　*

　　换乘公交返回川崎的公寓后，安树和边喝酒边看电视的母亲打了招呼，本该去鉴别所接他的母亲并没有出门。他没有说"我回来了"，而是问"我的鞋呢"。藏在瓦楞纸做的架子下的马丁靴不翼而飞。他早料到母亲会趁自己不在的时候下手，果然被她拿去换钱了。

　　"你就该一辈子待在里边。"

　　母亲醉眼蒙眬地看向安树。

　　安树对这样的刻薄话早已习以为常。虽然名为母亲，但没有血缘关系，她是父亲为了钱再婚的女人，而父亲在六年前的夏天就不见了踪影，传闻他去东北当了垃圾处理工，但对安树而言，这都是无关紧要的事。安树心想，只要他没死，还在某个地方活着就行。这意味着父亲抛弃了自己。

　　被留下的安树，唯有跟这个户籍上的醉鬼母亲一起生活，女人直至去年年底还靠陪酒赚点日结工资，却因为酒品太差遭到解雇。如今她在一家烤肉店打工，从傍晚干到深夜。

被卖掉的不仅仅是靴子，安树本想拿来换钱的那枚克罗心（Chrome Hearts）戒指——虽然不知道是不是真货——也被她卖掉了。

怒火在内心逐渐膨胀，体内的热度也随之攀升。

冷静点，安树告诫自己。要是在这里揍了老太婆，那就真的没法挽回了。别忘了，自己必须找到一份正经工作，然后离开这间公寓。这是自己在鉴别所时就计划好的，这样一来，就再也不必看到老太婆的脸了。

　　*

回到川崎的公寓后，安树低调地度过了一段时间，直到他的少年审判日的到来。他领着满嘴怨言的母亲一起去了少年审判处。安树只是结束了被送往鉴别所的监护措施，还需要经过非公开的少年审判，决定他以后的去向——送入少年院、送入儿童自立援助机构、保护观察三种。

安树做好了被送进少年院的心理准备，但最终的结果是保护观察。他在鉴别所的态度和改过自新的意志获得了认可。

　　*

得知他未被送进少年院后，本地的朋友带着酒和点心来到公寓庆祝，这些人只有十多岁。对他们而言，保护观察相当于获得了自由之身，安树虽然吃了点心，却没沾一滴酒。

"这个给你，我已经用电子烟了。"发小对他说了这样的话，把一个伤痕累累的芝宝打火机递给了安树。

*

保护观察期间，保护司[1]会定期前来面谈。

安树打开了门，领着保护司来的两个男人去了二楼的走廊。

"你母亲还是跟以前一样喝酒吗？"保护司问道。

安树点了点头，然后立即转移了话题。

"我的工作有着落了吗？"

保护司并未直接回答，而是拿出了一张纸给他看。那是一张难得的公司招聘广告，为保护观察期间的少年提供面试机会。广告上写着"急招粉刷工""配备单身宿舍"。公司和宿舍都在安树出生长大的市内。

*

面试安树的涂装店社长是个五十二岁的男人，是个在营业空当也会去现场干活的手艺人。在只摆了一张桌子的狭小

---

1 致力于帮助犯罪者改善或恢复健康并预防犯罪的人。通常由法务大臣从在当地具有社会声望的人中委任。

办公室里，安树和晒得黝黑的社长面对面坐着，保护司也坐在一旁。

社长翻看着安树的履历表，他在头上缠了一条黑色毛巾，身上穿着黑白迷彩图案的工作服。

社长把简历放在桌面上，将粗大的手指压在上头。安树在"应聘动机"和"自我展示"栏目里填写的字迹太过笨拙，社长没有读懂。

"你为什么要在我们这里工作？"社长问道。

"想离开家，"安树回答，"你们的店有宿舍，我想住进去。"

"母亲也是很重要的。"

"她不是我的亲生母亲。"

社长似乎已经听惯了这样的话，轻轻点了点头，再度将目光移回履历表。

"每个人都有各自的苦处，不过无论是用拖把擦洗地板，还是开卡车到处收垃圾，都一样要干活。你为什么想做粉刷工呢？"

"也不是特别想做，"安树略显紧张地说，"我在那张纸上也写了，从小我就擅长为模型和手办上色，有时候朋友也会拜托我帮他们上色，就是这样。"

"所以你觉得能够胜任粉刷工的工作是吧?"

"是的。"

社长抱着胳膊望向了天花板,就这样沉吟了片刻。

"那你都做过什么?"

"是指涂装的模型种类吗?"

"不是,"社长说,"虽然保护司给我的文件里都写得很清楚,但我还是想听你亲口说说。你做了什么,为什么会被送进鉴别所?"

"斗殴,伤害。"

"几对几?"

"一开始大概有四十个人——再加上本地的朋友和对方的人——最后是一比三。"

"你是哪方?"

"一。"

当安树这样回答时,社长瞥了眼他的脸,表情没有显著的变化。

"用了什么?"

"指顺手的武器或工具吗?"

"对。"

"什么都没用。"

"当真？"

"真的，就只有这个。"

社长和保护司一起看着安树张开的双手。长袖衬衫遮住的手腕边缘露出些许日式文身，没有文身的手背上印着几道伤疤。

"没用啤酒瓶什么的吗？赤手空拳打到最后。"

"是的。"

"嗯，"社长点了点头，"可是如今是法治社会了，哪怕赤手空拳，警察也不会放过你的。"

"是的。"

"你喜欢打架吗？"

"不，我已经腻了。"

"为什么腻了？"

"因为打架赚不到钱。"

社长哼了一声，往下撇了撇嘴唇。

"拳击，还有那个，综合格斗什么的，为什么不试试这个？"

"我不擅长运动。"

"也是，打架和运动还是不一样的，"社长用手指揉了揉太阳穴，"来，把牙齿露出来让我瞧瞧。"

确认少年的牙齿没被药物侵蚀后，社长慢悠悠地说：

"我也是在这里长大的，也经历过不少邪恶。像你这样的人我见得多了。即便我雇了他们，大多数人最终还是会回到以前的朋友那边，你懂的吧？干苦力赚不了什么钱，但转到暗处就能赚钱。偷窃、诈骗、勒索、毒品，什么都有。我只想问你一件事。要是我雇了你，你要怎么保证自己不会回到那一边呢？你要怎么说服我？"

"我不适合那一边。"安树说。

"为什么？"

"我不擅长撒谎，有我这样的人在身边，只会拖他们的后腿。"

社长直直地盯着安树的脸，眉头紧锁，一言不发。突然，他拿起简历和保护司给的文件，在桌面上敲整齐。这是面试结束的信号。

安树站起身行了个礼，跟着保护司往门口走去。这时社长叫住了他。

"你十六岁了，对吧？挺高个的。"

"体重多少？"

"八十一公斤，出来的时候可能轻了一些。"

社长一边把文件放进抽屉，一边问道：

"刚才你说的那些模型和手办，是你花钱买的吗？"

安树站在门口，目不转睛地望着社长的脸。

"不，"他回答说，"是从玩具店偷的。"

"我猜也是，"社长笑道，"别做这种事了，明天来上班吧。"

没料到能听到录用的消息，安树一时间不知该说什么。待听到保护司表达谢意的声音，他才慌慌张张地想要道谢，却被社长打断了。

"记好了，工作要认真。只要认认真真地干活，一天很快就过去了。"

\*

涂装店的招聘广告上写的是"配备单身宿舍"，但事实上并没有那样的建筑，有的只是公司在附近租的一间两室一厅的公寓。

中间是开放式厨房，左右是两间设有双层床的房间，四个男人在此共同生活，他们都是同一家公司的粉刷工。

即便没有私人空间，但也比和酒鬼母亲一起生活要舒适得多。

他时不时想起留在公寓的母亲。她年纪虽然不大，但迟早会孤零零地死去吧。自己见过太多沉溺酒精的人。一有钱就买酒，哪怕进了福利机构也很快逃出来。自己什么都做不了。更重要的是她憎恨自己，毕竟安树是抛弃她的那个男人的孩子。

*

粉刷工的一天虽然开始得很早，但安树已经习惯了在鉴别所里规律的生活，所以并不觉得难熬。早晨六点起床吃饭，七点准时在公司集合，然后坐车前往工作地点，车上装载着当天所用的涂料。中午休息，下午五点结束工作。在没有夜生活的这些日子里，与当地的这些夜行性伙伴见面的次数也急遽减少。

安树学会了如何操作粉刷墙壁的滚筒，学会了使用刷子及在脚手架板上行走的方法。当身体彻底习惯粉刷的工作之后，他开始注意周围男人们的特殊智慧。

社长和自己一样只上过中学，却能用独有的方法计算出螺旋楼梯的面积，这让他瞠目结舌。社长并没有使用圆周率之类的复杂公式。粉刷工根据施工面积来决定涂料的订购量和报价。本以为社长只是随口算算，事后再核对。但当他某天看到螺旋楼梯的设计图纸时，才发现其面积与社长报出的数字几乎没有误差。

在工作现场，安树感受到了这些看似粗犷的男人具备的数学直觉，即被世人称作工匠技艺的东西。粉刷工有粉刷工的数学，泥水工有泥水工的数学，墙纸工有墙纸工的数学。最让他惊讶的莫过于木匠的数学，这些人前不久还把写真杂志盖在脸上睡午觉，一转眼三下五除二就推导出了立体尺寸，制作出了书架和酒吧柜台。简直和魔术没什么两样。

这些家伙比只会在教室里照本宣科的老师聪明多了。安树心想。真希望有朝一日也能成为木匠。

\*

安树搬进宿舍的两个月后，两人辞工，换了另外两人进来，这两人没做多久也辞工了，之后又进来一个，然后又有人离开了。

人员进进出出。不仅是涂装行业，这年头日本人普遍不喜欢体力劳动，于是外国劳工纷纷来到川崎工作。

不知不觉中，安树的同事几乎全都换成了外国人。这个光景就连社长也吃了一惊，只得苦笑着说"这不是和近来的相扑俱乐部一样了吗"。

孟加拉国人雅辛，菲律宾人马文，法国人博尔坎——他们就是漂洋过海来到日本，靠一周五天的油漆工作赚钱糊口的男人们。

指导过安树的老工人因为工资问题和社长闹翻，最终离开了公司。于是包括安树在内，公司的所有员工就只剩下住在宿舍里的四人。只有雅辛和马文两人有涂装工作的经验。

＊

当樱花绽放的季节来临之际，政府便将市营住宅的维修工程委托给总承包商，然后再发包给像安树工作的涂装店这样的小承包商。

在高层市营住宅的脚手架上，油漆工们事先察看了施工现场，计算所需物料的数量，并制定了外墙涂装的施工计划。

在预定开工的那天早晨，突如其来下了一场大雨，这场不合时宜的雨里夹杂着冷雪。众人不得不等到雨停，那是因为未干的涂料一旦被雨水打湿，涂层就会不够平整。

雨势渐渐转大，从早到晚下个不停。车站前的商店街和住宅区发生了淹水问题，樱花纷纷散落。

＊

翌日清晨，雨终于停了下来。安树用护目镜和防毒面具遮住脸，身穿白色连体工作服，和菲律宾人马文一起展开了住宅外墙的涂装作业。他们手持喷枪，搬运着沉重的空压机，从十一楼的脚手架上逐层向下施工。

\*

二十八岁的马文将妻女留在马尼拉，独自来到日本。十六岁之前，他曾热衷于拳击，但因为在业余比赛中未能取得好成绩，最终只能作罢。尽管如此，他至今仍热爱拳击，经常在宿舍里观看拳击比赛的转播。

休息的时候，马文并不像别人一样摸出一支烟，而是打几个空拳。心情好的时候，他还会举起双手模仿拳击教练的姿势。

为了接住同事的拳头，他将三只工作手套套在一起当作缓冲。虽说法国人博尔坎和孟加拉国人雅辛都有相当的腕力，但最让马文感到惊诧的当数安树的拳击。通常情况下，身材高大的男人会凭借气力大幅度出拳。可安树却能以一米八二的高大身躯打出犀利的刺拳。即便是轻轻一击，经验丰富的马文也能看出这一拳的价值。

"你应该去打拳击，"马文用口音浓重的日语说道，"只刷涂料太浪费了。"

每当马文说出这句话时，安树都会一笑而过，他对体育竞技中的斗殴兴趣寥寥。

\*

第一遍喷涂完成后，恰值午休时间，马文和博尔坎结伴去了市道边的定食屋，安树则打开工作车的后门，拿出准备好的便当，坐在了车门下的阴凉处。说起便当，其实就是放在特百惠塑料饭盒里的四个煮鸡蛋和两只包了锡纸的苹果。

不多时，雅辛也过来了，坐在了安树旁边。作为伊斯兰教教徒，雅辛每天都会在厨房做印度香米饭和咖喱鸡肉。他今年二十五岁，日语相当流利，工作技能也很出色，穿着和日本人一样的灯笼裤。

"你那边的墙今天能搞定吗？"

雅辛一边吃着自己做的咖喱，一边问了一声。

"嗯，"安树回答道，"能做完。"

"我这边麻烦很多，进度不行。"

安树在煮鸡蛋上撒了一些盐，低声问道：

"博尔坎呢？"

"我一个人做搞不好还能快些。"

雅辛皱着眉头，用勺子舀起咖喱送进嘴里。

记性欠佳的博尔坎随时可能会被解雇，被指出错误时的态度也令人不甚满意。

两人没有再谈博尔坎的事，默不作声地吃着便当。

"关于这片地界——"过了片刻，雅辛开口道，"你之前就很熟悉吗？"

安树环顾四周。

"我很早以前经常来这边玩。之前附近有家超市，每周我们都会来这里的停车场偷自行车。"

"你们偷摩托车吗？"

"摩托车是在车站附近偷的。你小时候呢？"

"我没偷过摩托，只借用过。"

"孟加拉国的警察能让你借？"

"怎么说呢？"雅辛用毛巾拭去褐色额头上的汗水，一双大眼睛闪闪发光，嘴角露出微笑，"警察里也有各式各样的人吧。"

吃完午饭，雅辛把保温杯里的红茶倒出来喝，安树用芝宝打火机点了一支烟。除去社长之外，这里没人会谴责未成年人吸烟。

"对了，安树，"雅辛说道，"我有件事想要问你。"

"什么？"

"话说你为什么不离开出生的城市呢？"

安树吐了一口烟，思索着这个问题的答案。关于不离开出生地的理由，他从未想过，也没思考过这种事。因为周围从没有人问过这样的问题。

安树不知该如何作答。他回想起在这片土地上长大的日子。父母离婚，贫困，父亲再婚，酒鬼女人，偷窃，斗殴，对抗、辅导，离去的父亲，大人们沉溺于酒精和毒品，胡作非为，互相伤害，乃至自绝性命。在这样的日常中随时待命的警察，还有刑警。从中学辍学起就被视为眼中钉，至今仍被人视作蝼蚁。保护观察期已经结束了，为什么仍在这里？在自己出生长大的这座城市。

安树把苹果核放回饭盒，换作从前，应该就直接扔进花坛了。但现场工作的休息时间不能这么做。

"我不知道，"安树说，"确实，我从来没出过城，也没参加过学校的修学旅行。你为什么要离开家乡的城市呢？"

"我离开的可是国家，"雅辛笑道，"十五岁的时候，我就从出生的村子一个人搬去了达卡。然后离开孟加拉国，去了荷兰和德国，接下来到了日本。先是大阪，再是横滨，现在是川崎。这里对我来说已经算是大城市了，但东京还要大得多，离这里也不远，不需要飞机和船就能到。安树，你已经十九了，所以——"

"我今年十七。"

"哦哦，十七啊。算了，如果我在你这个年纪，肯定会去东京。"

"不能待在出生地吗？"

"我也不知道，"雅辛望向前方，"在我出生的村子里，老人们就是这样说的——只有树才被允许一直待在同一片土地上，树能把该地混杂在风雨里的恶物变作果实和树叶之类，但人和动物就不行。所以要是一直待在同一个地方会染上邪恶。"

"你是在说我吗?"

"我可没这么说哦，"雅辛喝了口茶，"你虽然没离开出生的城市，但你整天都在工作。怎么了，冒犯到你了吗? 这是老人们喜欢的比喻，其实是叫懒惰的家伙'去工作吧'。"

\*

回到宿舍后，安树在开放式厨房的公用餐桌上吃着刚买来的两份寿喜烧便当。他一边把肉送进嘴里，一边用手机刷着新闻。美国南部发生暴动，加密货币在中国流失，从岩手县动物园逃走的鸵鸟，在横滨市内失踪的女初中生的照片。

吃完寿喜烧便当后，他立刻去浴室开始了打扫。周三是他轮班的日子。他第一个享用了亲手擦亮的浴缸，比平时更早上床睡觉。没过多久，敲门声让他骤然惊醒，来敲门的是辖区的警察们。

安树并没有发觉博尔坎在三更半夜去了便利店，雅辛和马文也是如此。在返回宿舍的夜路上，博尔坎遭到了例行盘问，和一名身穿制服的警察发生争执，最终被发现了口袋里的干燥大麻。

博尔坎被捕后，深夜值班的助理法官立刻在搜查令上盖了章，允许警方搜查其居住的宿舍。

社长被叫到宿舍，刑警们仔细检查了雅辛和马文的护照和工作签证。

相比两个外国劳工，刑警们对待安树的态度要严厉得多。他们像念咒一样不停地念叨着——果然是你吧，大麻肯定是从你这来的，粉刷工？别搞笑了，你是冲着白粉来的吧？

刑警们命令鉴识科的人把安树在窗边养的水草连同玻璃瓶一起没收。在任何人的眼里，这东西一看就是观赏用的水草。

安树在刑警的辱骂声中熬了一夜，就这样迎来了黎明。疲惫和空虚在心口不断蔓延。妨碍者、废物、罪犯。只要自己身在此处，就会被这样对待。雅辛白天说过的话在耳畔回响着。你为什么不离开出生的城市呢？

\*

博尔坎被捕的翌日，在一夜无眠的安树等人的日程表上，安排了一项粉刷工程。

这是一栋年代久远的日式房屋，内容是"厨房天花板维

356

修工程"。

兴许是前几天下过大雨的缘故，厨房的天花板似乎有些漏水。

管道工和木匠的工作结束之后，才轮到安树他们在更换好的天花板上粉刷，所以他们可以等到下午再去施工现场。

可要是在宿舍里悠闲地待着，指不定会被警察们找上门来，社长从早上开始就被叫到了川崎署。于是三人并没有在房间休息，而是选择前往施工现场。

\*

三人上了车，二十分钟左右就到了现场。目的地位于町西，距离公司不远，周围是老宅林立的土地。虽是本地人，安树也几乎未曾涉足这片地域。

彼处是一栋建于上世纪七八十年代的日式宅屋，围墙前停着水管工和木匠的卡车。安树等人穿过锈迹斑斑的大门进入庭院。一言以蔽之，这是一栋气氛阴暗的房子。未经修剪的树木投下了大片阴翳，数片屋瓦散落在荒芜的庭院之间，外墙龟裂，雨水管纵向裂开。除去厨房的天花板外，还有许多亟待修葺的地方。在安树看来，这里就是几近废弃的荒屋，这样的房子还有人住简直是恶劣的玩笑。

玄关旁的车库里停着一辆黑色的厢型汽车，车子比房子要新一些。或许是在雨天行驶过的缘故，溅起的污泥干在了轮胎和车门上。在那间车库里，安树等人熟识的木匠们正在抽烟。木匠师傅最先看到了他们三个。

"来得太早了。粉刷的活要下午才能开始。"

"情况特殊。"

"就算你们来了，也没什么可做的。"

"我们也会帮忙的。"言毕，安树把马文买来的罐装咖啡递给了师傅。

*

黑暗之家的房门打开了，在此现身的是一个面容疲惫的女人，她看着早晨上门施工的水管工、木匠和粉刷工。

女人头发干枯，卸了妆的眼睛下面是浓重的黑眼圈，身上穿着过于鲜艳的红色连衣裙，混杂着浓烈酒精和香水的体味扑面而来，散发着从事夜间工作的气质。外表的年龄和安树的母亲相仿。

当管道公司的人爬上梯子查看天花板背面的时候，安树他们帮助木匠做准备工作。他们在从玄关到厨房的通道上铺满了报纸，以便能穿鞋进入室内，然后又在天花板下铺了层蓝色防水布，又在防水布上盖了一层毛毯，以防落下的材料砸坏地板。

待水管工修好漏水问题后，木匠们接替他们爬上梯子，用毛巾捂住口鼻，拿撬棍拆开了旧木板拼成的天花板。不多时，天花板上便出现了一个大洞。

水管工让在一旁监督施工的女人签字确认，正准备收拾工具打道回府。就在这时，走廊深处传来了脚步声，紧接着，一个长发的高大男人在此现身。他怒气冲冲地大叫大嚷，木匠们诧异地停下了手中的活。

安树抬头看着突然现身的长发男人，这人的身高超过一米九，比一米八二的自己还高一截。深绿色T恤，凌乱垂落的黑发，污渍遍布的牛仔裤，爬满血丝的眼睛。

长发男人逼近正在监督施工的女人，厉声质问道：

"这是在干什么？这些人是做什么的？"

安树觉得他的声音比外表要年轻。

"我今天休息，"女人尖声反驳道，"不是早说过要叫工程队的人来吗？"

长发男人瞬间闭上了嘴，似乎想说什么，最后却一言不发地伸出双手，往女人的肩膀上推了一把。女人的身体好似破布般飞到了客厅的餐桌上，摆在上面的杯盘纷纷落地摔成了碎片，水管工急忙跑过去查看女人的情况。

展示了强大腕力的男人有着厚实的胸肌，脖子和胳膊都相当粗大，庞大的身躯保守估计也有一百公斤，但看起来并不像运动员。他的年龄看上去在二十到三十之间，肮脏的牛仔裤后袋破烂不堪，上边有一个大洞，脚上没有穿鞋。

雅辛和马文愣在原地，安树则看向了木匠师傅的脸。

木匠师傅摘下捂住口鼻的毛巾，从梯子上爬了下来。

"看起来不大太平啊，"他对长发男人说道，"你是这个家的人吗？"

"这里是我家。"长发男人回应道。

"是女主人的儿子吗？"对于毫不掩饰敌意的对方，木匠师傅用冷静的口吻问道。

师傅说得没错，安树心想。如果是丈夫的话，他比女人明显年轻太多，倒在客厅里的女人或许是腰部受伤，挣扎了一番仍没能站起来。

"那又怎样！"长发男人对着木工师傅吼了出来。在安树看来，他似乎陷入了恐慌，"这个臭老太婆竟然擅自叫人施工，我什么都不知道。"

"那你得找业务员谈谈，"木工师傅边说边抬头看向天花板，"怎么办？洞已经开好了，现在要停工吗？"

\*

愤怒的儿子和醉宿的母亲——在跟两人交涉的过程中，

男人们唯有叹着气在外边等着。木工师傅给总承包的土木工程公司打电话告知现状。试图制造事端从工程公司手上讹钱的人并不少见。

无所事事地浪费了半个小时后，女人从前门走了出来。

"请继续施工，"她说，"否则厨房就不能用了。"

言毕，女人消失在了屋里，儿子则留了下来。

目光锐利的长发男子默默监督着所有人的行动。被一个随时可能暴跳如雷的巨汉盯着，任谁都不会感到好受。木匠们急急忙忙地展开施工，在天花板上固定新的木板，钉上钉子，连休息都取消了。完工后，他们收拾好拆下的木板残骸，抱着工具箱逃也似的离开了这里。安树非常理解他们的感受，在这样的家里多待一秒都是煎熬。

被留在了这里的三人只能尽量不跟长发男人对视，一门心思地刷着涂料。安树一边仰望着天花板上滚动的滚筒，一边思考着——换作是我，母亲没通知我，自说自话地请人来修理房子，我会像他一样发怒吗？要是没钱，我也会发怒的吧。但是这些家伙要是真的没钱，把这房子卖了不就好了。

长发男人一步都不肯挪动，继续在一旁监工，直至粉刷完成。

三人揭下毛毯，将落满油漆的蓝色防水布卷成一团。长发男人粗暴地关上了之前为了通风打开的厨房窗户，木框玻璃窗发出了重重的响声。

三人预备离开之际，长发男人仍执着地跟在他们身后。

这家伙来这里多久了？安树一边感受着背后的视线，一边暗自思索，就算是邻町的西端，一旦住进了这样的家伙，自己应该早就有所耳闻了吧。

雅辛和马文率先出了门，安树抱着剩下的涂料桶和梯子，跟在两人身后快步出了大门。就在这时，他听到了什么硬物掉在地板上的声音。

回头一看，门框边上掉了一根钉子。

钉子的长度令安树瞪大了眼睛，那是最大号的圆铁钉，按照木匠们告诉自己的信息，规格是 N150，长十五厘米，俗称五寸钉。

大概是木匠匆忙离开的时候从工具箱里掉出来的吧。看到如此大号的钉子滚落在地，安树起初是这样想的。可这么大的东西，会用在天花板上吗？

安树正准备弯腰捡起钉子，一个巨大的影子骤然逼近。

对方做出了意料之外的举动，只见长发男人赤脚踩在了钉子上。他的右脚从牛仔裤探了出来，把整根钉子尽数遮住，就像是在宣誓所有权一般。

安树抬头望向了长发男人，凝视着对方的眼睛。

两人纹丝不动，无言的对峙就这样持续着。

不知过了多久，握着方向盘坐在外边车上的雅辛应该是等得不耐烦了，短促地按了按喇叭。

"赶快走，"长发男面色僵硬地说道，"这不是你的。"

安树避开了他的视线，默默地走出玄关。

*

安树的床位于双层床的上铺。

在没有博尔坎的宿舍里，安树盯着沉入黑暗的天花板。耳畔响着睡在下铺的雅辛的呼吸声，隔着一体式厨房，马文的呼吸声也从隔壁房间传了过来，像往常一样回荡在这里。

——我是在生他的气吗？如果是这话，那还不如抛诸脑后，对他生气也不会有用。

可是安树难以入眠的理由并不仅仅是这个。

有些事情不太对劲。

有些古怪。

钉子。

一根钉子浮现在了眼前。

掉在男人脚下的钉子，长度十五厘米——

如果那样的钉子掉在几乎碰到脚趾的地方，任何人都会下意识地后退。尤其是打赤脚的时候，这是再正常不过的反应。可他毫不犹疑地踩了上去，就像是隐藏不想被人看到的东西。

持续失眠，夜色愈加深沉，谜团就愈加深重。那根钉子真是木匠掉的吗？如此大的钉子？N150 的钉子是不可能拿来钉天花板的板材的，施工现场没用过的材料又怎么会掉在那里呢？

抑或是木匠弄掉了钉子，长发男人将其拾起，随后又不小心弄掉了。

安树闭上眼睛，在床上翻了个身。长发男人说"这不是你的"。在那间黑暗的屋子里，或许正在发生什么事情。天晓得是什么，这不关我的事。这是古老的闹钟——父亲的话声忽然回荡在记忆里。当蜡烛熔化的时候，钉子会掉落到罐头底部的碎玻璃上，发出声响。

下坠，掉落，钉子掉落的声音——安树回想起在门口回过头的瞬间。正是因为听到了钉子掉在地板上的声音，所以才回过了头。

安树在黑暗中睁开了眼睛。钉子是他的，是从那个家伙破洞的牛仔裤口袋里掉出来的。钉子从一开始就被他带在身上。把十五厘米长的钉子揣进口袋，悠然自若地在屋里徘徊——那家伙究竟是怎么回事——那间房子——

    *

    安树穿上了连体工作服，在外边罩了一件薄外套，然后轻手轻脚地爬下双层床的梯子。他不打算找雅辛和马文商量，两人都没看到长发男人赤脚踏着钉子的情景，何况也不知道该怎么跟他们商量。更重要的是，博尔坎是昨晚被抓的，要是把他们牵扯进来，可能会给他们带来麻烦。在最糟的情况下甚至会被解雇。这两个外国人好不容易才在川崎有了工作，下一份工作未必能轻易找到——想到这里，安树在心里念叨，我也一样，我也像外国人——他把手表戴在手腕上，把香烟、芝宝打火机和智能手机揣进了工作服的口袋里。

    安树悄悄出了宿舍，跨上宿舍公用的带筐自行车。他蹬着踏板，穿过深夜的川崎，为了不被巡逻的警察拦下，打开了前灯。骑到半路，他突然想起自己习惯性带了香烟，便把整盒烟扔到了路边。虽然有些心疼，但他只想早点赶去那栋房子。不想因为被警察找事而耽搁时间。

    他感觉自己像是在做梦。或许这真是一场梦，他没有特别的计划，只是一刻不停地踩着踏板。唯一可以明确的是，长发男人身上的某物让他无法释怀。他头一遭有了这样的感觉，一心想在黑暗中看看那栋房子。

　　＊

　　开车二十分钟的路程，安树只花了三十分钟就到了。这里就是今早的施工现场，笼罩在其上的黑暗比白天更浓。仰头望去，满月当空，在树木的遮蔽下，月光并没有洒在门口。安树绕到屋后，厨房的木框窗没有窗帘，可以窥见里边的情况。

　　他本以为屋内会一片漆黑一无所见，没想到灯仍亮着。而身处那片亮光中的正是长发男人。安树屏住了呼吸。只见男人正把手伸向天花板。在这种低矮的老房子里，身高超过一米九的大汉无需站上椅子也能够到厨房的天花板。

　　在这之后，长发男人开始用锤子敲打着新做的天花板，试图在上面开洞。见到如此怪异的行为，安树皱起了眉头。不多时，听到动静的女主人出现在了厨房，两人开始争吵，安树稍微和窗框拉开距离，观察着里边的情况。

　　"根本没什么窃听器！"声音更大的是女人这边，她正用近乎歇斯底里的声音喊着，"他们只是施工的工人而已！"

　　长发男人反驳了些什么。争吵愈演愈烈。安树把脸凑近窗玻璃。看着试图用铁锤砸开天花板的长发男人，以及试图阻拦他的女人。

"我问你!"女人哭泣的声音响了起来,"你到底在隐瞒着什么?"

听到这话,长发男人把看向天花板的视线垂了下来,转而逼近女人,扬起右手打了她的脸,女人的身影消失了,哭声戛然而止。安树透过窗户看到男人挥舞拳头的背影。

安树缓缓摘下了手腕上沾满油漆的手表,抛进了荒芜庭院的暗处。就说自己是来找白天粉刷时丢失的手表吧,安树心想。大半夜登门拜访的理由怎么解释都行,比方说明天的施工需要手表,或者是父亲的遗物什么的。

安树离开了厨房的玻璃窗,绕到玄关。他对自己的行为感到无言——我为什么要来这里?不要掺和进别人的事情。

他一边心怀悔意,一边敲响了大门。两下,三下,稍事停顿,接着又敲了几下。不多时,一个用毛巾遮住半边脸的女人出现在了门缝里。

"我是白天过来施工的人,"安树说道,"手表好像不小心掉这里了,能让我进去找一下吗?"

"这么晚?"女人的声音瑟瑟发抖。

"不好意思,那块表对我来说很重要。"

"——抱歉,能明天再来吗?"

"不可以吗?"安树执意要进去,突然"咦"了一声,

"你受伤了？没事吧？"

"快走！"女人一把推开安树，想把门关上。

再这样下去只能退回去了，女人会遭到更残酷的殴打。安树突然朝着屋内喊道："喂，我知道你在！"

"什么？"

安树无视了困惑的女人，继续冲着屋内喊道：

"我知道你在做什么，你就这么轻易放我回去吗？"

屋内没有反应，也没有脚步声，安树接着喊道：

"从洞里滚出来，难不成你只敢在白天嚣张！你这个钉子混蛋！"

安树想起了长发男人的眼神。如果是有着那种眼神的家伙，这种程度的挑衅应该会让他行动起来——

须臾之间，安树感到背后传来了动静，扭头一看，长发男人就站在身后。安树举起双手保护头部，下一秒，视野在强烈的冲击下猛烈摇晃，身体向前扑倒。接着大门被猛地推开，一只手抓住了安树的胳膊，强行将他拖入室内。安树看到了女人摘下遮脸的毛巾，鼻血横流哭泣不止的样子，又听到了大门关上的声音。先到外边，再从屋后绕过来——安树在蒙眬的意识里这样想着。难不成我连这些打架的基本技巧都忘了吗？

　　长发男人用铁锤打倒了安树，然后将安树八十多公斤的虚弱身体拉到走廊深处。他在那里漫不经心地放了手，稍微喘了口气。接着，男人俯视着安树流血的脸孔，再度举起铁锤。

　　仰面躺倒的安树用手指摸索着工作服的口袋，拿出了芝宝打火机，用拇指点上了火，将其扔到了长发男人的右脚背上。即便对方不怕掉落的钉子，也无法忍受火焰的炙热。长发男人发出一声粗鲁的惨叫，一脚踢飞了打火机。安树直起上半身，以前倾的姿势抓住了对方的左脚踝，然后用尽全力往自己这边猛拉，失去平衡的男人摔倒在地，后背摔在了走廊上，一声巨大的响声撼动了整间屋子。

　　安树深吸了一口气，摇摇晃晃地站起身来。长发男人爬进了走廊深处的房间，看起来像是落荒而逃。但没过多久，他就拿着一把带着锯齿状刀刃的户外刀折了回来。

　　刀刃超过四十厘米，仿佛一个恶劣的笑话。安树脱掉了身上的外套，以便能灵活行动。

　　——我为什么要跟他打架？是因为这家伙打了他的母亲吗？也就是说我想救那个女人？就算是这样，要是我打死了这家伙，那个女人会说出对我有利的证词吗？不知道，头好痛，被铁锤打了。这家伙是什么人？是我吗？我打了我的母亲，然后和另一个我打架？我不知道。即便救下了醉酒的那个人，她也可能在法庭上胡乱指证。我会被送进少管所，长大成人再被投入监狱。我该逃跑吗？头好痛，颅骨可能被打凹了。

见长发男人右手拿着户外刀，安树便朝着左手边的墙壁移动，引诱对方也靠近同一面墙。如此一来，对方的右侧就会被墙壁阻挡，拿刀的右手也会被限制活动。由于墙壁的阻碍，对方很难水平或斜向挥刀，虽然可以从正上方挥下，但通常只会用一个动作，即向前突刺，仅此而已。而且双方都不怕伤害对方性命——在这种状况下，快人一步就会获胜，这是不知不觉渗透进安树身体的知识，斗殴者的数学。

在走廊的墙壁，长发男子刺出了右手的户外刀，安树则打出了左直拳。他瞄准的并不是脸，而是脖子，他打算用拳头上的骨节一举轰碎对方的喉结和气管。

户外刀在空中划过，掉在了地上。当长发男人捂着喉咙跪倒在地时，安树趁机在他毫无防备的脸上连打了二十多拳。男人眼睛肿了，鼻梁歪曲，眉间撕裂，黑发被溅起的鲜血染红。安树俯视着这个已经动弹不得的男人，听到了一声呻吟。声音比男人的母亲要年轻得多，仿佛孩子的哭声。安树警惕地环视着走廊，小心翼翼地踏入了男人回去取刀的里屋。

\*

在窗帘紧闭的黑暗室内，弥漫着让人喘不过气的汗味。当安树摸索着打开灯时，铁丝制成的牢笼在黑暗中显现出来，一名仅穿着T恤和内衣的少女被困其中。她的皮肤上有几处不深的割伤，嘴上还裹着胶带。少女的双腿被长长的N150钉子钉在笼子底部的大胶合板上，钉子贯穿了她的腿。

安树一时间无法理解自己看到了什么。他从未料到自己会遇上这种事情。那个女人知道这里的事吗？不，不可能知道。倘若知道，她绝不会雇人施工，也不会让我们进这间屋子。少女面色虚弱，这张面孔对于安树而言颇为眼熟。安树待在了原地，昨晚吃寿喜烧便当的时候，他在手机上刷着新闻——美国南部发生暴动——加密货币在中国流失——从岩手县动物园逃走的鸵鸟——在横滨市内失踪的女初中生的照片——

一切都联系在了一起，身穿制服的少女的笑脸，停在屋外的污泥斑斑的黑色厢型汽车，男人用脚踩住的钉子，迫不及待地想要隐藏起来的钉子——

安树从工作服口袋里拿出手机，查看了屏幕。液晶屏上爬满了裂纹，但滑动手指仍有反应。于是他弯下了腰，把脸凑近了笼子。

"还活着吗？能听到我说话吗？"安树对少女说道，"走廊里的那个人还有气，如果你想让他死，那就趁现在。要是你想让我动手，我就杀了他。"

少女紧闭着眼睛，连呻吟声都没有。她可能已经死了。

安树深深地叹了口气，一屁股坐在了地板上。

"对不起，"他说，"问了个很过分的问题，我自己解决他就行了。"

笼子外边躺着一根钉子。

突然间，安树发现少女微微睁开了眼睛，就这样看着自己。安树默默地露出了微笑，然后有生以来第一次亲手拨打了 110。